U0142353

教育部獎牌

台國(二)字第0960083482 號

臺北市百齡國民小學洪振春老師
榮獲95學年度鄉土語言教學訪視評鑑
閩南語組績優教師

部長　杜正勝

中華民國 96 年 7 月 3 日

教育部獎狀

洪振春

榮獲教育部 105 年表揚推展

本土語言傑出貢獻個人獎

特頒此狀　以資鼓勵

部長 吳思華

中華民國　105　年　12　月　3　日

筆者獲獎時與吳思華教育部長合影

臺北市政府教育局獎狀

北市教終字第 10443427300 號

臺北市中山社區大學洪振春老師開設
之「雅俗台語面面觀」課程參加臺北
市104年度社區大學優良課程評選活
動 榮獲「學術類」課程特優
特頒此狀 以資獎勵

局長 曾玉民

中 華 民 國 104 年 12 月 26 日

臺北市政府教育局獎牌

北市教終字第10541293900號

洪振春先生 獲選
2016 臺北市學習型城市
成人教學楷模特頒獎牌
以茲鼓勵

局長 曾燦金

中華民國 105 年 11 月 23 日

非正規教育課程認證機構
Nonformal Education Programs Accreditation Center
(106)台北市大安區和平東路一段162號 TEL:(02)23219618

課程認可證明書

教育部委託公文字號： 臺社(一)字 0950154417 號
認證機構： 國立臺灣師範大學
非正規教育課程認證機構
認可字號： 第 1060503H0838 號
發給日期： 民國 106 年 05 月 08 日

茲證明　臺北市中山社區大學

所開設下列課程已經由認證機構認可通過：

課程名稱： 雅俗台語面面觀

授課教師： 洪振春　　學分數：3

國立臺灣師範大學　校長 張國恩

本課程認可證明書有效期間自 106 年 05 月 03 日至 109 年 05 月 03 日止

跤踏台灣塗　心懷故鄉情

洪振春老師105年本土語言貢獻獎

洪師振春學識好　語言學理專門科　治學爲人條條可　經驗智慧項項高
鑑古論今講規套　理論實際齊教導　條理分明眞清楚　半暝提燈嘛揣無
無論天清抑雨落　母驚風湧佮苦勞　母語傳承下力做　一步一印結好果
跤踏實地向前遨　台語之嬌四界報　造就人才像火著　傳承母語路無錯

台語本是咱母語　外邦統治漸袂記　語言若是賰記持　族群文化就無去
洪師體會這危機　無嫌艱難蹽落去　台頂喙講台跤比　暝操日練若搬戲
出錢出力不爲己　講義文冊傳齊備　學校社團佮影視　推揀台語攏有伊
骨力拍拚無推辭　用心教學揣動機　進退站節照規矩　勤雕捷沃結果子

這款人才古來稀　犧牲奉獻不見利　認眞付出爲台語　人善人欺天不欺
貢獻本土葉連枝　德行典範照鄉里　一人得獎天同喜　呵咾聲音滿厝邊
洪師穩坐金交椅　樂觀自信永無離　辛酸歷史著放棄　台語連鞭出頭天
祝福賢師事順利　平安喜樂日連暝　後日若有欲閣奕　阮袂推辭跟綴你

謹此恭賀　洪振春老師　榮獲　2016年本土語言貢獻獎

台北市台灣語協會　理事長 東俊卿 暨 全體會員 敬賀

雅俗台語
面面觀

洪振春 編著

修訂版

五南圖書出版公司 印行

自　序

　　教育部九十一年度制定九年一貫課程綱要，本土語文在小學為必選課程，但是教育主管單位對於師資的培訓並無積極具體的配套措施，以致雜湊成軍、良莠不齊，學生上課用讀本就由各出版社自行編印，教材的取捨與文字的使用自然未臻完善，對於如何充實教學內容與活用教材方面，全靠教師的專業知能與個人的教學技巧，教學生動活潑才能吸引學生的注意力，也才能達到預期的教學效果。

　　有鑑於目前市面上缺乏適當的本土語文參考教材，雖然有許多台語方面相關的著作，但是這類的參考書籍大都屬專業性的，有許多語音學、聲韻學抑或語法學方面的用詞，諸如元音與輔音、塞音與塞擦音、同化與濁化、全濁與次濁、文白異讀、語流音變……等等，非受過專業訓練者不易閱讀。

　　筆者實際參與本土語言教學工作，從基礎、初級、中級到進階，累積多年的教學經驗，深知從基礎到高階如何循序漸進深入淺出，將教材彙編成冊名為《雅俗台語面面觀》，內容含括台羅拼音、本調與變調、構詞用字、解析基礎聲韻、淺說常用語法、文白音與方音、詩詞賞析、台語與古音的關係，以及笑詼與民俗故事教材……等等各種面向，尤其是故事教材一方面可以當作台語短文閱讀，另方面可以活絡教學、帶動歡樂氣氛，就像一道佳餚，需要添油加醋才能顯得美味可口。

　　語言學習包括聽、說、讀、寫、作五種層次，吾人總以為台語聽、說都很流利就是懂台語，說到讀、寫就以為台語有音無字，甚且有人認為台語是華語的方言，實在是「一丈差九尺」，未免失之偏頗而不自知。大抵台語是由漢語歷時性的沉積與共時

性的融合所形成的語言，當然研究者必須從古籍文獻去考證，然
其繁雜浩瀚非本書所能涉獵。僅配合教育部頒布的台羅拼音與詞
彙，就各種面向略舉一二以分享讀者，冀能有助於教學與研究，
進而能拋磚引玉獲得更多有志之士參與母語的研究與推廣，使台
語的命脈得以延續，本土文化的香火得以傳承。

洪振春 謹誌
於台北士林 2015.5.20

目 錄

第一章　台灣閩南語源流

一、前言

　　台灣有四種主要的語言，包括華語、台灣閩南語、客語以及原住民語。華語在中國稱爲普通話，台灣稱爲國語，由於政府在台灣單一語言政策推行相當成功，已成爲通行語，此不再贅述。除了華語之外，其餘三種語言都有逐漸消失的危機，極需要積極採取保留的手段。

二、閩南語源流

　　閩語、官話（北方、下江、西南）、吳語、湘語、客語、贛語、粵語等是屬漢語的七大支系。閩地先民屬吳越後裔，俗稱閩越族，爲「百越」之一，中原的漢民族因貶謫、征蠻或避亂而遷徙，史上有三次大規模移民入閩，第一次五胡亂華時期，西元308年即永嘉二年，中原動盪，衣冠八族（林黃陳鄭詹丘何胡）避難到泉州一帶，也將上古漢語帶過來。例如：有身、新婦、斟酌、鼎、箸、失禮與當地吳楚方言，例如：手巾、鬤桸以及越語，例如：躼、瘦、唅、捗……混合形成泉州白話音。
　　第二次唐武后（669）時派河南光州固始縣陳政、陳元光父子南下平亂，之後屯兵漳州（685），除建請設州治，興辦文教，陳元光因功被任命爲刺史，後世尊稱爲「開漳聖王」，也帶來了七世紀中古漢語。第三次唐末（878）黃巢之亂，朝廷派固始縣王潮、王審邽、王審知兄弟率領數萬軍民南下平亂，之後被封爲威武軍節度使，實際支配福建全境，建立「閩國」，帶來九世紀中原漢語，而形成漳州話，福建因被積極開發，隨而引進中

央文教制度，參與科舉，文風漸盛，形成文言音系，此即為讀書音的由來。另外在宋亡前後，又有數十萬軍民跟隨宋端宗南下，後來定居在閩粵各地。

閩是福建的簡稱，東漢許慎《說文解字》，閩：東南越它種，（它，古蛇字）。也就是說在門裡面的蟲，就是把閩地的人看做類似蟲類的野蠻人，釋名曰：越，夷蠻之國也。閩語後來分化為閩南、閩北（建甌話）、閩東（福州話）、閩中（永安話）、莆仙（莆田話）等五種彼此之間互不相通的次方言。閩南語包括漳州、泉州、廈門、潮州、汕頭、海南島等地。

三、台語的形成

明清以來，大陸沿海居民紛紛向外謀發展，因地理上的關係，台灣的移民主要是來自漳、泉地區。1624年荷蘭殖民台灣，因需要人力墾植，從漳、泉招募人員。1661年鄭成功帶領37,000將士及眷屬入台與平埔族等混合，鄭亡之後，清廷移民限制帶來偷渡移民潮，在語言方面形成有平埔族語，例如：麻虱目、牽手、雞籠、干豆、艋舺（獨木舟）、峇微子（無患子）……，有荷蘭語如：計算土地面積的單位「甲」、手提包叫「khā-báng」、西班牙語Santiago「三貂角」、以及借自法語的「雪文」（肥皂）……等等。

甲午戰爭後，日本占領台灣五十年，在語言方面自然會受到日語的影響，如剪車票叫「改札」（kái-tsat）、捐獻叫「寄付」、郵票叫「切手」、打針叫「注射」、深藍色叫「紺色」、招待叫「案內」、乾脆叫「阿莎力（asari）」、糖廠叫「會社」、薪資叫「月給」、衣櫃叫「簞笥」、心情愉快叫「起毛嫋」或「起毛spring嫋」……。光復後受華語及英語影響，英語有Bus、Gas、Club、KTV、Taxi……等以及華語「傱傱」叫俗

氣、「秋凊」叫涼快、「四秀仔」叫零嘴、「各泌」說成孤僻滑稽……。

　　1949年國民黨撤退來台之後，與大陸隔閡四十多年，兩岸的語言或因社會關係、或因地理接觸各自演變，閩南語與台灣話已經逐漸分歧。台語有很多來自平埔族語、客語、日語、荷蘭語、原住民的南島語以及其他外來語，在大陸的閩南人當然聽不懂。例如：台灣稱鄉下叫「庄跤」或「田庄」，而廈門人則稱之為「鄉下」（hiunn-ē），大陸的泉州人說「siâm-tsap」是指柳丁汁、風說成「huang」，除了澎湖的湖西等少數地區以外，台灣人當然也聽不懂，當然台灣說「柳丁汁、王梨」，大陸的閩南人也聽不懂。閩南語與台灣話各有其特殊的歷史背景與民俗文化差異，把台灣的閩南語稱為台語應該是比較貼切，所以說閩南語並不等於台語。

　　今日的華語是在元朝才分化出去的，元周德清的《中原音韻》根據關、馬、鄭、白等北曲四大家的音將入聲派入三聲，所以從此北方官話中的入聲完全消失。台語保留有完整的古漢語中-p、-t、-k、-h四個入聲韻尾，與-m、-n、-ng三個陽聲韻，吟讀唐詩、宋詞、古文，尤其是遇到入聲韻，一定要用台語、客語或粵語才能押韻。清儒錢大昕說「古無輕唇音，凡輕唇皆讀重唇」，也就是說中古以前的聲母只有雙唇音「ㄅ、ㄆ」，唇齒音「ㄈ」是到了晚唐時期才形成的。「古無舌上、舌尖之分」，所以「端、知」兩字的聲母都念「ㄉ」不唸「ㄓ」。這種語音分化主要是受到北方阿爾泰語系的影響，閩地較偏僻，比較不易受到北音的影響，所以也就一直保存重唇音的古音特色。文白兩讀系統，連音變調顯著，了解台語有助於漢語古音的研究。

四、南島語族（Austronesian Linguistic Family）的分布

南島語的使用人口大約兩億，分布於東至復活島、西迄馬達加斯加、南達紐西蘭、北至台灣之間廣大洋面的島嶼上。南島語族包含八百多種語言，可分為東、西兩支。東支包括大洋洲上波里尼西亞、密克羅尼西亞、美拉尼西亞三大群島的語言、及新幾內亞東部的語言。西支涵蓋馬來亞語、印度尼西亞語、爪哇語、菲律賓語。

(一)平埔族的分布

台灣的平埔族與高山族，都屬於南島語族的支系，台灣不僅是南島語族分布的北界，部分學者甚至認為，南島語族遷移的起源是台灣，因為他們是從台灣開始分化並對外擴散的。（南島語族史）

平埔族的分類，各家學者甚有出入，大致可分為噶瑪蘭（Kavalan）、凱達格蘭（Ketagalan）、道卡斯（Taokas）、巴宰（Pazeh）、拍瀑拉（Papora）、巴布薩（Babuza）、洪雅（Hoanya）、西拉雅（Siraya）、馬卡道（Makatau）以及史稱「水沙連六社」的邵族（soa）。（文建會・台灣原住民史）

1.噶瑪蘭族：十九世紀前主要分布於宜蘭平原，四十個左右的部落以蘭陽溪為界，分散於溪北、溪南的低濕平地及沙丘地帶。道光至光緒年間有部分先後遷往三星、南澳、花蓮。今日的噶瑪蘭人，除了宜蘭平原以外，花蓮縣濱海公路沿線，至台東縣的長濱鄉皆有他們的足跡。也是唯一留有母語的平埔族人。

2.凱達格蘭族：是馬塞人、雷朗人、龜崙人三群人的總稱。馬塞人的分布，以北濱地區到基隆河流域為主。雷朗人的分布，以大漢溪、新店溪流經的台北平原為主。龜崙人則分布在林口台地南崁溪流域、大漢溪中上游到桃園一帶。

3.道卡斯族：分布在鳳山溪到大甲溪之間新竹、苗栗、台中縣地區。

4.巴宰族：分布在大安溪與大肚溪之間的地區，以豐原為中心，北起大甲、南到潭子、東至東勢、西迄大肚山。

5.拍瀑拉族：分布在大肚溪以北、清水鎮以南、大肚台地以西的海岸平原。

6.巴布薩族：分布在大肚溪以南、濁水溪以北的地域。

7.洪雅族：分布在北起台中縣的霧峰、南迄台南縣新營以北的地帶。

8.西拉雅族：一般被區分為兩群，一是西拉雅四大社：即原住於台南平原的新港、大目降、蕭壠、麻豆四社。二是大武壠社群，即原住於台南縣烏山山脈以西，曾文流域平原地帶的社頭、霄里、芒仔芒、茄拔等社。

9.馬卡道族：分布在屏東縣高屏溪到大武山腳的廣大平原。

10.邵族：分布在日月潭一帶。

(二)高山族的分布

民／番、生番／熟番、平埔番／高山番、化番，這種化約式，以居住地及漢化程度所做的分類。（丁邦新・台灣語言源流）

根據伊能嘉矩、粟野傳之丞的分類，將高山族分為泰雅族、塞夏族、布農族、鄒族、魯凱族、排灣族、雅美族（達悟族）、卑南族、阿美族等九族。近年來經過原住民的爭取，將高山族的範圍擴大增加到十六個族群。

1.泰雅族語群：分布於台灣東北部山地，包括台北、桃園、苗栗、新竹、南投、台中、宜蘭及花蓮諸縣的一部分。

2.塞夏族語群：主要分布於新竹、苗栗山區。

3.布農族語群：主要分布於南投至高雄之間的山區。

4. 鄒族語群：分布於台灣中部山地、嘉義與高雄兩縣接壤之處。

5. 魯凱族語群：分布於台南、高雄、屏東山區。

6. 排灣族語群：分布於台灣東南部山地，遍及高雄、屏東、花東、及南投諸縣境內。

7. 達悟族（雅美族）分布於蘭嶼。

8. 卑南族：分布於台東、花蓮之間山麓。

9. 阿美族：分布於東南部山地，高、屏、花、東地區。

10. 邵族：主要分布在日月潭地區，少部分住在水里鄉頂崁，舊稱水沙連。

11. 噶瑪蘭族：主要分布在宜蘭、羅東、蘇澳一帶，以及花蓮市附近、東海岸之豐濱鄉與台東縣長濱鄉等地。

12. 太魯閣族：主要分布在花蓮縣和平溪，南迄台東縣紅葉及太平溪這一廣大山麓地帶。

13. 撒奇萊雅族：主要分布在花蓮奇萊平原，約在立霧溪以南，木瓜溪以北，大約包括了今日花蓮縣新城鄉、花蓮市及吉安鄉三個地區。

14. 賽德克族：賽德克族是由德克達雅、都達、德路固等三語群的族人所組成，主要分布在台灣中部、東部及宜蘭地區，包括祖居地南投縣的仁愛鄉，移居地花蓮縣秀林鄉、卓溪鄉及萬榮鄉，以及宜蘭縣大同鄉與南澳鄉。

15. 拉阿魯哇族：高雄市桃源區高中里、桃源里以及那瑪夏區瑪雅里。

16. 卡那卡那富族：高雄市那瑪夏區楠梓仙溪流域兩側，現大部分居住於達卡努瓦里及瑪雅里。（以上兩族資料增錄自原委會網站）

五、台灣客家次方言的分布

台灣客家族群主要分為四縣、海陸、永定、饒平、詔安、東勢、卓蘭等方言。

㈠四縣客：主要分布在苗栗縣境內（靠海鄉鎮除外），以及桃園縣龍潭，中壢，平鎮，及高屏六堆客。

㈡海陸客：主要分布在新竹的新豐、新埔、湖口、芎林、橫山、關西、北埔、寶山、峨嵋，以及桃園觀音、新屋、楊梅等地。

㈢永定客：中壢有少部分。

㈣饒平客：中壢過嶺里、竹北六家中興里、芎林文林村、卓蘭新厝里、東勢福隆里。

㈤詔安客：主要分布在雲林縣的二崙、西螺、崙背等鄉鎮。

㈥東勢客：東勢鎮。

㈦卓蘭客：卓蘭鎮。

所謂四縣是指廣東舊嘉應州所屬的興寧、五華、平遠、焦嶺，嘉應州即現在的梅縣。海陸是指舊惠州府所屬海豐、陸豐而言（丁邦新‧台灣語言源流）。

六堆客是指南部的四縣客，分部於高雄的美濃、杉林、六龜、及屏東的高樹、萬巒、竹田、麟洛、內埔、佳冬、長治、新埤等地區，又稱為六堆客。六堆之名始於朱一貴事件，當時先賢杜君英回鄉，為護衛客家人的生存，徵召義勇分為六隊，亂平之後，為維持患難與共的精神，改稱六堆。竹田為中堆，麟洛、長治為前堆，內埔為後堆，新埤、佳冬為左堆，美濃、杉林、六龜合稱右堆，萬巒為先鋒堆。（福爾摩沙的烙印‧台灣客家話導論）

第二章 語音篇

一、前言

　　台語是有聲調的語言，台語的語音是由聲、韻、調三部分所組成，聲即所謂的聲母，亦稱之為聲紐、子音、輔音、字母、字頭、聲類、聲符。韻就是韻母、母音、元音、主要元音；聲、韻、調的組合稱為拼音，也就是說每一個語音都包括有聲、韻、調三部分。在聲調方面，台語時下的聲調除了鹿港等少數地區還保留八個調以外，其餘都只有七個調，即所謂八聲七調。

　　台語的語音是由上古音、中古音、近古音和現代音等的共時性語言層次，以及歷時性語言層積的結果，所謂上古音是指魏、晉以及兩漢、先秦時代；中古音是指魏、晉、南北朝以後至南宋時期；近古音是指元、明、清時期；清以後為現代音。音韻探討的範圍包括有文白異讀、語音的分化、語流音變、語音的性質、音韻的結構、地方音差以及近代的語言接觸的影響。

　　依照發音活動的特點，語音可分為元音與輔音兩大類。當氣流通過口腔時沒受到任何阻礙，聲帶震動發出響亮的聲音，稱之為元音，所以元音都是帶音，元音可分為口元音與鼻元音。氣流通過聲帶時可震動可不震動，通過口腔時受到一定的阻礙後發出聲音，此種經阻礙發出的聲音叫做輔音。輔音發音時，氣流在口腔中受到阻礙，阻礙也是一種構音作用，但是發生阻塞後必須除阻，輔音過程才完成，輔音的過程可分為成阻、持阻、除阻三個階段。

　　實際上所聽到的音，在語音學上稱之為音素，也稱為表層音，音素是語音的最小單位。音位是具有區別語意的最小語音單

位。例如：華語的eu、台語的ei、oi不能單獨成爲音節，也沒有區別語意的功能，因此eu不是華語的音位、而ei、oi也不是台語的音位，但eu、oi是客語的音位。

二、元音

台語主要元音（vowels）有a、i、u、e、oo、o等六個口元音，以及ann、inn、enn、onn四個鼻化元音。漢語的文讀音除了「五午吳火好娥我……等」少數幾個音之外，鼻化音大都屬白讀層，大部分的鼻化音是因陽聲韻尾變化所出現的「抵補」現象，在華語裡並無鼻化音。台語除了四個鼻化元音之外還有一個鼻化複母音iunn，也就是說u不會單獨鼻化，所以unn不可視爲鼻化元音。

	a	i	u	e	oo	o
口元音	ㄚ	ㄧ	ㄨ	ㄝ	ㄛ	ㄜ
	阿	伊	有	鞋	烏	蚵
鼻元音	ann	inn	(unn)	enn	onn	
	餡	嬰	*	生	惡	

(一)元音舌位圖

台語的主流腔有六個舌面元音，依照發音舌位的高低前後，可以分爲最高元音、半高元音、最低元音、半低元音、前元音、後元音，依嘴唇的展圓可分爲展唇元音、圓唇元音。此外，泉州音有中央元音er及最高央元音ir，漳州音還有一個半低前元音ee（ɛ）。發音時注意舌位高低前後部位與嘴唇開合的關係，才能發正確的音。而鼻化元音是依照上述元音發音的方法加上鼻

音。所以口元音與鼻化元音的差別，只在於有無鼻音，其發音部位相同，注意發元音時口腔總是開著的，從發音到結束只有一種嘴型，也就是說發音時，鼻音與元音同起訖，所以吾人稱這種音叫上加鼻音，舌面元音的位置如下圖。

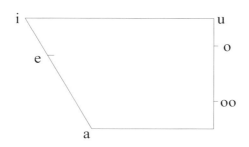

(二)複元音

台語六個主要元音有規則地組合成十個複元音，其構成的原則請依箭頭指示的方向組合，其中〔oo〕只在鼻化音或其後是輔音韻尾時出現，如ionn、iong等。

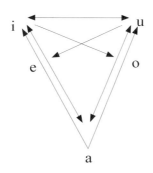

台語的十個複元音韻母：ai、au、ia、ua、io、ue、iu、ui、iau、uai。其中兩個是三合元音，也可視為i+au、u+ai。在每組複韻母中，只有一個主要元音，響度最大的稱為主要元音，在主要元音之前者為介音或稱韻頭，之後為韻尾。響度先大後小者稱

爲降複元音如au；反之，則爲升複元音如：ua。

(三)開齊合撮

所謂開齊合撮是指：

(1)介音或主要元音都沒有i、u、(y)，稱爲開口音。例如：pa、ke、sai。

(2)介音或主要元音是u，稱爲合口音。例如：su、thua、kue。

(3)介音或主要元音是i，稱爲齊齒音。例如：si、tsian、tshia。

(4)介音或主要元音是y，稱爲撮口音。例如：yu（台語無此音）。

(四)洪音與細音

沒有i、(y)作爲介音或主要元音的韻，稱爲洪音，如：kau、tong。

以i、(y)作爲介音或主要元音的韻，稱爲細音，如：khiau、ti。

(五)等呼

指音之洪細謂之等，洪音分一二等，細音分爲三四等。音之開合謂之呼，介音或主要元音是u稱爲合口呼，介音或主要元音都無u，稱爲開口呼，二者合稱爲等呼，即聲韻學上所謂四等二呼。

(六)前/a/與後/a/

/a/元音單獨使用，後面不接任何音素時，音值爲低央元音「A」；當後面接i、n、m時，如ai、an、am，音值爲前低元音「a」；當後面接u、ng時，如au、ang，音值爲後低元音 ɑ。

(七)漳、泉元音差異

漳：ee家爸蝦；泉：er粿飛尾、ir豬資銀、ere街溪雞。
漳洲音、泉州音與廈門方言的元音差異？

漳州方言的元音		泉州方言的元音			廈門方言的元音		
i	u	i	ir	u	i		u
e	o	e	er	o	e		o
ee	oo			oo			oo
	a		a			a	

(八)韻化輔音韻母

這種母音本來是輔音，把它用來當做母音，所以是一種韻母化的輔音，亦可稱爲獨立音節子音或音節化輔音，它與主要元音的性質不同。m只有三個音，而ng除了b-、l-、g-、j-、ng-之外，可以與其他聲母配合成音節。韻化輔音除了/-h/塞音韻尾之外並無其他介音或韻尾。

1. m：姆ḿ、媒hm̂、噷hmh。
2. ng：飯pn̄g、門mn̂g、張tng、湯thng、卵nn̄g、光kng、糠khng、方hng、妝tsng、穿tshng、酸sng、園hn̂g、軟nńg、庄tsng、斷tn̄g、黃n̂g、园khǹg、算sǹg、頓tǹg、貫kǹg、問mn̄g、床sn̂g、吮tshńg、轉tńg。

三、聲母

(一)聲母十八個

依照發音的部位與發音的方法，分別表列如下：

發音方法＼發音部位			雙唇	舌尖	舌根（牙音）	齒	喉
塞音	清	不送氣	p	t	k		Ø
		送氣	ph	th	kh		
	濁	不送氣	b		g		
塞擦音	清	不送氣				ts	
		送氣				tsh	
	濁	不送氣				j	
鼻音	濁		m	n	ng		
邊音	濁			l			
擦音	清					s	h

1. 依發音的部位：台語聲母可以分為雙唇音、舌尖音、舌根（牙）音、齒音、喉音，這些聲母都屬輔音。

2. 依發音的性質：輔音可分為清音與濁音兩類。氣流通過使聲帶產生震動發出的聲音稱為濁音也就是帶音，聲帶不震動發出的聲音稱為清音也就是不帶音。發音時聲門敞開，空氣壓力大，除阻時有一股較強的氣流送出叫送氣，如氣流較微弱，自然送出叫不送氣。

3. 依發音方法可分為五大類：

    (1) 塞音：通往口腔的通路閉絕，在張開時氣流送出，發出爆發的聲音。如：p-、ph-、b-、t-、th-、k-、kh-、g-。

    (2) 擦音：口腔的某處因器官的移動，而把通道變得很窄形成一縫隙，氣流從那裡面擠出來，而發出摩擦的聲音。如：h、s。

(3) 塞擦音：如果阻塞解除較慢，那麼在阻塞與除阻之間又自然的變作同部位的擦音了。實際上是前半塞音、後半擦音，稱之爲塞擦音。如：ts、tsh、j。

(4) 邊音：通往口腔的通路關閉，在張開時氣流從舌尖兩側送出。如：l。

(5) 鼻音：通往口腔的通路關閉，氣流從鼻腔送出而產生共鳴。如：m-、n-、ng-。

(二)台羅拼音與華語注音符號的差異

1. 台語聲母有十八個，而華語有二十二個，華語的輕唇音ㄈ、捲舌音ㄓㄔㄕㄖ與顎化音ㄐㄑㄒ是台語所沒有的，台語有b、g、ng、j聲母。

2. 台語的雙唇鼻音韻、入聲韻、韻化輔音韻母等，華語都沒有，台語的鼻化音很豐富，在華語是很少有的，但華語有ㄦ化韻。

3. 零聲母在標音時不必標出來，在列舉聲母時標作「Ø」，以別於韻母「o」。

(三)傳統十五音與現代十八音

古代無拼音符號，自唐宋以來都以反切來切音，但反切涉及聲韻，非具有漢語聲韻知識無法切音，對於一般民眾無法使用，因此有聲韻學者選用漢字來代表音或韻。最早使用漢字來代表聲母的是明朝蘭茂（字廷秀）以一首早梅詩：

「東風破早梅，向暖一枝開；冰雪無人見，春從天上來。」來代表二十個聲母。後代中國的漢語拼音即仿照此法，以半首「卜算子」作太平歌：「子夜久難明，喜報東方亮，此日笙歌頌太平，眾口齊歡唱。」來代表二十二個聲母。

　　傳統十五音也是仿照早梅詩以「柳邊求去地頗他增入時英門語出喜」十五個漢字代表聲母俗稱十五音，最通用的韻書是1800年黃謙所撰的泉州話《彙音妙悟》，1818年謝秀嵐所撰的漳州話《彙集雅俗通十五音》，皆把聲母定為十五個，後世沿用成為漳、泉話與台語的代表性名稱。1954年嘉義梅山沈富進依據《增補彙音》和《增補十五音》編撰的《彙音寶鑑》，係閩南語專用之韻書，但是由於所收之字文白夾雜，清濁相混、發聲、送氣不分，韻部紊亂、訓讀之字浸多，致誤導學者許多不正確之觀念，因此，周長楫、洪惟仁等語言學家皆認為訓讀法並不十分可取。

　　而現代有十八音，主要是傳統十五音少了m-、n-、ng-三個鼻音。因為m-、n-、ng-只出現在鼻化音之前，而b-、l-、g-僅出現在非鼻化音之前，兩者性質相近又呈互補的分布，所以b/m，l/n，g/ng這三組音分別互為同位音，由於b-，l-，g-分布較廣，可出現的環境較多，因此被視為基礎音，而把m-，n-，ng-看成變體音。所以傳統韻書的鼻音聲母都不單獨列出。今為了說明與教學上的需要，所以將這三個鼻音分別列出成為十八音。

(四)元音不等於韻母，輔音不等於聲母

　　依照發音的性質，語音可以分為元音與輔音兩類，元音又稱為母音，輔音又稱為子音。元音是指氣流通過口腔時不受到任何阻礙，而發音時聲帶會顫動所形成的音，所以元音都是濁音，也稱為帶音，台語元音包括六個口元音與四個鼻化元音。輔音是指氣流通過口腔時受到阻礙而產生調節作用所形成的音，輔音可以分為清音（又稱無聲子音）與濁音（又稱有聲子音）兩種。

　　若依語音的功能而言，台語可以分為聲母與韻母兩部分，聲母是指一個音節的開頭部分，韻母是指音節後面的部分，台語的聲母都是輔音，而韻母可以由介音、主要元音、韻尾三部分組

成，所以韻母並不等於母音，因爲母音是指主要元音而言。而輔音並不等於聲母，台語有三個鼻聲韻尾、四個入聲韻尾以及兩個音節化子音都是輔音。

四、聲調

漢語的聲調從兩個到九個不等，粵語有九個調，客語有六個調，台閩語有八個調，漳州音有七個調，也就是陰上與陽上調值相同，而泉州音本來有八調，因爲受漳州音的影響，除了鹿港、梧棲、四湖、麥寮、口湖……等少數地區還保留有陽上調以外，其餘上聲不分陰陽，所以台灣的主流腔只有七調。

(一)傳統八聲七調順序

陰陽	陰（清）				陽（濁）			
調類	平	上	去	入	平	上	去	入
調序	1	2	3	4	5	6=2	7	8
例字	君	滾	棍	骨	群	滾	郡	滑
	衫	短	褲	闊	人	矮	鼻	直
	獅	虎	豹	鴨	熊	馬	象	鹿
調號	a	á	à	ah	â	(á)	ā	a̍h
口語調	高平	高降	低平	中促	低升	高降	中平	高促

(二)調值

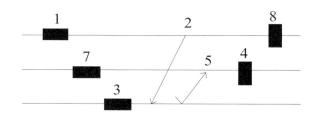

　　調值是表示發音時聲調的高低、升降、長短、舒促、輕重。各家的標示法略有出入，但傳統的聲調大都採用語言學家趙元任的五度制，也就是依照樂譜lo、re、mi、fa、so分成五階調，這種標示法略顯複雜，例如：陽平調標為214或24。

　　台灣語言學者諸如洪惟仁、張屏生等專家皆以為用lo、mi、so三階調就足以標示，簡單易學，所以本文採用三度制調值標示法，長音用兩個數字，促音用一個數字標示，簡單明瞭如上圖。依序排列對照如下：

調序	1	2	3	4	5	(6)	7	8
調值	55	51	11	3	13	51	33	5

(三)本調與變調

　　台語除了單詞及句末之外，大都要變調，因為台語是變調的語言，變調是常態，而華語與客語則很少有變調。

　　傳統七調的變調順序：長音：5 → 7 → 3 → 2 → 1 → 7

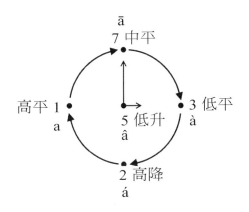

單詞	本調	變調
花hue	→ hue-tshia（火車）	→ 花車huē-tshia
會huē	→ huē-tshia（花車）	→ 會車huè-tshia
貨huè	→ huè-tshia（會車）	→ 貨車hué-tshia
火hué	→ hué-tshia（貨車）	→ 火車hue-tshia
台tâi	→ tâi-uân	→ 台灣tāi-uân、台灣tài-uân

下列的例句，除末字維持本調之外，都要變調。

1. 你敢家己知影，欲按怎去民權西路站？

2. 你當時會使佮我，做伙去參加環島旅行？

3. 我敢會使麻煩你，順紲共我買兩三張公共汽車路線圖。

4. 我敢是有共你講，我袂當佮恁做伙去參觀台東新博物館。

(四)入聲

1. 入聲的定義

　　語音有長音、短音之分，長音也稱為舒聲，音可長可慢，如台語說「山、心……」等音；短音也稱為促音，音促而急，當收音時，聲音短促急停，沒有絲毫的持續音，就好像以利刃切物，瞬間切斷；又好像是緊急剎車，即時煞住稱為入聲，例如：台語說「急、達……」。羅常培說：「入聲是一種截斷音，收音時有

勢無聲」。在台語裡面，入聲是很常見的，例如：從1數到10就有五個入聲。一般人說話時，並不會特別感覺有入聲，但是當學習講台語時，就會察覺到與華語「差很大」，因爲華語無入聲。台語有四個入聲韻尾，分別用-p、-k、-t、-h來標示，這四個符號分別代表四個不同的收音部位。

　　自從元代周德清依據關、馬、鄭、白等北曲四大家的曲著成《中原音韻》，將入聲派入平、上、去三種聲調之後，北方官話就完全無入聲，所以除了文人以外，一般人對入聲毫無認識。因此以往在文獻裡對入聲也很少有具體的詮釋，前人對四聲的解釋，大多引用明代眞空和尙的玉鑰匙歌訣：「平聲平道莫低昂，上聲高呼猛烈強，去聲分明哀遠道，入聲短促急收藏。」究竟去聲如何哀遠道，入聲短促急收藏，要如何收藏？寥寥數語實在很難理解。

2. 四種入聲韻尾

　　入聲本質上是一種塞音，就是阻塞的音，簡單的說就是閉塞音，阻塞也是一種構音的方法，所以入聲就是一種塞音韻尾，既然是韻尾，一定是在音節的最後面，而韻尾是表示收音的方向，收音時要成阻塞的狀勢。當收音在雙唇時，雙唇要緊閉，音立即切斷，如此形成的音即稱爲雙唇塞音/-p/，例如：壓「ap」。當張嘴發母音/a/時，隨即閉嘴，就形成促音「ap」，所以/-p/只表示雙唇要緊閉的符號，並不是要發p的音，而閉唇時就像準備要發英語的p的姿勢，但是尚未發出，即所謂「有勢無聲」，所以入聲的收音是從成阻到持阻而無除阻的過程。

　　第二個音是舌尖塞音/-t/，也是一樣的道裡，當收音時以舌尖抵住上齒齦將氣流堵住，也就是用舌尖關門，當舌尖關門時就像準備要發英語的t的姿勢，但是尚未發出，所形成的音稱之爲舌尖塞音。例如：一「it」，當張嘴發母音/i/時，隨即以舌尖頂住上齒背，把氣流閉住，就形成促音「it」。

　　第三個音是舌根塞音/-k/，當收音時以舌根阻住氣流，也就是用舌根關門，當舌根關門時就像準備要發英語的k的姿勢一樣，但是尚未發出，所形成的音稱之為舌根塞音。例如：沃「ak」，當發母音/a/時，隨即以舌根頂住上顎，把氣流閉住，就形成促音「ak」。

　　第四個音是喉塞音/-h/，當收音時聲帶緊束起來，也就是將聲門關閉，當聲帶緊束關門時，所形成的音稱之為喉塞音。舌根塞音/-k/的收音是在喉頭，而喉塞音/-h/的收音部位是在喉嚨再進去的聲門，所以比較難體會出來，今以嬰兒吃奶為例，當嬰兒吃過奶都會打嗝，「呃、呃」的打嗝聲就是「吸入」的喉塞音，而/-h/正是「呼出」的喉塞音，阻塞的部位相同，但是氣流剛好相反。例如：鴨「ah」，當張嘴發母音/a/時，聲帶隨即束起來，把音閉住，就形成促音「ah」。

　　閱讀詩、詞、古文、韻文等，入聲非常重要，因為押韻時，平仄不可互押，像白、竹、國、德、擇、賊、革……等字都是入聲字屬仄聲，但是「華語」音調皆第二聲屬陽平調，使得平仄錯亂，可見「華語」的韻腳殘缺不全，不能做為押韻的依據，只要懂得閩南語、客語或粵語等保存較完整的古音，才能正確掌握入聲韻。為了讓學習者更能掌握要領，筆者參酌玉鑰匙四聲歌訣，因作入聲歌訣一首與讀者分享，希望能有助於入聲的學習與了解，入聲歌訣請以台語發音。

3. 入聲歌訣

韻尾的分類	漢字／台羅	例字
雙唇塞音-p	雙唇合--起-來 袂落風 siang-tûn ha̍p--khiài buē làu-hong	壓 ap
舌根塞音-k	舌頭挺懸 氣袂通 tsi̍h-thâu thánn kuân khì buē thong	沃 ak

舌尖塞音-t	舌尾翹--起-來 拄頂齒 tsih-bué khiàu--khiài tú tíng-khí	遏 at
喉塞音-h	曨喉束--起-來 練氣功 nâ-âu sok--khiài liān khì-kong	鴨 ah

註：「起來」兩字合音讀爲khiài，其他皆標本調。遏：折斷。

4. 入聲調號

　　高入聲調在主要元音上標一豎立記號「ȧh」，低入無調號。

　　高入聲：十tsȧp、實sȧt、毒tȯk、箬hȧh

　　低入聲：答tap、七tshit、角kak、肉bah

5. 入聲變調

　　(1) -p、-t、-k韻尾，本調有低入聲與高入聲，變調時低入聲變高入聲；高入變低入。4 ↔ 8

　　　　低入 → 高入：　督tok → tȯk-tō督導

　　　　高入 → 低入：　蜜bȧt → bit-phang蜜蜂

　　(2) -h韻尾變調時，低入變高降，高入變低平，喉塞韻尾-h消失，4→2、8→3。

　　　　低入 → 高降：　肉bah → bá- tsàng肉粽

　　　　高入 → 低平：　白 pȧh → pè-sik白色

6. 入聲的種類

　　教育部台羅音標，入聲只有高入與低入兩種標法，實際上根據洪惟仁與張屏生師所採用的三度制的音值標示法，高入的音值標爲〔5〕中入標爲〔3〕低入標爲〔1〕，因爲實際上單字調只

有高入與中入，變調時才有低入，其調值類似低平調，請唸唸看下列的例字即可分辨。但是由於教育部所有的測驗僅採用本調，所以沒有變調的問題，另一方面配合台羅音標的標示法，教學上一致，故不宜另增調號。所以三種入聲之說僅用於記錄語音或學術論文裡，在母語教學上，入聲只採用高入與低入兩種標法。

高入（本調）	中入（本調）	低入（變調）
疊thia̍p	帖thiap	疊好thiap-hó
實si̍t	失sit	實在sit-tsāi
直ti̍t	得tit	直角tit-kak
一tsi̍t	質tsit	一粒tsit-lia̍p
俗sio̍k	淑siok	俗物siok-mih
服ho̍k	福hok	服裝hok-tsong

7. 台羅聲調標記原則
　(1) 地名、機關等專有名詞第一個字大寫。如Tâi-pak（台北）
　(2) 人名：姓與名的第一個字都要大寫。如Tshuà Tshuì-tshiu
　　　（蔡翠秋）
　(3) 句首第一個字要大寫。如Pueh gue̍h tsa̍p-gōo sī Tiong-tshiu
　　　（八月十五是中秋）
　(4) 符號標記優先順序為：a > oo > e，o > i、u
　　　a. ai標在a上，如ài
　　　b. io標在o上，如iô
　　　c. iu，ui標在後面的，iú，uì
　　　d. 以上聲調標示原則，簡單地說，有a的複母音就標在a上
　　　　 方，無a的複母音就標在後面的母音上。
　　　e. oo、ng標在第一個字母上ōo，n̂g

f. o與oo的區別。

ong、iong、ok、iok、op、om、onn七個韻「o」都讀成「oo」，不是讀o。其他的音「oo」、「o」都照原來的唸。

如：姑koo、路lōo、褲khòo、蘇soo、某bóo、許khóo。

刀to、無bô、哥ko、婆pô、號hō、做tsò、報pò。

公kong、風hong、東tong、香hiong、勇ióng、中tiong。

國kok、福hok、菊kiok、陸liȯk、俗siȯk、鹿lȯk、

楊iônn、蔣tsiónn、張tionn、箱sionn、薑kionn、樣iōnn

五、華台語聲調的對應

華語的聲調平聲分陰平、陽平，上，去，無入聲，華語從元代《中原音韻》以後，入聲已分別派入平上去。台語傳統七調其文音與華語的對應大抵如下。

華語第1調=台語第1調（陰平）：公、中、生、兵、爭……。

第2調=台語第5調（陽平）：同、容、龍、蛇、其……。

第3調=台語第2調（上聲）：柳、九、手、酒、古……。

第4調=台語第7調（去聲）：電、動、浪、洞、幸……。

第4調=台語第3調（去聲）：敬、氣、報、棟、放……。

華語陰去與陽去已經合流都屬第四調，而台語平、上、去、入都分陰陽所以有八調，惟陽上等同陰上，因此實際上只有七調。陽調類是從中古濁聲母清化後轉為清聲母，而聲調依然留在濁調類，因為中古清、濁分別屬不同聲紐，例如「呼」「戶」的聲母今都發h（ㄏ），但是「呼」古音屬「曉」母清聲母h是第一調，而戶屬「匣」母濁聲母ɣ（ɦ）是第七調。又如「顛」、「田」的聲母今台語都發t，「顛」的古音屬「端」母清聲母t是第一調，田屬「定」母濁聲母d是第五調。台語一至四調屬陰調類（清），五至八調屬陽調類（濁），依此類推。上述華臺語的

聲調對應系指類似，並非調值完全相等。

六、韻尾

　　以元音收尾的音，也就是說元音韻尾與開尾韻都稱之為陰聲韻，在主要元音之前的母音稱之為韻頭或稱介音，之後的母音稱為韻尾，台語的i與u兩個音，可以作為主要元音、介音或韻尾三種用途。陰聲韻的音韻特性可以竹、木、皮革的樂器聲做比喻，其音乾燥枯澀。陽聲韻指鼻輔音韻尾，依收音部位不同可區分為雙唇鼻音韻尾、舌尖鼻音韻尾與舌根鼻音韻尾等三類，陽聲韻的音韻特性可以金屬的樂器聲做比喻，其音宏亮華麗嗡嗡作響。塞音韻尾亦稱入聲韻尾，依收音部位不同可區分為雙唇塞音韻尾、舌尖塞音韻尾、舌根塞音韻尾、喉塞音韻尾等四類。

　　此外，還有一個有元音與喉塞音組成的複合韻尾，茲分別舉例如下。

1. 陰聲韻
　　(1) i韻尾：哀ai、歪uai。
　　(2) u韻尾：歐au、枵iau。
　　(3) 開尾韻：跤kha、龜ku、車tshia、沙sua。

2. 陽聲韻
　　(1) 雙唇鼻音韻尾-m：罨am、音im、閹iam、掩om（漳）。
　　(2) 舌尖鼻音韻尾-n：安an、因in、煙ian、彎uan、溫un。
　　(3) 舌根鼻音韻尾-ng：翁ang、英ing、汪ong、庸iong、央iang（漳）。

3. 入聲韻
　　(1) 雙唇塞音韻尾-p：壓ap、挹ip、葉iap。
　　(2) 舌尖塞音韻尾-t：遏at、一it、擦iat、斡uat、鬱ut。
　　(3) 舌根塞音韻尾-k：沃ak、益ik、屋ok、約iak/iok。

(4) 喉塞音韻尾-h：鴨ah、狹eh、挖iah、闊khuah。

(5) 複合韻尾：ih、uh、innh、unnh、iunnh。

七、音節結構

音節結構		聲母	韻頭	韻腹	韻末	韻尾	韻尾分類
陰聲韻	開尾韻	家 k		a			
		柯 k	u	a			
	元音韻尾	交 k		a		u	u
		乖 k	u	a		i	i
陽聲韻		堅 k	i	a		n	-m、-n、-ng
入聲韻（陽）		峽 k	i	a		p	-p、-t、-k
（陰）		蔽 h	i	a	u	h	-h

八、入聲韻押韻舉例

古詩「寄全椒山中道士」押入聲十一陌韻，韻腳是客、石、夕、跡四個韻，以台語發音，韻腳押得非常正確和諧，唸起來抑揚有致。如果用華語唸起來，不但平仄錯亂，而且四個韻腳完全不能互押，因為以華語的聲調來說，石、跡是平聲，客、夕是仄聲，平仄如何能互押？且根本分不出入聲韻，學習易生混淆，甚且誤導。例如：讀到柳宗元的一首五言絕句「江雪」，押入聲九屑韻，韻腳是絕、滅、雪。記得小時候，老師說這是押「ㄝ」韻，也剛好這三個韻可這麼騙，如果是論平仄，就無從說起了。可見華語的韻腳是無法據以論韻。

下列摘錄一段長恨歌，以及一首漢朝古詩都押入聲韻，以台語閱讀都可分辨入聲押韻，可見從上古到中古時代，入聲韻只

押入聲韻，而且-p、-t、-k三種韻尾絕不可混押。台語、粵語、客語是三種保留較完整的古漢語方言。而現在的華語是在元朝以後才分化出去的方言，由於受北方阿爾泰語系以及蒙古語言的影響，逐漸形成捲舌音及ㄦ化韻等特色，是一種胡化漢語，與中原的語音接觸產生競爭、移借、取代……等作用而形成現代的北方官話，所以「胡言亂語」這句話，就是當初住在中原的漢人對北方胡言剛進來時候的感受。

(一)文讀音押韻舉例（標本調）

1. 〈寄全椒山中道士〉　　　　　唐・韋應物

kì tsuân tsiau san tiong tō su　　入聲十一陌韻

今朝郡齋冷，忽念山中客：

kim tiau kūn tsai líng　　hut liām san tiong khik

澗底束荊薪，歸來煮白石。

kiàn té sok king sin　　kui lâi tsú pik sik

欲持一瓢飲，遠慰風雨夕；

iòk tshî it phiâu ím　　uán uī hong ú sik

落葉滿空山，何處尋行跡。

lòk iàp buán khong san　　hô tshù sîm hîng tsik

（這首古詩韻腳押客、石、夕、跡。）

2. 〈江雪〉　　　　　柳宗元

kang suat　　入聲九屑韻

千山鳥飛絕，

tshian san niáu hui tsiàt/tsuàt

萬徑人蹤滅。

bān kìng jîn tsong biàt

孤舟簑笠翁，

koo tsiu soo lip ong

獨釣寒江雪。

tòk tiàu hân kang siat/suat

（這是五言絕句，韻腳押絕、滅、雪。）

3. 〈玉階怨〉　　　　　　李白
gi̍ok kai uàn　　　　lí pi̍k
玉階生白露，　　　入聲六月韻
gi̍ok kai sing pi̍k lōo
夜久侵羅襪；
iā kiú tshim lô bua̍t
卻下水晶簾，
khiok hā suí tsing liâm
玲瓏望秋月。
lîng lông bōng tshiu gua̍t

（這是五言絕句，韻腳押襪、月。）

4. 〈長恨歌〉（摘錄）　唐‧白居易
tiông hūn ko　　　　入聲十三職韻
漢皇重色思傾國，御宇多年求不得；楊家有女初長成，
養在深閨人未識。天生麗質難自棄，一朝選在君王側；
回眸一笑百媚生，六宮粉黛無顏色。
hàn hông tiông sik su khing kik　gū ú to liân kiû put tik
Iông ka iú lú tshoo tióng sîng　ióng tsāi sim kui jîn bī sik
thian sing lē tsit lân tsū khì　it tiau suán tsāi kun ông tshik
huê biû it siàu pik bī sing　lio̍k kiong hún tāi bû gân sik

（這是一首歌行體古詩，韻腳押國、得、識、側、色。）

5. 〈與劉伯宗絕交詩〉　後漢‧朱穆
ú Lâu Pik-tsong tsua̍t kau si　入聲十三職韻
北山有鴟不潔其翼，
pok san iú tshi put kiat kî ik
飛不正向寢不定息。
hui put tsìng hiòng tshím put tīng sik
饑則木覽飽則泥伏，
ki tsik bo̍k lám páu tsik lê hik

饕餮貪污臭腐是食。

tho thiat tham u tshiù hú sī sik

填腸滿嗉嗜欲無極，

thian tiông buán sòo sī iȯk bû kik

長鳴呼鳳謂鳳無德。

tiông bîng hoo hōng uī hōng bû tik

鳳之所趨與子異域，

hōng tsi sóo tshu ú tsú ī ik

永從此訣各自努力。

íng tsiông tshú kuat kok tsū nóo lik

（這首古詩韻腳押翼、息、食、極、域、力。）

(二)白話音押韻舉例

　　陰入-h只出現在白話音如唸謠、歌謠、褒歌、七字仔……之類的民間作品，詩、詞、古文裡只有陽入聲，陰入聲不押陽入，但可與陰聲韻相押，所謂陰聲韻是指以元音結尾的韻，對於平仄亦無嚴格要求，所以圓、鐵、覕、物、弟、枝、時、死皆可通押，因為主要元音皆相同或相近。

1. 童謠

拍鳥鼠

pah niáu tshú/tshí

鳥鼠耳短目睭圓，

niáu tshú hīnn té bȧk tsiu înn

喙仔尖尖齒若鐵，

tshuì á tsiam tsiam khí ná thih

日時走去覕，

jit sî tsáu khì bih

暗時出來偷食物。

àm sî tshut lâi thau tsiȧh mih

阿兄招小弟，

a hiann tsio sió tī

竹仔一人攑一枝，

tik á tsit lâng giàh tsit ki

等候鳥鼠出空時，

tán hāu niáu tshú tshut khang sî

共伊拍一下吱喟死。

kah i phah tsit ē tsi tsiu sí

2. 唸謠

大隻牛仔是細條索，

tuā tsiah gû á sī sè tiâu soh

大漢阿娘是細漢哥，

tuā hàn a niû sī sè hàn ko

是妳阿娘毋捌寶，

sī lí a niû m̄ bat pó

細粒的干樂是較會趒。

sè liàp ê kan lòk sī khah ē gô

　　這兩首唸謠每句的句末都押韻，圓是鼻化韻，鐵、砚、物、索是陰入聲，弟、枝、時、死、哥、寶、趒是屬陰聲韻，這三種韻在白話可以互押，另外，兩個韻化輔音韻母m、ng也可押陰聲韻，可見鼻化韻與韻化輔音韻母雖然帶有鼻音，但不屬陽聲韻，也就是說不可與三個鼻輔音韻尾押韻。

九、鼻音韻與陽入聲的對應

　　鼻音韻尾和元音的組合情形，與塞音韻尾和元音的組合情形是相當整齊的對應關係，但是其中有一種鼻音韻母uang，如澎湖有部分地區把風說成huang，但是並無相對應的uak。鼻音韻與塞音韻的差異是在有無鼻音，其發音部位都相同，這三組鼻音韻又稱之為陽聲韻，與其對應的這三組塞音韻又稱之為陽入聲，而喉

塞音韻尾並不與陽聲韻或鼻化韻有對應關係，喉塞音韻尾稱之為陰入聲，有些學者認為喉塞音韻尾應稱之為促音較恰當。

am、iam、im、om	ap、iap、ip、op
an、ian、in、uan、un	at、iat、it、uat、ut
ang、iang、ing、ong、iong	ak、iak、ik、ok、iok

十、鼻音韻尾與鼻化音

　　鼻化音是指元音鼻化，以-nn表示，鼻化音主要是在白讀層，文讀層的字很少，台語有大量的鼻化音，例如：台灣的流行歌「雙人枕頭」都押鼻化音，聽起來親切、悅耳又傳神。

　　1. 鼻化元音：ann、inn、enn、onn。

　　2. 鼻化複元音：ainn、aunn、iann、ionn、iunn、
　　　　　　　　　　uann、uinn、iaunn、uainn。

　　3. 濁聲母+鼻化元音=鼻聲母+元音

b-、l-、g-之後跟隨鼻化元音時，受到鼻化元音的影響，使b-、l-、g-變為m-、n-、ng-，例如：b+ann=ma、l+ann=na、g+ann=nga，早期的《彙音妙悟》或《彙集雅俗通十五音》等字書都不把m、n、ng三個聲母另外標示出來，所以只有十五音，今已經採用這三個聲母，所以不再使用bann、lann、gann，因此不會再有如：名miâ寫成biânn，籃nâ寫成lânn，雅ngá寫成gánn的情形。

　　4. 陽聲韻與鼻化元音的區別

所謂陽聲韻是指鼻輔音韻尾而言，依收音的部位陽聲韻可分為-m、-n、-ng三個韻尾，如心sim、巾kin、江kang。華語只有-n、-ng兩個韻尾，ㄢㄣ屬於-n、ㄤㄥ屬於-ng，而台語收-m的文讀音，華語全部併入-n，例如：金、柑、淡⋯⋯等字，台語讀作kim、kam、tām，華語讀成ㄐㄧㄣ、ㄍㄢ、ㄉ

ㄢ、。這三種輔音韻尾之前一定有母音，就am（掩）來說，當發母音a之後閉上雙唇，讓氣流改從鼻腔出去而形成am的鼻音，是閉唇以後才有鼻音，收音的部位在雙唇稱之為雙唇鼻音，-n、-ng兩個韻尾也是相同的道理，an（安）收音在舌尖稱之為舌尖鼻音，ang（翁）收音在舌根稱之為舌根鼻音，因為發完元音之後才有鼻音，所以都屬後加鼻音。因此可以說韻尾只是表示語音的方向，而-m、-n、-ng這三個韻尾是代表三種收鼻音的符號。

鼻化元音就是元音鼻化，台語有六個口元音，其中〔u〕不單獨鼻化，〔o〕無鼻化音，所以鼻化元音只有ann、enn、inn、onn四個，onn是oonn的縮寫，六個口元音加上四個鼻化元音，台語共有十個元音。當發鼻化音ann時，a與鼻音nn全時發出，發音時口腔自然張開，喉嚨的小舌下垂，讓氣流從口腔與鼻腔全時通過，鼻音與a的音是同起訖的，這種鼻音叫上加鼻音，所以是鼻元音，而上述的陽聲韻an……等的鼻音是發完母音之後才加上的，所以叫韻尾，與鼻母音的性質不同，發鼻母音時口腔總是開開的，而且口腔只有一個姿勢，而發陽聲韻時，口腔一定要合閉，所以口腔一定有兩個姿勢，因為口腔關閉後才成音，因此是輔音，吾人常會把an與ann搞混，了解上述的道理自然就能釐清了。

十一、不規則變調

台語連讀變調已如上述，但是有一些連讀也不變調，而稱代詞在句末也會變調，在下列各種條件下，不依照一般變調規則，稱之為特殊變調。

(一)虛詞：欲、咧、佮、閣、甲……都變為高平調

　　1. 你欲去佗位？

2. 伊呐寫字。

3. 你佮阿娟做伙去行行呐。

4. 大碗閣滿墘。

5. 我忝甲會呼雞袂歕火。

(二)不變調的條件（稱代詞除外）

1. 詞或句的末字：空氣。

2. 輕聲前：驚死kiann--sì。

3. e的前一字：日本e果子。

4. 主謂式複詞：地動，天光。

5. 處所詞：去台中讀冊。

6. 時間詞：拜六、下晡、五點。

7. 方位詞：頂、底、前、後。

8. 句中語氣停頓處：阿英坐火車去台中讀冊。

9. 連接詞前後：薰佮火。

10. 動詞組最後一個音節：掠著一尾大尾魚。

11. 主語詞末字：阿英。

12. 名詞並列：動、植物、水果。桃李杏梅全科。

13. 共kā、予hōo等字之後接動詞時不變調，如：共救－－起來。

(三)不規則變調

1. 去（去睏）、來（來去）、戲（戲弄）、態（態度）、人才（輩出）、佩服puē-hȯk。

2. 人稱代名詞：我、你、伊、阮、恁、咱、個、人。

   (1) 後有直接賓語或補語，照一般變調。

      予我兩本冊。

      予我驚一下。

   (2) 做爲主語詞及在詞句最後也要變調。

      我毋是呐講你。

(3) 強調時不變調：這予我。

(4) e前照一般規則變調。

我的車是新買的。

(5) 隨前變調輕聲：牽我，求伊，唬你。

(6) 弱讀之前「伊」還是要變調。

你喔！有夠毋值。我喔！會予你氣死。伊喔！有夠戀。

十二、輕聲

台語的輕聲是有辨義作用的，也就是說讀輕聲與非輕聲的意思不同，輕聲的音較短而且輕，音調似台語第三音（音值11），輕聲前都不變調，符號是在讀輕聲調的字前加「－－」。依教育部規定均應標本調。輕聲有兩種：

(一)固定輕聲

例字	本調	一般變調	輕聲標示法
做人	tsò-lâng	tsó-lâng	tsò--lâng
開開	khui-khui	khūi-khui	khui--khui
後日	āu-jit	àu-jit	āu--jit
過去	kuè-khì	kué-khì	kuè--khì
驚死	kiann-sí	kiānn-sí	kiann--sí
無去	bô-khì	bō-khì	bô--khì
買無	bué-bô	bue-bô	bué--bô
落來	lòh-lâi	lò-lâi	lòh--lâi

(二)隨前變調輕聲

　　a、e前為人名、動詞、形容詞以及人稱代名詞：我、你、伊、人做為「賓語」時都是三階變調。（調序以數字標示）

　　第1調 → 1　　　第5，7調 → 7　　　2，3，4，8調 → 3.

人名	動詞	形容詞	人名	動詞	形容詞	動詞+人稱代名詞	
1. 阿娟e^1	租e^1	青e^1	修a^1	生a^1	光a^1	輸我^1、你^1、伊^1、人^1	
7. 阿鳳e^7	畫e^7	大e^7	壽a^7	穿a^7	硬a^7	助我^7	同上
5. 阿琴e^7	贏e^7	紅e^7	龍a^7	來a^7	黃a^7	還我^7	同上
3. 阿慶e^3	種e^3	細e^3	秀a^3	去a^3	暗a^3	教我^3	同上
2. 阿勇e^3	買e^3	苦e^3	守a^3	買a^3	好a^3	講我^3	同上
4. 阿德e^3	織e^3	溼e^3	淑a^3	借a^3	赤a^3	逼我^3	同上
8. 阿蜜e^3	熟e^3	薄e^3	木a^3	密a^3	直a^3	逆我^3	同上

　　1. 隨前變調的詞尾是「e（的）」的時候，前面的語詞一般都是動詞、形容詞或人的姓名。

　　2. 詞尾是「a」的時候，前面的語詞以人名為主，若是動詞或形容詞則表示動作完成與形成的狀態。

　　3. 詞尾是人稱代名詞「你、我、他、人」的時候，前面的語詞一定是動詞。

十三、á前變調（為便於說明調序，以數字標示）

　　此類並不屬於隨前變調輕聲，而是加在名詞之後作為詞尾的附加詞，a固定讀高降調，其二階變調規則列舉如下。

　　第1，5，7，8調在a前皆變為第7調。第2，3，4調在a前皆變為第1調。

第1調　雞ke^1 → ke^7-a^2　　　第2調　鳥tsiau^2 → tsiau^1-a^2

第5調　鵝go^5 → go^7-a^2　　　第3調　炮phau^3 → phau^1-a^2

第7調　樹tshiu^7 → tshiu^7-a^2　第4調　鴨ah^4 → a^1-a^2

第8調　藥ioh^8 → io^7-a^2

十四、三疊詞變調（標變調，調序以數字標示）

　　第1、5、7、8調第一字變為第5調（實際為第9調），第2字照一般變調，第3字讀本調。第2、3、4調第1、2字照一般變調，最後一字讀本調。

調序	三疊詞	變調		
1	清清清	tshing^5	tshing^7	tshing^1
5	紅紅紅	ang^5	ang^7	ang^5
7	大大大	tua^5	tua^3	tua^7
8	俗俗俗	siok^5	siok^4	siok^8
2	苦苦苦	khoo^1	khoo^1	khoo^2
3	暗暗暗	am^2	am^2	am^3
4	闊闊闊	khua^2	khua^2	khuah^4

十五、台語常用連音詞

　　兩字合成一音，保留前字聲母，後字韻尾，聲調結合前音節調頭與後音節調尾，兩個音節中只保留一個主要元音。也就是說連讀後，音調從前字，唯有共人、予人等後加動詞時從後字。

如：共人拍kā-lâng phah → kâng phah。

　　1. 啥人siánn-lâng → siáng、啥物siánn-mih → siáinn

　　2. 起來khí-lâi → khiái、出來tshut-lâi → tshuái

　　3. 轉去tńg-khì → tńg-ì、出去tshut-khì → tshuí

　　4. 予人hōo-lâng → hông、共人kā-lâng → kâng

　　5. 看見khuànn-kìnn → khuàinn、起去khí-khì → khit-lì

　　6. 好毋hó-m̄ → hóm、是毋sī-m̄ → sím

十六、鼻音擴散

1. 鼻聲母

　　鼻聲母音節之後接元音時，後面的元音受前面的影響轉為鼻化音。

　　如：貓niau á → niau ánn、籃仔nâ á → nâ ánn

　　　　棉仔mî á → mî ánn、夾仔ngeh á → nge ánn

2. 鼻聲韻尾

　　鼻聲韻尾之後接元音時，鼻韻尾成為後音節的聲母。

　　(1) 柑仔kam á → kam má、金仔kim á → kim má

　　　　參仔sim á → sim má、杉仔sam á → sam má

　　(2) 巾仔kin á → kin ná、秤仔tshìn á → tshìn ná

　　　　囡仔gín á → gín ná、矸仔kan á → kan ná

　　(3) 管仔kóng á → kóng ngá、釘仔ting á → ting ngá

　　　　籠仔láng á → láng ngá、磅仔pōng á → pōng ngá

3. 鼻化元音

　　鼻化元音之後接元音時，後面的元音受前面的影響轉為鼻化音。

　　如：衫仔sann á → sann ánn、菁仔tshinn á → tshinn ánn

　　　　生仔sinn á → sinn ánn、坩仔khann á → khann ánn

羊仔iûnn á → iûnn ánn、箱仔siunn á → siunn ánn

青的tshinn ê → tshinn ênn、豉的sīnn ê → sīnn ênn

嬰仔enn á → enn ánn、檨仔suāinn á → suāinn ánn

4. 韻化輔音韻母

韻化輔音韻母之後接元音時，前面的韻母成為後音節的聲母。

如：霜仔sng á → sng ngá、糖仔thng á → thng ngá

腸仔tng á → tng ngá、磚仔tsng á → tsng ngá

秧仔ng-á → ng-ngá、楓仔png á → png ngá

栓仔sng á → sng ngá、梅仔hm̂ á → hm̂ má

十七、語音變異

1. 濁化現象

入聲韻尾有-p、-t、-k三種，當入聲韻後面緊跟著元音時，將使零聲母濁化為同部位的濁聲母。例如：

盒仔a̍p-á → a̍p-bá　　粒仔lia̍p-á → lia̍p-bá

賊仔tsha̍t-á → tsha̍t-lá　一个tsit-ê → tsit-lê

鹿仔lo̍k-á → lo̍k-gá　　殼仔khak-á → khak-gá

2. 顎化作用

細音會影響前面的輔音，使之變得和自己的發音相近稱為顎化作用。例如：華語的煎、遷、仙、績、戚、錫……，及舉、去、許、金、欽、欣……等現在讀ㄐㄑㄒ的音都是由古代的ㄗㄘㄙ與ㄍㄎㄏ受細音影響變來的。

3. 類化作用

一種音受另外一個音影響或吸引，脫離了正軌而變得和那個音一樣稱之為類化作用。例如：四十四讀為「siap-siap」、膏肓讀為膏盲、町（他鼎切）thing讀為丁、莖（戶耕切）hîng讀為經……等。廣州話「斤、根」都念kan，所以說華語時「根

本」會講成kin-pûn。

4. 清化

台語在中古以後濁聲母都清化為清聲母，但是清化後聲調仍留在濁調類。

例如：「田」的古音念dian清化為tian，聲調為陽平。現今的濁聲母b、g等都是由鼻音變來的。華語清化後，平聲變為送氣，仄聲變為不送氣；台語清化後的聲調就顯得較不規則。

5. 同化作用

兩個輔音相鄰，由於互相影響，互相適應，其中一個影響到另一個，使得在發音的部位或發音方式，變得和自己相同或相近。

龍眼lîng-gíng → gîng-gíng，今年kim-nî → kin-nî

身軀sin-khu → sing-khu，新婦sin-pū → sim-pū

這馬tsit-má → tsip-má → tsim-má

6. 異化作用

兩個音在相當近的距離出現時，其中一個變做另一種音。

椅條í-tiâu → í-liâu，飛行機hui-hîng-ki → hui-lîng-ki

7. 增音

在連讀音時有語音增加的現象，例如：

(1) 「起來khí--lâi」慢讀時讀為khit--lài。

(2) 「起去khí-khì」慢讀時讀為「khit-khì」、快讀時讀為「khit-lì」。

(3) 「去佗位khì-to-uī」讀為khit-tué。

(4) 「早」讀為gâu-tsá但是在早上就說「早起時仔tsái-sî-á」或「ē-tsai-á」。

(5) 「柑仔」由kam-á變讀為kam-má亦為增音現象。

8. 減音

在連讀音時有語音減少的現象，在台語裡是很常見的。例如：

三百五sann-pah-gōo → sann-á-gōo，揮發油hui-huat-iû → hu-á-iû
母佮囝bú-kah-kiánn → bu-á-kiánn，翁佮某ang-kah-bóo → ang-á-bóo
一二十個it-lī-tsa̍p ê → it-lia̍p ê

9. 脫落

(1) 韻尾脫落

在連讀音時有語音因弱化而脫落的現象，在台語裡是很常見的，尤其喉塞音連讀時韻尾即脫落，這種現象顯示喉塞音有逐漸消失的趨勢。例如：

冊包tsheh-pau → tshé-pau，落雨lo̍h-hōo → lò-hōo

(2) 聲母或韻母脫落

共我講kā guá kóng → kā uá kóng → kā-á kóng
予人看hōo lâng khuànn → hōo âng khuànn → hông khuànn
共伊講kā i kóng → kā kóng

十八、成阻、持阻、除阻

在發塞音的時候，如果是聲母的話，在發音的過程當中就必須完成「成阻」、「持阻」和「除阻」等三個步驟。

1. 成阻：指主動發音器官向被動發音器官的靠近或緊貼，以形成氣流通道中的阻礙，像發/p/音的時候雙唇關閉的動作，發/s/音的時候舌尖與上齒背之間窄縫的形成過程。

2. 持阻：指發音器官保持已經形成對氣流通道產生阻礙的狀態。塞音在這個階段是沒有聲音的，但是鼻音、擦音、塞擦音在除阻階段就可以發出聲音。

3. 除阻：指發音器官從某種阻礙氣流通道的狀態，向原來靜止狀態或其他發音狀態轉變的過程。像發/p/音的時候緊閉的雙唇開啟，塞音在除阻階段發出聲音，而擦音在持阻、除阻階段都可發出聲音。而入聲的發音狀態只在成阻、持阻階

段而已，並沒有除阻的階段，塞音當聲母和當韻尾發音的過程是不一樣的。（張屏生，2007）

十九、聲母與韻尾的配合關係

1.一個音節中，華語的聲母和韻母可以同為鼻音，但是在台語裡，聲母和韻母的鼻聲無法並存，例如：華語的「難nan、民min、娘niang、農nong」，在台語就要寫成lan、bin、niu、long。

2.同一音節內，聲母和韻尾不可同為唇音，稱為唇音異化。即p，ph，m，b聲母不配-m，-p韻尾。

3.後元音之後不能接唇輔音，如-m，-p。

4.降複元音之後除ih，uh之外，不接輔音韻尾。

5.滑音：華語「溫」在發元音ㄨ和韻尾ㄣ之間，有一個滑音ㄜ，所以實際發音有一點像ㄨㄜㄣ。台語在u與n之間沒有任何滑音。

「英」字的台語發音在i與ng之間有一個滑音e，所以實際的發音接近iᵉng。但是華語英ㄧㄥ字的發音卻沒有明顯的滑音。

二十、傳統十五音、台羅聲母與中古音的關係

1.以十五個字為代表，傳統稱之為十五音，也就是十五個聲母

柳	邊	求	去	地	頗	他	增	入	時	英	門	語	出	喜
l	p	k	kh	t	ph	th	ts	j	s	Ø	b	g	tsh	h

2. 古聲母與台羅聲母的對應關係

中古音聲母也是依照發音的部位分為唇、舌、牙（舌根）、齒、喉音等五大類，古時候因為沒有拼音符號，所以就如同上述十五音採用漢字來代表，但是漢字是表義文字不是表音的文字，當語音變異分化時，音也會轉移[1]，於是現代人以今音讀古語則有語音不符的現象，形成聲韻學深奧難懂的原因。例如：

(1) 台羅唇音聲母p、ph、b、m，古時候就用「幫、滂、並、明」[2]來代表。「幫、滂」的差別是在於送氣與不送氣；「並、明」的差別是在於濁音與鼻音；「幫、並」是清、濁的不同。但是到了唐末分化為重唇與輕唇音[3]。

(2) 為了區別重唇音「幫滂並明」這四個聲紐，將清音不送氣的「幫」稱為全清，清音送氣的「滂」稱次清；將濁音的「並」稱為全濁，而鼻音稱為次濁。輕唇音以及舌、牙、齒、喉音亦依此分類。

(3) 到了中古漢語，濁聲母清化使得清濁合流，華語濁音清化後，凡平聲皆歸為陽平調。台語的古濁聲母清化之後，調類上產生有陰陽之別，陰調是來自中古音的清聲母，陽調是來自中古音的濁聲母。

(4) 有時候語音丟失會有另一種附帶的效果，一個音段雖然丟失了，但是它的重要的語音特徵卻保留下來移轉到鄰近的音段上，這稱之為「抵補」，如濁音清化及元音鼻化時都會產生抵補現象。（張屏生・教學綱要，91）

---

[1] 明朝陳第：「時有古今，地有南北，字有更革，音有轉移。」

[2] 唐發現的守溫敦煌殘卷只有重唇音「不芳並明」。

[3] 唇音字至唐末分化為重唇「幫滂並明」與輕唇「非敷奉微」。

(5) 中古音聲母有36個稱為三十六字母，以唇舌牙齒喉的聲紐
　　說明如下，台語無輕唇音，舌上音讀如舌頭音。

發音部位	台羅音標／國音	全清	次清	全濁	次濁
重唇音	p/ㄅ	幫	滂	並	明[4]
輕唇音	f/ㄈ	非	敷	奉	微[5]
舌頭音	t/ㄉ	端	透	定	泥
舌上音	t /ㄓ	知	徹	澄	娘
牙（舌根）	k/ㄍ	見	溪	群	疑
齒頭	ts/ㄐㄗ	精	清	從	
正齒	ts/ㄓ	照	穿	牀	
喉音	Øh/Øㄒ	影　曉		匣	喻
半舌	l/ㄌ				來
半齒	j/ㄖ				日

二十一、方言韻書

(一)聲母

1. 《十五音》是閩南話傳統的地方韻書的通稱，用以提供依音識
　　字的工具書。
　　泉州話有黃謙的《彙音妙悟》、廖綸璣的《拍掌知音》；漳州

---

[4] 「明」母字（ㄇ/b）莫慕模謨摸母明彌眉綿靡美。（莫類）

[5] 「微」母字（ㄨ/b）武亞無亡文望。（武類）明微兩母古音皆
　　唸b，同屬明母。

話有謝秀嵐的《彙集雅俗通十五音》；台灣話有沈富進的《彙音寶鑑》、黃有實《台灣十五音辭典》；瑞成書局出版壺麓主人的《增補十五音》、《鳥字十五音》等方言韻書，這些都是簡單解釋的同音字字典。

2. 爲什麼叫「十五音」而不叫「十八音」？因爲台語只要有「十五音」就足夠描寫整個聲母系統；當b-、l-、g-後接鼻化韻時，就會因爲鼻音向左擴散的關係而使聲母變成了m、n、ng。例如：b+ann=ma、l+ann=na、g+ann=nga。但是有的聲母會因爲鼻化或顎化的關係而產生不同的音質，所以有人認爲台語應有十八音或二十一音的說法，這只是適應羅馬字或注音符號的拼音系統而做的調整。如傳教士杜嘉德（Carstairs Douglas）所編的《廈門話口語詞典》（1899）、甘爲霖的《廈門音新字典》（1913）都用十八音來記音；至於小川尚義主編的《台日大辭典》以及其他的語言學家都採用十五音的音位標音法（張屛生，2007.6.28）。

3. 傳統韻書將[m-,n-,ng-]與[b-,l-,g-]合併是因爲這兩組音的性質相近又互補的分布而不是對立，所以b/m，l/n，g/ng互爲同位音。由於b，l，g分布較廣，可出現的環境較多，因此被視爲基礎音，而把m-，n-，ng-看成變體音。傳統韻書的鼻音聲母都不單獨列出，所以只有十五音，也體現了音位的簡易性。

4. 使用「十五音」辭書應了解相關的一些專有名詞。

    (1) 字就是音節，台語是單音節語言，所以在傳統閩南語音韻學中，就把音節稱爲字。

    (2) 字頭就是聲母，就是在音節前面具有辨義作用的輔音，這與「子音」、「輔音」的觀念不同。如：柳l、邊p、求k、去kh、地t……。

    (3) 字母就是韻母，在傳統閩南語音韻學中稱爲字母。如：君un、堅ian……。

(4) 呼八音：把一個音節依照陰平、陰上、陰去、陰入、陽平、陽上、陽去、陽入的調序依次唸出。

(5) 三字反切法：用三個字給一個字注音，請看下列例字。呼音時要注意陽聲韻與入聲韻搭配的關係。

家二文	家七英	茄八地	膠四氣	驚五英
買	會	著	較	贏
be^2	e^7	$tioh^8$	$khah^4$	$iann^5$

交二求	交二地	官七英	因八曾	茄八曾
九	斗	換	一	石
kau^2	tau^2	$uann^7$	$tsit^8$	$tsioh^8$

(二)韻母：以四十五個字為代表（姚榮松·《台灣語言通論》上，頁109）

君	堅	金	歸	家。	干	公	乖	經	觀
kun	kian	kim	kui	ke	kan	kong	kuai	keng	kuan
沽	嬌	梔	恭	高。	皆	根	姜	甘	瓜
koo	kiau	ki^n	kiong	ko	kai	kin	kiang	kam	kua
江	兼	交	迦	檜。	監	龜	膠	居	ㄐ
kang	kiam	kau	kia	kue	ka^n	ku	ka	ki	kiu
更	扛	茄	薑	官。	姑	光	姆	關	閒
ke^n	kng	kio	kiu^n	kua^n	ko^n	kuang	km	$kuai^n$	kai^n
嘄	箴	爻	驚	嘛
$kiau^n$	kom	kau^n	kia^n	kui^n

（鼻化音標為i^n或inn、keng今作king）

(三)呼音法

若韻母是第一調「君（kun）」，依照十五個聲母輪流起呼。

第一句先呼韻、聲＝拼音。例如：君（kun）柳（liu）＝lun（後字取聲前字取韻）。

第二句以後邊pun、求kun、去khun、地tun、……，依此類推。

二十二、主要韻書

(一)《切韻》－漢語音韻史的重大革命

　　《切韻》是第一部兼容古今方國之音的韻書，主要是彙集六朝韻書之音韻統整。因爲隋以前的韻書往往反映一地的方言，與當時的音韻不盡相同，在應用上覺得不方便，所以在國家統一後，需要一部超乎方言之上的共同韻書。陸法言等人遂取諸家音韻，古今字書據以討論取捨，即所謂「因論南北是非，古今通塞，欲更捃選精切，除削疏緩」，定之爲《切韻》五卷。成爲適合全國各地的統一韻書，作爲讀書人押韻的依據。全書凡一九三韻，約12,000字。

　　唐代的韻書如孫愐《唐韻》是因襲《切韻》的架構，宋代陳彭年的《廣韻》、丁度的《集韻》也都是依據《切韻》加以增廣。所以《切韻》是了解中古音的關鍵，以此音系做基礎，一方面得以上推先秦古音，一方面可以了解現代語音的來源，《切韻》可以說是整個漢語音韻史的核心，是一部古今沿用的工具書，今人所用《廣韻》的反切注音、字義解說，其實都是《切韻》的宋代版。

(二)《廣韻》

　　宋代陳彭年、丘雍等奉敕編撰的《大宋重修廣韻》簡稱《廣韻》，成書於眞宗大中祥符元年（1008），分爲四十一聲類、二〇六韻，分平聲五十七、上聲五十五去聲六十入聲三十四，共26,194字。其所反映的語音是六朝、隋、唐音，所以後人據以探索中古音的聲類和韻類，在古音研究上一向都居於重要的地位。在《廣韻》之後不久，宋丁度等又奉詔編修《集韻》，其編排的方式大底與《廣韻》同，但收集的字增加到53,525字。劉淵和王文郁將二〇六韻分別併爲一〇七及一〇六韻，至元代陰時夫改爲一〇六韻，後世稱之爲「平水韻」，明人

籠統地稱爲「詩韻」，以一〇六韻爲準，後來演化成爲近代作詩押韻的《詩韻集成》。

(三)《中原音韻》

　　元代北音韻書興起，最早的是周德清的《中原音韻》，它是根據元朝關、馬、鄭、白等北曲四大家的曲韻歸納而成，反映當時北方的實際語音，分爲十九個韻，與傳統韻書最大不同是每個韻只分陰平、陽平、上聲、去聲，入聲分別派入平、上、去之中，而所收的字皆不帶釋義，不兼具字典的功能。

(四)《彙音妙悟》

　　1800年黃謙著，是泉州話韻書，較適合台灣泉州腔使用，尤其是鹿港地區的腔調。分十五個聲母、五十個韻母、八聲調。十五音是仿明朝蘭茂（字廷秀）以一首早梅詩用二十個漢字來字代表聲母。先依字母順序分爲五十韻，每韻再依十五個聲母的次序收錄漢字，每個聲母下再依八調分列各所屬漢字，每字之下附有簡略的形音義解說。

(五)《彙集雅俗通十五音》

　　1818年謝秀嵐著，漳州話韻書，較適合宜蘭腔，兼收文白音，凡文讀音用紅字，白讀音用黑字，但因輾轉翻刻，套色手續繁複，以致發生許多混亂，分十五個聲母、五十個韻母、八聲調，但第六調無字，所以實際上七個聲調。

(六)《增補十五音》

　　《增補彙音》1820年壺麓主人序，著者不詳，台中瑞成書局1961年有林梵膽錄本，書名作《增補十五音》與1998年瑞成書局新出版書名作《烏字十五音》，皆爲同一本書。分十五音、八聲調、三十韻，稱爲「三十字祖」，此書雖爲漳州腔的文讀音，但卻遺漏了文讀音的鼻化韻。

(七)《彙音寶鑑》

1954年梅山沈富進著，爲嘉義漳州腔，分十五音、七聲調、四十五字母，書中分韻收字與《彙集雅俗通十五音》同，另逐字附以北京話的注音符號。語言學教授洪惟仁與張屛生師指出本書文白夾雜、清濁相混、發聲送氣不分、韻部紊亂、訓讀字寖多，讀者須自行釐清。

二十三、反切

(一)華語與反切

華語即現在的北京話，它主要是從元代才開始從漢語分化出去的，所以《廣韻》中的反切是無法用華語拼出來，尤其是讀詩、詞、古文時有很多入聲與閉音節，就必須靠閩、客、粵等地方言才能分辨。如華語雞：古奚切，承：署陵切，切出來的聲母不對。公：古紅切，特：徒得切，切出來的調不對。竹：張六切，握：於角切，切出來的韻與調都不對。足：即玉切，直：除力切，切出來的聲、韻、調都不對。不過反切必須受過古音訓練的人才能推論拼音。反切最大的價值，在於幫助我們探討古音系統及其演化的痕跡。

(二)直音

古時候無注音符號，通行的注音方式有兩種，一種叫直音，一種叫反切。直音是用一個同音字來注音，如「仁，音人」「提，音題」，或是讀若、讀如……等方法。但是若無同音字或用字深難，則直音法就不靈了，如：丟，無同音字可注。

(三)反切的起源

反切之法始於東漢盛行於六朝，一直沿用到民國初年，像《康熙字典》、《辭海》、《辭源》、《中華大字典》等書都是

以反切注音。反切之法是受佛教與梵文傳入的影響，東漢時代仿
梵文拼音文字，將漢字的發音分成頭、尾兩部分，將開頭相同的
一群字稱爲「雙聲」，如：蜘蛛、講古。後半部相同的一群字稱
爲「疊韻」如：葫蘆、逍遙。也就是利用上下兩個字來標注一個
字的方法，稱之爲「反」、「切」、「反切」。隋唐以前都稱做
「反」，唐末以後稱爲「切」，後人稱爲「反切」。漢字語音由
聲、韻、調組成，唐朝才開始有聲、韻的觀念。

(四)反切的方法

切成的字必與反切上字雙聲，與反切下字疊韻。

上字取聲母，下字取韻母。
上字定陰陽，下字定聲調。
上字定清濁，下字定開合。

(五)反切舉例

1. 第一類：最簡易的反切法。

東：德紅切、雞：古奚切、設：識列切、植：常職切、
來：落哀切、紅：戶公切、落：盧各切、帖：他協切、
綠：力玉切、惟：以追切。

2. 第二類：切出來的音是陽上，也就是第六調，但台語主流
腔無第六調，所以第六調屬濁上，而聲母爲全濁則轉第七
調，即所謂濁上歸去。

杜：徒古切、弟：徒禮切、動：徒揔切、戶：侯古切、
丈：直兩切、是：承紙切、禍：胡果切、厚：胡口切。

3. 第三類：切出來的音是陽上，也就是第六調，但台語主流腔無第六調，所以第六調屬濁上，而聲母屬次濁則轉第二調，所謂次濁上轉二調。以台羅聲母b-、l-、g-、m-、n-、ng-、-j及陽調類無聲母皆屬次濁。

雨：王矩切、兩：良獎切、耳：而止切、卵：盧管切、五：疑古切、呂：力舉切、武：文甫切、以：羊己切。

4. 第四類：切出來的音皆不送氣，而現代都讀送氣音。

蟲：直弓切、琴：巨金切、讀：徒谷切、市：時止切、伴：部滿切。

5. 第五類：切出來的音是文音，與現代的俗讀音不同。

寂：前歷切、禪：市連切、障：之亮切、組：則古切、償：市羊切、購：古候切、觸：尺玉切、握：於角切。

6. 第六類：以輕唇切重唇稱之為唇音類隔，上字聲母是東、鍾、微、虞、文、元、陽、尤、凡、廢等十韻字讀輕唇h，其餘皆讀重唇p或ph。

風：方戎切、封：府容切、鋒：敷容切、逢：符容切。

7. 第七類：台語舌頭舌上皆讀舌頭音，所以無舌音類隔，亦無齒音類隔。

芝：止而切、尺：昌石切、遲：直尼切、是：承紙切。

二十四、文白異讀

　　台灣閩南語常用漢字中，有很多具有兩讀或多讀的現象，我們通常把它們分成文讀音或白讀音來處理。文讀音用於讀古文或吸收漢字文化，白讀音用於口語。人口移動導致方言的分化，文教推展促使方言統一，白讀代表漢語方言的分化或離心，文讀代表漢語方言的統一或向心，所以漢語方言的發展脈絡就表現在分化與統一兩股力量交相運作。

(一)文言音體系的形成

　　讀書用的音是文讀音，通常以切韻系韻書為標準，系統上合乎韻書的，就叫文讀音，不合就算是白話音。文言音又稱讀冊音（台南）、孔子白（廈門）、讀書腔（仙游）、官子腔（太原）。閩南語文言音是模仿、借用「官話音」而形成的一種語音體系。閩南語本來就有自己固有的語音（土音），在中唐以後，中央文教才進入福建地區，配合統治者的文教政策，在語言方面有規劃地建構實施。

　　從七世紀開漳聖王陳元光家族的經營漳州，到第九世紀王審知兄弟建立閩國以來，一方面帶來統治者的語言；一方面模仿長安標準音建構了文言音體系。所以文讀音是移借進來的語音，而白話音是本地固有的語音。

(二)文白異讀發生的原因

　　在漢語的文字發展過程中，一方面語言隨時間不斷往前變化，一方面古代語言又被文字記錄在典籍中，後人以其「今音」去閱讀「古語」文獻時，由於古今語與方言差異，藉由直音、

譬況、讀若、聲訓、反切等方法加以詮釋記錄下來而讀成不同的音，這一類文白異讀應該是文讀較古的形式。

其次是由於中國幅員廣大，方言各殊，接觸之後會發生調整、妥協、融合、競爭、移借、取代等同化現象，看是共時現象的文白異讀，其時是歷時層積的結果。有借入本地所無的詞彙，如「老公」（借自粵語）；有借入本地已有的語彙的不同讀音，如廈門音「蜂」。phang是古音輕重音分化前的讀法，這種早期的讀音成為廈門方言的底層，出現在口語的場合，當輕唇音分化出來之後，廈門音因接觸而借入hong的讀法，因為各有不同的功能而兩者共存，因此移借進來的新讀音，並非用來取代原來的讀音，這種接觸帶來的語言累增，增加了本地新的語言負擔，而形成另一種文白異讀。

另一方面常起因於外來移民帶來外來語，以及地方學習標準語，而發生方言接觸。輸入的外來語大部分是弱勢的一方，而標準語通常是文學語言，因而形成文白異讀。（楊秀芳‧論文白異讀，1993）

(三)文、白語音的差異

1. 白話音有大量的鼻化音，如：三、山、衫、籃、邊、天……。
   文言音較少，如：五、午、我、火、且、寡……。
2. 白話音有韻化輔音韻，而文讀音則無。
   m：毋m̄、媒hm̂、噷hmh。
   ng：黃n̂g、光kng、湯thng、酸sng、飯pn̄g、倉tshng、遠hn̄g。
3. 文言音無喉塞輔音韻尾。
   甲kah、肉bah、缺khih、箬hah、臘lah、藥ioh、石tsioh、抾khioh。

(四)文言音使用場合

1. 古文、文言文、四書、五經、三字經、祭文。
2. 古詩、唐詩、詞賦、佛經、聖經、對聯。
3. 數序、電話號碼、車牌號、公車……。
4. 外來統治者新改地名：陽明山、屏東……。
5. 外國地名：羅馬、西班牙……。
6. 新科學名詞：半導體、電子、二氧化碳……。
7. 中藥名：甘草、四神湯、十全大補……。
8. 人名：英九、三伯……。
9. 布袋戲對白：貧道下山、待我觀來……。

(五)白話音使用場合

1. 姓：陳、許……。少部分用文音：林、葉、馬。
2. 舊地名：樹林、圓山……。
3. 一般口語：讀冊、傷肥……。
4. 童謠、歌仔冊……。
5. 量詞：一隻猴、兩蕊花……。
6. 民間文學：千金譜、荔枝記、胡蠅蠓仔歌……。
7. 一般名詞：花、樹、牛、厝……。
8. 擬聲詞：雞叫聲……。
9. 俗諺語：只要你有心，歹鐵仔嘛會變黃金……。

(六)文白音運用

1. 文白混用：當當時、敢敢、使使、接接、向向、延延、食食。
2. 文文：天上、雄雄、清清、開講、三八、開關……。
3. 白白：重重、青青、紅紅、落落……。
4. 文白異讀舉如：

例字	文讀音	白話音	例字	文讀音	白話音
分	hun	pun	佛	hu̍t	pu̍t
肥	hui	pui	蜂	hong	phang
方	hong	png	芳	hong	phang
糞	hùn	pùn	扶	hû	phôo
飛	hui	pue	浮	hiû	phû
婦	hū	pū	明	bîng	miâ
富	hù	pù	滿	buán	muá
眠	biân	bîn	前	tsiân	tsîng
棉	biân	mî	等	tíng	tán
錢	tsiân	tsînn	頭	thôo/thiô	thâu
手	siú	tshiú	雨	ú	hōo
我	ngóo	guá	窗	tshong	thang
老	ló/nóo	lāu	膽	tám	tánn
買	mái	bué/bé	領	líng	niá
行	hîng	kiânn	輕	khing	khin
爭	tsing	tsinn	青	tshing	tshinn
共	kiōng	kāng/kā	年	liân	nî
枝	tsi	ki	升	sing	tsin
聲	sing	siann	繩	sîng	tsîn
十	sip	tsa̍p	經	king	kinn/kenn
平	pîng	pînn/piânn	甲	kap	kah
生	sing	sinn/senn	鴨	ap	ah
魚	gû	hî	目	bo̍k	ba̍k
船	suân	tsûn	先	sian	sing

5. 文白詞同、音義不同：

例字	文讀音	白話音
空間	khong-kan	khang-king
後生	hiō-sing	hāu-sinn
相等	siong-tíng	sio-tán
山水	san-suí	suann-tsuí
會合	huē-ha̍p	ē-ha̍h
大人	tāi-jîn	tuā-lâng
雨水	ú-suí	hōo-tsuí
傷重	siong-tiōng	siunn-tāng

二十五、台灣漳、泉音的差異

(一)漳、泉音分布地區

1. 偏漳地區：宜蘭、台北的三芝、石門、金山、萬里、基隆、貢寮、桃園大溪，八德、南投、嘉義、斗六地區與八卦山一帶。

2. 偏泉地區：台北、台中部分地區、花蓮、雲林、台南。
   (1) 安溪腔地區：三峽、鶯歌、林口、坪林、平溪、瑞芳、七堵、汐止、南港、松山、溪湖、芬園。
   (2) 鹿港泉州腔：鹿港、福興、台西、麥寮。
   (3) 同安腔：三重、蘆洲、八里、淡水、北投、大龍峒、澎湖。（以上分區係依據洪惟仁‧台灣方言之旅）

(二)漳、泉腔比較

韻		i / u / ir								
例字		魚	薯	豬	車	語	箸	據	去	鼠
漳州		hî	tsî	ti	ki	gí	tī	kì	khì	tshí
泉州	同安	hû	tsû	tu	ku	gú	tū	kù	khù	tsú
	安溪	hîr	tsîr	tir	kir	gír	tīr	kìr	khìr	tshír

韻		in / un / irn					iang / iong			
例字		根	恨	近	銀	勤	央	相	香	嚷
漳州		kin	hīn	kīn	gîn	khîn	iang	siang	hiang	jiáng
泉州	同安	kun	hūn	kūn	gûn	khûn	iong	siong	hiong	lióng
	安溪	kirn	hīrn	kīrn	gîrn	khîrn				

韻		enn / inn					ionn / iunn			
例字		嬰	生	羹	鄭	諍	量	薑	洋	癢
漳州		enn	senn	kenn	tēnn	tsènn	niōo	kionn	iônn	tsiōnn
泉州	同安	inn	sinn	kinn	tīnn	tsìnn	niū	kiunn	iunn	tsiūnn
	安溪									

韻		e / ue /ere					e / ue / er			
例字		雞	溪	地	街	蹄	綴	買	袂	洗
漳州		ke	khe	tē	ke	tê	tè	bé	bē	sé
泉州	同安	kue	khue	tuē	kue	tuê	tuè	bué	buē	sué
	安溪	kere	khere	terē	kere	terê	tēr	bér	bēr	sér

韻	ue / e / er								
例字	過	尾	月	炊	粿	被	飛	賠	稅
漳州	kuè	bué	guèh	tshue	kué	phuē	pue	puê	suè
泉州 同安	kè	bé	gèh	tshe	ké	phē	pe	pê	sè
泉州 安溪	kèr	bér	gèrh	tsher	kér	phēr	per	pêr	sèr

(三)台灣方音唸謠

（澎湖）魚講hû去講khù，鳥鼠（tshú）嘛會起大厝。

（宜蘭）飯講puīnn酸講suinn，面仔uînn-uînn（黃黃）跤nuí-nuí（軟軟）。

（永靖）有講teng英講eng，éng-tsēng（永靖）出名枝仔peng（冰）。

（關廟）菜講sài炊講sue（衰），迣你籠床逐年sue（衰）。

（鹿港）月講gèrh粿講kér，berh khìr（欲去）kere bér（街尾）買馬bér（尾）。

（安溪）溪講khere螺講lêr，tir-phêr（豬皮）hîr-thâu（魚頭）tsír（煮）kiâm-bêr（鹹糜）。

(四)分辨句中的文白音舉例

1. 對台西向西爿，行西濱公路，去西螺食西瓜。

2. 我去長樂，搪著一個留長喙鬚的長者，講伊是謝長廷的朋友，阮兩人做伙去遊長城，順紲閣去遊長江三峽，講伊欲佮我坐長榮班機去台灣，揣一個長壽會的朋友，是伊元長的鄉親，聽講今對長泰街，搬去蹛佇三重埔的長元街。

3. 當當時是伊招親朋好友逐个攏當票共我鬥贊助，我才會當當選，當然我愛當面共伊說謝。

二十六、詩詞賞析

(一)聲律啓蒙（舉例）sing lu̍t khé bông上平一東韻

1. 雲對雨，雪對風，晚照對晴空。

   ûn/hûn tuì ú　suat tuì hong　buán tsiàu tuì tsîng khong

   來鴻對去燕，宿鳥對鳴蟲。

   lâi hông tuì khù iàn　siok niáu tuì bîng thiông

   三尺劍，六鈞弓，嶺北對江東。

   sam tshik kiàm lio̍k kun kiong　líng pok tuì kang tong

   人間清暑殿，天上廣寒宮。

   jîn kan tshing sú tiān　thian siōng kóng hân kiong

   夾岸曉煙楊柳綠，滿園春色杏花紅。

   kiap gān hiáu ian iông liú lio̍k　buán uân tshun sik hīng hua hông

   兩鬢風霜途次早行之客。

   lióng pìn hong song tôo　tshù tsó hîng tsi khik

   一簑煙雨溪邊晚釣之翁。

   it so ian ú khe pian buán tiàu tsi ong

2. 沿對革，異對同；白叟對黃童。

   iân tuì kik ī tuì tông　pik sió (sóo) tuì hông tông

   江風對海霧，牧子對漁翁。

   kang hong tuì hái bū　bo̍k tsú tuì gû ong

   顏巷陋，阮途窮；冀北對遼東。

   gân hāng lōo guán tôo kiông　kì pok tuì liâu tong

   池中濯足水，門外打頭風。

   tî tiong ta̍k tsiok suí　bûn guē tánn thiô hong

   梁帝講經同泰寺，漢皇置酒未央宮。

   liông tè káng king tông thài sī　hàn hông tì tsiú bī iong ki-ong

塵慮縈心，懶撫七絃綠綺。

tîn lū ing sim　　lán hú tshit hiân liȯk khí

霜華滿鬢，羞看日鍊青銅。

song hua buán pìn　　siu khan jit liān tshing tông

3. 貧對富，塞對通，野叟對溪童。

pîn tuì hù sik tuì thong　　iá sió (sóo) tuì khe tông

鬢皤對眉綠，齒皓對唇紅。

pìn pô tuì bî liȯk　　tshí hō tuì sûn hông

天浩浩，日融融，佩劍對彎弓。

thian hō hō jit iông iông　　puē kiàm tuì uan kiong

半溪流水綠，千樹落花紅。

puàn khe liû suí liȯk　　tshian sū lȯk hua hông

野渡燕穿楊柳雨，芳池魚戲芰荷風。

iá tōo iàn tshuan iông liú ú　　hong tî gû hì kī hô hong

女子眉纖，額下現一彎新月；

lú tsú bî siam　　gik hā hiàn it uan sin guȧt

男兒氣壯，胸中吐萬丈長虹

lâm jî khì tsōng　　hiong tiong thòo bān tiōng tiông hông

4. 眉對目，口對心；錦瑟對瑤琴。　　下平十二侵

bî tuì bȯk　　khóo tuì sim kím sik tuì iâu khîm

曉耕對寒釣，晚笛對秋砧。

hiáu king tuì hân tiàu　　buán tik tuì tshiu tim

松鬱鬱，竹森森；閔損對曾參。

siông ut ut tiok sim sim　　Bîn sún tuì Tsing sim

秦王親擊缶，虞帝自揮琴。

tsîn ông tshin kik hiú　　gû tè tsū hui khîm

三獻卞和嘗泣玉，四知楊震固辭金。

sam hiàn phiān hô siông khip giȯk　　sù ti Iông tsìn kòo sû kim

寂寂秋朝，庭葉因霜摧嫩色。

tsik tsik tshiu tiau　tîng iȧp in song tshui lūn sik

沉沉春夜，砌花隨月轉清陰。

tîm tîm tshun iā　tshè hua suî guȧt tsuán tshing im

(二)昔時賢文 (下平十二侵)

昔時賢文，誨汝諄諄，集韻增廣，多見多聞。

sik sî hiân bûn huè lú tsun tsun　tsip ūn tsing kóng　to kiàn to

bûn

觀今宜鑑古，無古不成今。

kuan kim gî kàm kóo　bû kóo put sîng kim

知己知彼，將心比心。

ti kí ti pí　tsiong sim pí sim

酒逢知己飲，詩向會人吟。

tsiú hông ti kí ím　si hiòng huē jîn gîm

相識滿天下，知心能幾人。

siong sik buán thian hā　ti sim lîng kí jîn　　　(十一真)

相逢好似初相識，到底終無怨恨心。

siong hông hónn sū tshoo siong sik　tò té tsiong bû uàn hūn sim

近水知魚性，近山識鳥音。

kīn suí ti gû sìng　kīn san sik niáu im

易漲易退山溪水，易反易覆小人心。

ī tiòng ī thuè san khe suí　ī huán ī hok siáu jîn sim

運去金成鐵，時來鐵成金。

ūn khù kim sîng thiat　sî lâi thiat sîng kim

讀書須用意，一字值千金。

thȯk su su iōng ì　it jī tī tshian kim

逢人且說三分話，未可全拋一片心。

hông jîn tshiánn suat sam hun huā　bī khó tsuân phau it phiàn

sim

有意栽花花不發，無心插柳柳成蔭。

iú ì tsai hua hua put huat　bû sim tshap liú liú sîng im

畫虎畫皮難畫骨，知人知面不知心。

huā hóo huā phî lân huā kut　ti jîn ti biān put ti sim

錢財如糞土，仁義值千金。

tsiân tsâi jû hùn thóo　jîn gī tik (tit) tshian kim

流水下灘非有意，白雲出岫本無心。

liû suí hā than hui iú ì　pik ûn tshut siū pún bû sim

當時若不登高望，誰信東流海樣深。

tong sî jiok put ting ko bōng　suî sìn tong liû hái iōng sim

路遙知馬力，事久見人心。

lōo iâu ti má lik　sū kiú kiàn jîn sim

兩人一般心，有錢堪買金，

lióng jîn it puan sim　iú tsiân kham mái kim

一人一般心，無錢堪買針。

it jîn it puan sim　bû tsiân kham mái tsim

(三)詩詞賞析與吟唱

1. 〈楓橋夜泊〉　　　　　張繼

hong kiâu iā pok　　　tiunn kè

月落烏啼霜滿天，　　　下平一先韻

guat lok oo thê song buán thian

江楓漁火對愁眠。

kang hong gû hónn tuì tshiû biân

姑蘇城外寒山寺，

koo soo sîng guē hân san sī

夜半鐘聲到客船。

iā puàn tsiong sing tò khik siân

2. 〈回鄉偶書〉　　　　　賀知章

huê hiong ngóo su　　　hō ti tsiong

少小離家老大回，　　　　　上平十灰韻
siàu siáu lî ka nóo tāi hâi

鄉音無改鬢毛催。
hiong im bû kái pìn môo tshai

兒童相見不相識，
jî tông siong kiàn put siong sik

笑問客從何處來。
siàu būn khik tsiông hô tshù lâi

3. 〈渭城曲〉　　　　　　　　　王維
　　uī sîng khiok　　　　　　ông uî

渭城朝雨浥輕塵，　　　　　上平十一真韻
uī sîng tiau ú ip khing tîn

客舍青青柳色新。
khik sià tshing tshing liú sik sin

勸君更進一杯酒，
khùn kun kìng tsìn it pai tsiú

西出陽關無故人。
se tshut iông kuan bû kòo jîn

4. 〈黃鶴樓〉　　　　　　　　　崔顥
　　Hông ho̍k liû/lôo　　　　tshui hō

昔人已乘黃鶴去，　　　　（下平十一尤韻）
sik jîn í sîng hông ho̍k khù

此地空餘黃鶴樓。
tshú tē khong û Hông ho̍k liû

黃鶴一去不復返，
hông ho̍k it khù put hiū huán

白雲千載空悠悠。
pi̍k ûn tshian tsái khong iû iû

晴川歷歷漢陽樹，
tsîng tshuan lik lik hàn iông sū
荒草萋萋鸚鵡洲。
hong tshó tshe tshe ing bú tsiu
日暮鄉關何處是，
jit bōo hiong kuan hô tshù sī
煙波江上使人愁。
ian pho kang siōng sú jîn tshiû

5.〈秋風辭〉　　　　　　　劉徹
tshiu hong sû　　　　　　lâu thiat
秋風起兮白雲飛，草木黃落兮雁南歸，
tshiu hong khí hê pik ûn hui　tshó bȯk hông lȯk hê gān lâm
kui
蘭有秀兮菊有芳，懷佳人兮不能忘，
lân iú siù hê kiok iú hong　huâi ka jîn hê put lîng bông
泛樓船兮濟汾河，橫中流兮揚素波，
huàn liû suân hê tsè hun hô　hîng tiong liû hê iông sòo pho
簫鼓鳴兮發棹歌，歡樂極兮哀情多，
siau kóo bîng hê huat tāu ko　huan lȯk kik hê ai tsîng to
少壯幾時兮奈老何。
siàu tsòng kí sî hê nāi nóo hô

6.〈短歌行〉　　　　　　　魏武帝
tuán ko hîng　　　　　　Guī bú tè
對酒當歌，人生幾何？譬如朝露，
tuì tsiú tong ko jîn sing kí hô　phì jû tiau lōo
去日苦多。慨當以慷，憂思難忘。
khù jit khóo to　khài tong í khong　iu su lân bông

何以解憂？唯有杜康。青青子衿，
hô í kái iu　uî iú Tōo khong　tshing tshing tsú kim

悠悠我心。但爲君故，沈吟至今。
iû iû ngóo sim　tān uī kun kòo　tîm gîm tsì kim

呦呦鹿鳴，食野之苹。我有嘉賓，
iu iu lȯk bîng　sit iá tsi pîng　ngóo iú ka pin

鼓瑟吹笙。明明如月，何時可掇？
kóo sik tshui sing　bîng bîng jû guȧt　hô sî khó tuat

憂從中來，不可斷絕。越陌度阡，
iu tsiông tiong lâi　put khó tuān tsuȧt　uȧt bik tōo tshian

枉用相存。契闊談宴，心念舊恩。
óng iōng siong tsûn　khiat khuat tâm iàn　sim liām kiū un

月明星稀，烏鵲南飛，繞樹三匝，
guȧt bîng sing hi　oo tshiok lâm hui　jiāu sū sam tsap

無枝可依。山不厭高，海不厭深。
bû tsi khó i　san put iàm ko　hái put iàm sim

周公吐哺，天下歸心。
Tsiu kong thòo pōo　thian hā kui sim

7.〈春江花月夜〉　　　　張若虛
tshun kang hua guȧt iā　　　　tiunn jiȯk hu

春江潮水連海平，海上明月共潮生。
tshun kang tiâu suí liân hái pîng　hái siōng bîng guȧt kiōng tiâu sing

灩灩隨波千萬里，何處春江無月明。
iām iām suî pho tshian bān lí　hô tshù tshun kang bû guȧt bîng

江流宛轉繞芳甸，月照花林皆如霰。
kang liû uán tsuán jiāu hong tiān　guȧt tsiàu hua lîm kai jû siàn

空裡流霜不覺飛，汀上白沙看不見。

khong lí liû song put kak hui　thing siōng pik sa khan put kiàn

江天一色無纖塵，皎皎空中孤月輪。

kang thian it sik bû siam tîn　kiáu kiáu khong tiong koo guȧt lîn

江畔何人初見月，江月何年初照人。

kang puān hô jîn tshoo kiàn guȧt　kang guȧt hô liân tshoo tsiàu jîn

人生代代無窮已，江月年年望相似。

jîn sing tāi tāi bû kiông í　kang guȧt liân liân bōng siong sū

不知江月照何人，但見長江送流水。

put ti kang guȧt tsiàu hô jîn　tān kiàn tiông kang sòng liû suí

白雲一片去悠悠，青楓浦上不勝愁。

pik hûn/ûn it phiàn khù iû iû　tshing hong phóo siōng put sing tshiû

誰家今夜扁舟子，何處相思明月樓。

suî ka kim iā phian tsiu tsú　hô tshù siong su bîng guȧt liû

可憐樓上月徘徊，應照離人妝鏡台。

khó liân liû siōng guȧt pâi hâi　ing tsiàu lî jîn tsong kìng tâi

玉戶簾中捲不去，搗衣砧上拂還來。

giȯk hōo liâm tiong kuán put khù　tó i tim siōng hut huân lâi

此時相望不相聞，願逐月華流照君。

tshú sî siong bōng put siong bûn　guān tiȯk guȧt huâ liû tsiàu kun

鴻雁長飛光不度，魚龍潛躍水成紋。

hông gān tiông hui kong put tū　gû liông tsiâm iȯk suí sîng bûn

昨夜閑潭夢落花，可憐春半不還家。

tsȯk iā hân thâm bōng lȯk hua　khó liân tshun puàn put huân ka

江水流春去欲盡，江潭落月復西斜。

kang suí liû tshun khù iȯk tsīn　kang thâm lȯk guȧt hiū se siâ

斜月沉沉藏海霧，碣石瀟湘無限路。

siâ guȧt tîm tîm tsông hái bū　kiȧt sik(sī) siau siong bû hān lū

不知乘月幾人歸，落月搖情滿江樹。

put ti sîng guát kí jîn kui　　lók guát iâu tsîng buán kang sū

8. 〈將進酒〉　　　　　　　　　　李白

tshiong/tsiong tsìn tsiú　　　　lí pik

君不見，黃河之水天上來，奔流到海不復回？（上平十灰韻）

kun put kiàn　　hông hô tsi suí thian siōng lâi　　pun liû tò hái

put hiū hâi

君不見，高堂明鏡悲白髮，朝如青絲暮成雪？

kun put kiàn　　ko tông bîng kìng pi pik huat　　tiau jû tshing si bōo

sîng suat

人生得意須盡歡，莫使金樽空對月。

（入聲髮月：六月韻、雪：九屑韻）

jîn sing tik ì su tsīn huan　　bók sú kim tsun khong tuì guát

天生我材必有用，千金散盡還復來。

thian sing ngóo tsâi pit iú iōng　　tshian kim sàn tsīn huân

hiū lâi

烹羊宰牛且爲樂，會須一飲三百杯。

phing iông tsái giû tshiá uī lók　　huē su it ím sam pik pai

岑夫子，丹丘生，將進酒，杯莫停。　（停聽醒：下平九青韻）

Tsîm hu tsú　　Tan khiu sing　　tsiong tsìn tsiú　　pai/pue bók

thîng

與君歌一曲，請君爲我側耳聽。

ú kun ko it khiok　　tshíng kun uī ngóo tshik ní thing

鐘鼓饌玉不足貴，但願長醉不願醒。

tsiong kóo tsuān giók put tsiok kuì　　tān guān tiông tsuì put guān

sing

古來聖賢皆寂寞，惟有飲者留其名。　（生名：下平八庚）

kóo lâi sìng hiân kai tsik bók　　uî iú ím tsiá liû kî bîng

陳王昔時宴平樂，斗酒十千恣讙謔。
tîn ông sik sî iàn pîng lȯk　tóo tsiú sip tshian tsù huan hiok

主人何爲言少錢，徑須沽取對君酌。　（入聲韻十藥韻）
tsú jîn hô uī giân siáu tsiân　kìng su koo tshú tuì kun tsiok

五花馬，千金裘，呼兒將出換美酒，
ngóo hua má tshian kim kiû　hoo jî tsiong tshut huān bí tsiú

與君同銷萬古愁！　（下平十一尤韻）
ú kun tông siau bān kóo tshiû

9. 〈長相思一〉　　　　　　　李白

長相思，在長安，
tiông siong su tsāi Tiông-an

絡緯秋啼金井闌。微霜淒淒簟色寒，
lȯk uī tshiu thê kim tsíng lân　bî song tshe tshe tiām sik hân

孤燈不明思欲絕。卷帷望月空長歎，
koo ting put bîng su iȯk tsuȧt　kuán uî bōng guȧt khong tiông than

美人如花隔雲端。上有青冥之高天，
bí jîn jû hua kik ûn tuan　siong iú tshing bîng tsi ko thian

下有淥水之波瀾。天長路遠魂飛苦，
hā iú liȯk suí tsi pho lân　thian tiông lōo uán hûn hui khóo

夢魂不到關山難。長相思，摧心肝。
bōng hûn put tò kuan san lân　tiông siong su tsuê sim kan

10. 〈長相思二〉

日色欲盡花含煙，月明如素愁不眠。
jit sik iȯk tsīn hua hâm ian　guȧt bîng jû sòo tshiû put biân

趙瑟初停鳳凰柱，蜀琴欲奏鴛鴦弦。
tiō sik tshoo thîng hōng hông tsū　siȯk khîm iȯk tsòo uan iong hiân

此曲有意無人傳，願隨春風寄燕然。

tshú khiok iú ì bû jîn tiân　guān suî tshun hong kì ian jiân

憶君迢迢隔青天，昔日橫波目，今成流淚泉。

ik kun tiâu tiâu kik tshing thian　sik jit hîng pho bȯk　kim
sîng liû luī tsiân

不信妾腸斷，歸來看取明鏡前。

put sìn tshiap tiông tuān　kui lâi khàn tshú bîng kìng tsiân

11.〈宣州謝朓樓餞別校書叔雲〉　　　　　李白

suan tsiu siā thiàu lôo/liû tsián piȧt kàu su siok ûn/hûn

棄我去者，昨日之日不可留。

khì ngóo khù tsià　tsȯk jit tsi jit put khó liû

亂我心者，今日之日多煩憂。

luān ngóo sim tsià　kim jit tsi jit to huân iu

長風萬里送秋雁，對此可以酣高樓。

tiông hong bān lí sòng tshiu gān　tuì tshú khó í ham ko liû

蓬萊文章建安骨，中間小謝又清發。

hông lâi bûn tsiong kiàn an kut　tiong kan siáu siā iū tshing
hȧt

俱懷逸興壯思飛，欲上青天覽日月。

kū huâ ik hìng tsòng sù hui　iȯk sióng tshing thian lám jit
gȧt

抽刀斷水水更流，舉杯消愁愁更愁。

thiu to tuān suí suí kìng liû　kú pai siau tshiû tshiû kìng
tshiû

人生在世不稱意，明朝散髮弄扁舟。

jîn sing tsāi sè put tshìng ì　bîng tiau sàn huat lōng phian
tsiu

12. 〈秋興八首〉　　　　　杜甫
　　tshiu hing pat siú　　tōo hú
　　玉露凋傷楓樹林，巫山巫峽氣蕭森。
　　giȯk lōo tiau siong hong sū lîm　bû san bû kiap khì siau
　　sim
　　江間波浪兼天湧，塞上風雲接地陰。
　　kang kan pho lōng kiam thian ióng　sài siōng hong hûn tsiap
　　tī im
　　叢菊兩開他日淚，孤舟一繫故園心。
　　tsông kiok lióng khai tha jȧt lē　koo tsiu it hê kòo uân sim
　　寒衣（夜）處處催刀尺，白帝城高急暮砧。
　　hân i tshù-tshù tshai to tshik　pȧk tè sîng ko kip bōo tim

13. 〈滕王閣序〉　　　　　王勃
　　Thîng ông kok sū　　ông pȯt
　　滕王高閣臨江渚，配玉鳴鸞罷歌舞。
　　thîng ông ko kok lîm kang tsú　phuè giȯk bîng luân pà ko
　　bú
　　畫棟朝飛南浦雲，珠簾暮捲西山雨。
　　huā tòng tiau hui lâm phóo ûn　tsu liâm bōo kuán se san ú
　　閑雲潭影日悠悠，物換星移幾度秋。
　　hân hûn thâm íng jȧt iû iû　bȯt huān sing î kí tōo tshiu
　　閣中帝子今何在，檻外長江空自流。
　　kok tiong tè tsú kim hô tsāi　lām guē Tiông-kang khong tsū liû

14. 〈蘇幕遮〉　　　　　范仲淹
　　soo bȯk tsia　　huān tiōng iam
　　碧雲天，黃葉地，秋色連波，波上寒煙翠。
　　phik ûn/hûn thian hông iȧp tī　tshiu sik liân pho pho siōng hân ian
　　tshuì

山映斜陽天接水，芳草無情，更在斜陽外。
san ìng siâ iông thian tsiap suí　hong tshó bû tsîng kìng tsāi siâ iông guē (guā i)

黯鄉魂，追旅思，夜夜除非，好夢留人睡。
ám hiong hûn tui lú si　iā iā tû hui hónn bōng liû jîn suī

明月樓高休獨倚，酒入愁腸，化作相思淚。
bîng guát liû ko hiu tȯk í　tsiú jip tshiû tiông huà tsok siong su luī

15. 〈釵頭鳳〉　　　　陸游
tshai thiû hōng　　liȯk iû

紅酥手，黃縢酒，滿城春色宮牆柳。
hông soo siú hông thîng tsiú　buán sîng tshun sik kiong tshiông liú

東風惡，歡情薄。一懷愁緒，幾年離索。
tong hong ok，huan tsîng pȯk　it huâi tshiû sū kí liân lî sok

錯！錯！錯！
tshok　tshok　tshok

春如舊，人空瘦，淚痕紅浥鮫綃透。
tshun jû kiū jîn khong siù　luī hûn hông ip kau siau thiù

桃花落，閒池閣。山盟雖在，錦書難託。
thô hua lȯk hân tî kok　san bîng sui tsāi kím su lân thok

莫！莫！莫！
bȯk　bȯk　bȯk

釵頭鳳　　　　唐婉
tshai thiû hōng　　tn̂g uán

世情薄，人情惡。雨送黃昏花易落。
sè tsîng pȯk jîn tsîng ok　ú sòng hông hun hua ī lȯk

曉風乾。淚痕殘。欲箋心事，獨語斜欄。
hiáu hong kan luī hûn tsân　iȯk tsian sim sū tȯk gú siâ lân

難！難！難！

lân　lân　lân

人成各。今非昨。病魂長似秋千索。

jîn sîng kok kim hui tsȯk　pīng hûn tiông sū tshiu tshian

sok

角聲寒，夜闌珊。怕人尋問，咽淚裝歡。

kak sing hân iā lân san　phànn jîn sîm būn iat luī tsong

huan

瞞！瞞！瞞！

buân　buân　buân！

16.　〈定風波〉　　　　　蘇軾

tīng hong pho　　　soo sik

莫聽穿林打葉聲，何妨吟嘯且徐行。

bȯk thìng tshuan lîm tánn iȧp sing　hô hóng gîm siàu tshiánn sû

hîng

竹杖芒鞋輕勝馬，誰怕？一簑煙雨任平生。

tiok tiōng bông hâi khing sìng má　suî phà it so ian ú jīm pîng

sing

料峭春風吹酒醒，微冷，山頭斜照卻相迎。

liāu tshiàu tshun hong tshui tsiú síng　bî líng san thiû siâ tsiàu

khiok siong gîng

回首向來蕭瑟處，歸去，也無風雨也無晴。

hâi siú hiòng lâi siau sik tshù　kui khù iá bû hong ú iá bû

tsîng

17.　〈水調歌頭〉　　　　蘇軾

suí tiāu ko thôo/thiû　　soo sik

明月幾時有，把酒問青天？

bîng guàt kí sî iú　pá tsiú būn tshing thian

不知天上宮闕，今夕是何年。

put ti thian siōng kiong khuat　kim sik sī hô liân

我欲乘風歸去，又恐瓊樓玉宇，

ngóo iòk sîng hong kui khù　iū khióng khîng liû giòk ú

高處不勝寒。

ko tshù put sing hân

起舞弄清影，何似在人間。

khí bú lōng tshing íng　hô sū tsāi jîn kan

轉朱閣，低綺戶。照無眠。

tsuán tsu kok　te khí hōo　tsiàu bû biân

不應有恨，何事長向別時圓？

put ing iú hūn　hô sū tiông hiòng piàt sî uân

人有悲歡離合，月有陰晴圓缺，

jîn iú pi huan lî hàp　guàt iú im tsîng uân khuat

此事古難全，但願人長久，

tshú sū kóo lân tsuân　tān guān jîn tiông kiú

千里共嬋娟。

tshian lí kiōng siân kuan

18. 〈漁樵耕讀〉　　　　　　　鄭板橋

gû tsiâu king thòk　　　　tīng pán kiâu

老漁翁一釣竿靠山巖傍水灣

ló gû ong it tiàu kan khò san gâm pōng suí uan

扁舟來往無牽絆沙鷗點點輕波遠

phian tsiu lâi óng bû khian puān sa iu tiám tiám khing pho
uán

荻港蕭蕭白晝寒高歌一曲斜陽晚

tik káng siau siau pik tiū hân ko ko it khiok siâ iông buán

一霎時波搖金影驀抬頭月上東山
it sap sî pho iâu kim íng bi̍k thâi thiû gua̍t sióng tong san

19. 〈一剪梅〉　　　　　　　　李清照
it tsián muî/buê　　　　　lí tshing tsiàu

紅藕香殘玉簟秋。輕解羅裳，
hông ngóo hiong tsân gio̍k tiām tshiu　khing kái lô siông

獨上蘭舟。
to̍k siōng lân tsiu

雲中誰寄錦書來？雁字回時，月滿西樓。
ûn tiong suî kì kím su lâi　gān tsū huê sî gua̍t buán se liû

花自飄零水自流
hua tsū phiau lîng suí tsū liû

一種相思，兩處閒愁。此情無計可消除，
it tsióng siong su　lióng tshù hân tshiû　tshú tsîng bû kè khó
siau tû

才下眉頭，卻上心頭。
tshâi hā bî thiû　khiok siōng sim thiû

20. 〈梁甫吟〉　　　　　　　　諸葛亮
liông hú gîm　　　　　　　tsu kat liōng

步出齊城門，遙望蕩陰里。　　（上聲四紙韻）
pōo tshut tsê sîng bûn　iâu bōng tōng-im-lí

里中有三墳，纍纍正相似。
lí tiong iú sam hûn　luî-luî tsìng siong sī

問是誰家冢，田疆古冶子。
būn sī suî ka thióng　Tiân kiong Kóo iá tsú

力能排南山，文能絕地紀。
lik lîng pâi lâm-san　bûn lîng tsua̍t tī kí

一朝被纔讒言，二桃殺三士。
it tiau pī tsâm-giân　jī thô sat sam sī
誰能爲此謀，國相齊晏子。
suî lîng uī tshú bôo　kok-siòng Tsê iàn-tsú

21.　〈左遷至藍關示姪孫湘〉　　　　　　韓愈
　　　tsó tshian tsì lâm kuan sī tit sun siong　Hân Jū　（下平一先韻）
一封朝奏九重天，夕貶潮陽路八千，
it hong tiau tsòo kiú tiông thian　sik pián tiâu iông lōo pat
thian
欲爲聖明除弊事，肯將衰朽惜殘年；
iok uī sìng bîng tû pè sū　khíng tsiong sue hiú sik tsân liân
雲橫秦嶺家何在，雪擁藍關馬不前，
ûn hîng tsîn líng ka hô tsāi　suat ióng lâm kuan má put tsiân
知汝此來應有意，好收吾骨瘴江邊。
ti lú tshú lâi ìng iú ì　hónn siu ngóo kut tsiòng kang pian

22.　〈月下獨酌〉　　　　　　李白
　　　guat hā tok tsiok　　　　lí pik（下平一先韻）
天若不愛酒，酒星不在天，
thian jiok put ài tsiú　tsiú sing put tsāi thian
地若不愛酒，地應無酒泉，
tī jiok put ài tsiú　tī ìng bû tsiú tsiân
天地既愛酒，愛酒不愧天；
thian tī kì ài tsiú　ài tsiú put khuì thian
已聞清比聖，復道濁如賢，
í bûn tshing pí sìng　hiū tō tok jû hiân
賢聖既已飲，何必求神仙
hiân sìng kì í ím, hô pit kiû sîn sian

三杯通大道，一斗合自然，
sam pai thong tāi tō　it tóo hàp tsū jiân
但得醉中趣，勿爲醒者傳。
tān tik tsuì tiong tshù　bùt uī síng tsiá tiân

(四)笨港進香詞

1. 欲隨媽祖意茫茫，bông　元煌
   寶馬香車鬧一場；tiông
   姊妹相邀齊稽首，
   姻緣願配紫微郎。lông

2. 久聞天后最靈麻，hiu　蔡如聲
   姊妹相邀暗禱求；kiû
   若嫁封侯好夫婿，（sè）
   願還燈彩繡花毬。kiû

3. 瓣香頂禮禱求頻，pîn　陳子卿
   爲名爲利爲一身；sin
   神道果能盡如願，
   世間何處有窮人？jîn

4. 大鼓鼕鼕震似雷，　　　陳瑚
   喧傳媽祖進香回；huê
   可憐費盡金無數，
   分得神爐一寸灰。hue

5. 巍峨宮廟號朝天，thian　陳瑚
   輪奐重新勸募捐；kuan
   卻笑世間守財虜，
   媚神容易解腰纏。tiân（虜：郎古切loo⁶，纏：直連切
   tian⁵，腰iau）

(五)《土番竹枝詞》郁永河

胸背斕斑直到腰，爭誇錯錦勝鮫綃。冰肌玉腕都文遍，只有雙蛾不解描。雪浪排空小艇橫，紅毛城勢獨崢嶸。渡頭更上牛車坐，日暮還過赤嵌城。編竹爲垣取次增，衙齋清暇冷如冰。風聲撼醒三更夢，帳底斜穿遠浦燈。

（作者註：「官署皆無垣墻，惟插竹爲籬，比歲增易。無墻垣爲蔽，遠浦燈光，直入寢室。」）

(六)其他竹枝詞摘錄

1. 韭菜花開心一枝，花正黃時葉正肥。願郎摘花連葉摘，到死心頭不肯離。

2. 相思樹底說相思，思郎恨郎郎不知。樹頭結得相思子，可是郎行思妾時？

3. 教郎早來郎恰晚，教郎大步郎寬寬。滿擬待郎十年好，五年未滿愁心肝。

4. 郎搥大鼓妾打鑼，稽首天西媽祖婆。今生夠受相思苦，乞取他生無折磨。

5. 郎家住在三重埔，妾家住在白石湖；路頭相望無幾步，郎試回頭見妾無？

第三章　詞彙與語法篇

一、台語構詞法概說

(一)詞的定義

　　語言裡具有意義或語法功能的最小單位稱爲詞位（mor-pheme）亦稱爲詞素、語素或語位，例如：「日」、「山」、「圓」、「檳榔」、「蜘蛛」、「葡萄」。這些都有意義而且都不能再分割成更小的有意義的語言單位。所以詞位有單音節詞位與雙音節或多音節詞位。簡單的說，詞位具有兩個條件：(1)是一個單位，(2)有意義或語法功能。台語的語位以單音節語位居多，多音節語位較少，多音節語位的的認定，有時會因爲台語有很多音讀，本字不易確定，很可能會把縮讀的複合詞當作一個語位。

(二)詞位的種類

　　1. 自由詞位：在語言系統中，具有語意或語法功能的最小語言單位稱爲詞位又稱詞素，從能否獨立使用來看，詞位可以分爲自由詞位與附著詞位。

　　如：天、地、花、人……都是自由詞位。必須附加詞綴的稱爲詞根。

　　2. 附著詞位：有些詞位則永遠不可以單獨使用，稱爲「附著詞位」如：「仔、矣、阿、咧」，華語「們、了」。附著詞位亦稱詞綴，依照與詞根結合的位置可以分爲詞頭、詞尾、詞嵌。

　　3. 衍生詞位：有些詞位可以改變詞類，或是改變語意，因而產生另一新的詞項，這種詞位稱爲「衍生詞位」亦稱爲

「衍生詞綴」，因爲「衍生詞位」常常是詞綴的形式。例如：「工業」是名詞（或形容詞），「工業化」是動詞；機械化、自動化、數位化都是由名詞轉爲動詞的例子。「番」是形容詞，「番仔」則是名詞。

4. 構形詞位：有一些詞位只能附著於特定詞類上，表示語法的功能，但詞類不變，這種詞位稱爲構形詞位、曲折詞位或構形詞綴，華語的「子、兒、頭」是名詞詞尾，「了、著、過」是加在動詞後面的詞位，分別表示動作的完成、進行、經驗等「情態」。

(三)實詞與虛詞

詞依性質可以分爲實詞與虛詞兩大類，有具體意義的詞稱爲實詞，如：動詞、名詞、形容詞。虛詞語義較爲抽象，是用以作爲語言結構的工具，主要用來表達語法功能。如：副詞、介詞、連接詞、語助詞、助動詞、感嘆詞。實詞是屬開放性的詞，而虛詞是屬封閉性的詞；開放性的詞是無法盡舉而且隨時可以增加新詞，封閉性的詞數量固定，可以逐一列舉不會再增加。

二、詞的種類

依照語詞的功能，可以分成自由詞、詞綴（附著詞）與重疊詞三大類。自由詞是可以獨立出現，自由運用的詞。例如：車、水、馬、聲、光。詞綴是不能獨立出現，必須附著在詞根上才能出現的詞，例如：阿、仔、兮、著、啦。而重疊詞有雙疊詞、三疊詞與多音節重疊詞等。

三、複合詞與詞組

由一個語位構成的詞稱爲單純詞，例如：風、月、蜘蛛、

鴛鴦：由兩個語位以上構成的詞稱為合成詞，例如：古早、林投。詞以語位為基礎，一個語位能夠獨立使用，就是一個詞，例如：「八月十五中秋節」每個字都是詞。一個不能夠獨立使用的語位，不能獨立成詞，不能獨用的單音節語位稱為詞根，例如：桌、囡、匼、椅。單純詞有一個音節，也有兩個音節以上構成的詞，兩個音節以上的單純詞是指能獨用的多音節語位，例如：蜈蜅螕、檳榔、蜈蚣、蟗蜍、虼蚻、葡萄、蟧蜈、鷗鴉、杜定。這種單純詞多半是草木蟲魚鳥獸的名稱，這些語位拆開之後，每個音節都只是無意義的聲音。

　　語位結合形成合成詞的方式，有重疊、附加、複合三種類型，複合詞是指兩個或兩個以上的詞根組成的構詞方式，其中的成分可以都是獨用詞，如「講話」，也可以都是連用詞，如「攏總」。複合詞大多數具有比它本身字面意義特別、廣泛或不同。獨用詞組合的語詞，不能插入其他成分以擴展該語式的詞，否則就是詞組，詞組多半是由字面意義相加得來的總和。

　　在語句中是複合詞或是詞組還要靠語義來決定。例如：輸贏、烏白、鐵馬、跤手。「輸贏」的意思如果是指輸或贏，例如：「輸贏無偌濟。」這時的「輸贏」是字面意義的總和，所以是詞組。如果指的是「打賭」的意思，就是複合詞，例如：「我敢佮你輸贏」。「烏白」的意思如果是指「黑或白」，就等於其詞彙意義的總和，所以是詞組，例如：「較早的電影攏是烏白的」。如果指的是「隨便、亂說」那就是複合詞，如「毋通烏白講」。「鐵馬」的意思如果是指鐵製的馬是為詞組，如果指的是「腳踏車」的意思，就是複合詞。「跤手」的意思如果是指「腳和手」，就是詞組，例如：「伊跋一倒，跤手攏著傷」。如果指的是「人力」，如：「欲做穡欠跤手」；指的是「動作」，如：「你跤手較緊」；或是指「幫忙」而言，如「敢愛我共你鬥跤手」，則都是複合詞。（楊秀芳・台灣閩南語語法稿）

四、台語常用的複合詞

1. 主謂式複合詞：主語（名詞）+謂語（形、動詞）。
   如：米芳、天烏、喙焦、地動、風吹、雞啼。

2. 偏正式複合詞：修飾語+被修飾語。
   如：豬牢、車輪、白菜、粗重、吊車、起厝、剝皮。

3. 述賓式複合詞：述語（動詞）+賓語（名詞）。
   如：娶某、顧門、挽面。

4. 並列式複合詞：詞義相同、相關、相反等相同的詞類並列構成，而詞素的次序固定。
   如：身命、棄嫌、古早、碗盤、歇睏、烏青、出入、長短、加減。

5. 述補式複合詞：述語（動詞）+補語（形、動詞）。
   如：看無、拆開、伸長、放大、講明。

6. 其他五種特殊複合詞類型，如：
   (1) 謂主式複合詞：行氣、拋藤。
   (2) 正偏式複合詞：雞母、人客。
   (3) 賓述式複合詞：米粉炒、米絞（主要是食物、工具、用品）。
   (4) 連動式複合詞：煮食、趁食（兩個先後順序關係的動詞構成）。
   (5) 兼語式複合詞：喝救人、顧人怨（兩個先後為述、賓關係的動詞構成）。

五、台語常用重疊詞

1. 二疊詞：燒滾滾、掀開開、掀掀開、走走咧。
2. 三疊詞：酸酸酸、芳芳芳、臭臭臭。
3. 四音節疊詞：起起落落、無意無思、跤尾手尾、糊糊塗

塗、魚魚肉肉。

4. 多音節疊詞：臭汗酸味臭汗酸味、查某體查某體、貓仔聲貓仔聲。

六、綴詞

1. 詞頭：阿公、初一、第三。
2. 詞尾：椅仔、矸仔、猴仔。我e、朋友e、圓e、烘e、目鏡e。
3. 嵌入詞：明仔載、母仔囝、鼓仔燈、李仔文生。
4. 其他詞尾用詞：頭、鬼、師、仙、草、神、水……。
5. 非漢語詞頭

   ka(kha)：Ka蚻、Ka薦、Ka蚤、Ka鴒、Ka苳、ka脊、ka川……。

   ta：ta官、ta家、ta埔、ta某。

   tōo：杜猴、杜伯仔、杜定、杜蚓、肚胿仔……。

七、小稱詞仔(a)的常用詞——做為詞頭、詞尾及嵌入詞

1. 在人名、稱謂前、後，做為詞頭或詞尾，如：
   阿明、阿伯，忠仔、舅仔，阿珍仔、阿叔仔。
2. 小動物、植物名稱之後做為詞尾，如：
   猴仔，狗仔，樹仔，竹仔，魚仔。
3. 小器具之後做為詞尾，如：
   椅仔，籠仔，箱仔、籃仔。
4. 名詞詞尾表示小的意思，如：
   西瓜仔，球仔，鼓仔。
5. 作為名詞詞尾，表示輕蔑態度，如：
   外省仔、客人仔、阿啄仔、剃頭仔。

6. 在兩個名詞中間作爲嵌入詞，如：
  (1) 在並列關係的名詞之間：爸仔囝、翁仔某、母仔囝、衫仔褲。
  (2) 在偏正關係的名詞之間：樹仔尾、狗仔跤、囡仔物、尪仔冊。
  (3) 附加在時間詞之中無特定意義：明仔載、今仔日。
  (4) 附加在姓名之間表對人憤怒的情緒：陳仔金龍。

7. 作爲形容詞、量詞的詞尾，表示程度低、數量少，如：
  小可仔、淡薄仔、一屑仔、幾工仔、一睏仔。

8. 詞類的轉換，如：
  (1) 形容詞 → 名詞
    番 > 番仔、圓 > 圓仔、矮 > 矮仔。
  (2) 動詞 → 表示工具的名詞
    鑽 > 鑽仔、擋 > 擋仔、鋸 > 鋸仔、磅 > 磅仔。

9. 作爲名詞的詞尾，使詞義改變，如：
  糖 > 糖仔、霜 > 霜仔。

10. 作爲副詞的詞尾，如：
  慢慢仔、勻勻仔、沓沓仔、寬寬仔、聊聊仔、罕罕仔、輕輕仔。

八、詞法的對應

【的】、【得】、【地】三個字爲例，一般都是：

1. 所有格、形容詞後面接名詞用【的】(e)
  美麗的花 → 眞媠的花

2. 動詞、形容詞後面接補語用【得】(kah)
  跑得很快 → 走甲誠緊
  臭得要命 → 臭甲死無人

3. 副詞後面用【地】(á)

　　慢慢地走 → 寬寬仔行

九、常用華、台語詞轉換類型

1. 詞同音近可以直譯

吹風、泰安、愛河、新化、順利、信用、電話、米粉、紅色、標準、公園……。

2. 詞序相反

人客、風颱、雞母、鬧熱、棄嫌、廟寺、歌詩、歡喜、童乩、跤手、氣力、上北、椅桌、嚨喉、金紙。

3. 詞同義不同：有些詞在台語有兩種意思，與華語不盡相同

大家、大官、討債、車頭、烏龜、西方、頂眞、風吹、空口、傷寒、三層、傷重、出山、先生、走路、細膩、斟酌、無影、車頂、報頭、麻雀、客鳥、辛勞、鉛筆、頭殼、垃圾、匼類、等路、開水、家婆、食茱、古意、工夫、數想、眞俗、食錢、茱店、大人、親情、秤頭、開心、潘、祭獺（債捝）、艱苦罪過。

4. 語詞不同（台語專用詞）

悾歁、嘍涗、屨貼、伴生、打摸、跤梢、穢涗、刺鑿、骨力、痎勢、伢潲、瘖呴、各馘、含梢、肚胿仔、抾貼、礙虐、清彩、番麥、厚譴損、媠穗、代誌、洗喙、好額、心適、查某、西北雨、尻川、烏西、食頭路、序大。放伴、連鞭、毣、勢、總舖、怙行、匼類、迌迌、有影、斤俗、全挑、疕仔子、慄慄掣、踅街、一逝、總舖、攏總、癮頭、掣一趒。

5. 部分相同：華語只說「早」一字，台語要用「勢早」兩個

　　字，依此類推。

(1) 勢早、會曉、手骨、頭殼、毋免、胸坎、來去、日
　　頭、賊仔。

(2) 彩虹、烏龜、粗俗、星星、老虎。

6. 華語專用詞：像這類的詞都無法直譯成台語，可視為外來
　語。

粉絲、傻眼、抽象、氧氣、肉麻、掉以輕心、未雨綢繆、
小不點兒、忙得不可開交、胡言亂語、手忙腳亂、捏一把
冷汗、不容小覷、渾身解數、黑面琵鷺、吃拜拜、滾瓜爛
熟、跌破眼鏡、含飴弄孫、愛鳥及屋、徐娘半老、頑皮。

7. 台灣國語（借台語用詞）

吃人夠夠、偷吃步、小撇步、有的沒有的、三角窗、金雞
母、有夠甜、透天厝、好空的、好佳在、撨一下、不錯
吃、凍蒜、擋袂牢、好兄弟、加減做、顧玩、炕肉飯、無
大無小。不成囡仔、他給我打、從我出水、騙孝唯（騙痟
的）、就拍謝（足歹勢）。

8. 非漢語

(1) 平埔族語：
　　雞籠、艋舺、干豆、麻虱目、牽手、峇微子、阿猴、
　　打狗、赤嵌（魚港）。

(2) 古吳楚語：
　　䖙、瘦、啉、手捥、挽、抉、捆。

(3) 閩越語：查埔、查某、厄叔。

(4) 古漢語：鼎、湯、箸、商人、泅水、身軀、地動、
　　伊、起茨、恬、才調。

9. 外來事物

紅毛土、紅毛城、紅毛番、番仔火、番仔油、番仔薑、番
幔、番麥、番黍。

10. 外來語

荷蘭語如：「甲」、手提包叫「khā-báng」。

西語Santiago「三貂角」、法語的「雪文」……。

日語：注射、壽司、刺身、阿莎力、氣持娞、案內、寄付、改札、注文。

英語：KTV、PO、BEAN、SAMPLE、SERVICE、RADIO、MARK、TOMATO。

十、常用量詞

量詞是介於數量詞與名詞之間的單位詞，華語的紙、嘴巴、臉、椅子、桌子、鈔票都說一張，魚、褲子、被單、繩子、狗都說一條，竹子、電桿、香腸、火柴、骨頭、繩子、毛髮……說成一根，旗子、鏡子、鑼、牆說成一面，還有很多不同的量詞。構形與理念相去甚遠，台語依照物像分類顯得比較清楚、規律、易懂。爲便於初學者易於學習起見，今就較常見的東西，依其外形、特徵和意象的感覺，大底歸類如下。

1. 粒：凡是圓形、橢圓形的東西都稱爲粒。華語說一粒豆、一顆葡萄、一個西瓜、一隻蝸牛、一塊石頭、一座山、一個地球……等等使用各種不同的量詞，顯得複雜難學。台語的說法很簡單，只要外形與圓形、橢圓形相同或近似的都稱爲「粒」。所以柑仔、木瓜、鳳梨、蜊仔、田螺、星、豬心、疿仔（青春痘）……之類全部都稱爲粒，就是連最小的沙也都稱爲粒。例如：有一粒沙仔走入去目睭內。

2. 尾：長形陸行動物或魚類都叫尾。

   (1) 長形陸行動物：蛇、蚯蚓、毛毛蟲、蜈蚣、蛔蟲、馬陸。

   (2) 魚類（可陸行者除外）都叫尾。小魚、鯊魚。

3. 隻：其他陸行動物與鳥類都叫隻。

凡禽鳥、獸類、昆蟲、蟹、海豚、鱷魚、蛙類……等都稱爲隻。華語說一匹馬、一頭牛、一隻雞、一條狗……等，台語都稱爲隻。再擴大到天上的飛機，地上的車輛，海上的船隻都稱做隻。華語的說法顯得雜亂無規則，如一條狗、一條船、一條好漢、一條電線、一條繩子……等等形狀既不相同，意象也不相似，根本無法類比，自然不可歸爲一類。

4. 枝：修長而硬的東西都叫枝。一枝筆、尺、棍仔、鐵條、電柱、藤條、雨傘、釘仔、手骨、香（現代有說成欉）。

5. 條：細長而軟的東西都叫條
    (1) 長形物：一條索仔、電線、麵、皮帶、煙腸、腸仔、領帶。
    (2) 長形蔬果：一條荣瓜、冬瓜、苦瓜、茄仔、刺瓜仔、番薯、紅荣頭。
    (3) 感官意象：一條橋、路、溪、歌、道理、裙、魂、痕、命。

6. 領：衣物類：衫、褲、被、毯仔、毛皮……。

7. 塊：塊狀都稱塊（tè）

一塊枋仔、雪文、粿、餅、糕仔、豆腐、磚仔、島嶼、柴頭、地……。

8. 台語的「大、細」修飾名詞時，必須加量詞。

如：大隻象、細隻狗，大尾魚仔、細漢姨仔，大粒西瓜、細條索仔。

十一、台語保存古漢語詞

台語詞彙很豐富，尤其保留許多古老的用語，卻是在口語中經常使用的，這足以說明台語的古典與古老。今就以空手「打」

的動作來說，華語可以說成打、揍、搥、捶、敲、擊、拍……
等，最多大約十來種，而台語常用的就有四五十種的說法，若加
上持各種不同工具的打法可能上百種了。下面就列舉空手打及煮
的用詞供參考。

(一)空手「打」的用詞

䪐pa	拍phah	搥tuî	搧siàn	舂tsing	掔khian	搏bok
挵lòng	撼hám	抉kuat	頓tǹg	碻khiàk	挑thio	搧sàm
琢tok	戽hòo	擛hong	扞mau	擉tiak	偲sai	捻liàm
捘tsūn	拎lîng	搣mi	搝giú	搦làk	扒pê	抓jiàu
崁khàm	戮lak	捼juê	摤tsang	敲khau	枷kê	推thui
擛kiat	摃kòng	釘tìng	摔siak	tainn		

(二)「煮」的用詞

煮tsú	煠sàh	煎tsian	糋tsìnn	煏piak	焜kûn	燖tīm
炕khòng	炊tshue	乍tsànn	燙thǹg	翕hip	燜būn	熗tshìng
炰pû	烘hang	燉tūn	炒tshá	滷lóo	芡khiàn	炸tsuànn
烰phû	封hong	爁nà	燷thng	煨ue	烹phing	燘hannh
餾liū	燃hiânn	煎tsuann	煡khit	kho		

十二、台語六種常用語法

1. 咧＋動作＝正在做（進行式）如：你咧創啥物？
2. 欲＋動作＝將要做（將來式）如：我欲去學校。

3. 語尾 + 囉，矣(a) = 已經做了（完成狀態）如：我食飽囉
（矣）。

4. 若 + 動作 = 如果做（假設語氣）如：＊你若無看新聞，
就毋知世事。

若欲 + 動作 = 如果要做　　　　　＊你若欲出去，著愛
注意車。

5. 那 + 動作……那 + 動作 = 同時做兩件事
如：你毋通那行那食物件。

6. 形容詞 + 語尾詞甲(kah) = 非常。如：國校囡仔古錐甲。

十三、虛詞用法

(一)攏lóng：表全體的動作進行或狀態
如：規个泰國攏淹水。
咱攏數想欲做「夢想家」。
查某囡仔攏去學跳舞矣。

(二)就tō、tiō
1. 表示肯定的語氣詞：就是、就好。
閣借我一擺就好。
上懸彼間就是101大樓。
上愛食薰彼團就是阿六仔。

2. 表示動作較早或較快：
食一包藥仔就好矣。聽著一句話就氣－－起來。
我猶未看就收收－－起來。講一个影就生一个囝。
囡仔巧巧仔，講一擺就會曉。人若呆看面就知。
天猶未光就出門矣。五點就光矣。
若欲參加著愛先報名。七點上課，伊六點就來矣。

(三)都to：表示已然過去的狀況，或確認事實

1. 寒一人都過矣，你閣咧刺膨紗。
2. 車都來矣，你猶閣毋較緊咧。
3. 伊都咧無錢矣，閣欲去日本迌迌。
4. 伊都毋是三歲囡仔講。
5. 我共伊講伊都毋聽。
6. 我身軀連一角銀都無。（表示「連……都」的語氣）
7. 都著、都有……語氣詞：都著毋。買都有想欲買咧，毋過傷貴。

(四)予hōo＝使、給，表示努力的目標、結果

如：洗（洗）予清氣。收收予做堆。曝曝予焦。穿穿予好勢。

你講予（hòo）伊聽，衫去予（hòo）雨沃澹矣。（賓語）

你講予（hōo）清楚，你去予（hōo）騙去。（補語）

(五)共kā

1. 給、加強語氣：你共我會記咧。
2. 跟、向：我共你講。
3. 幫、替：共我開門。
4. 把、將：共伊放袂記。
5. 後加動詞讀本調，後加賓語讀變調。

如：共叫來、共救起來、共排予好勢、共放予袂記得。（動詞）

共伊講好聽話、共伊园咧車頂、共衫仔穿予好。（賓語）

(六)著tioh、tiòh表示情境

如：1. 食著一粒石頭仔、講著細漢的代誌。（補語）

食著眞好食、想著誠心適、看著就受氣。（補語）

2. 正確（毋著、予你臆臆——著、著獎）。需要（著愛、也著神也著人）、遭遇（著傷、賊偷、病）、輪流（著你）、結果（趁著錢）、合時宜（著時）、能力（走著誠緊）。

(七)甲kah：表示程度或狀態

如：1. 講甲喙角全全波、沃甲澹糊糊、戀甲袂扒癢、穿甲遐爾濟領。我等甲腹肚足枵的、我的腹肚疼甲欲死。

2. 員外的查某囝，阿舍毋嫁，嫁甲一个李仔田螺！閒甲掠虱母相咬。趁一注（tù）就會當擋甲年尾矣。

(八)了liáu：表示實際後果

如：做了眞嬌氣、講了誠有理、嬌了有夠十全。

(九)到kàu：達也，指空間與時間方面

如：到位矣、到站矣、到海邊矣。

到期、到今、到正月十四你就知。

(十)未buē／bē／bēr「已經」的否定詞

1. 尚未：人未到聲先到。未罵先哭。人客猶未來。天猶未光。楓仔葉猶未紅。

2. 語末助詞：食飽——未？納稅未？恁後生娶未？

(十一)袂buē/bē「會」的否定詞，表示沒能力或預測不可能實現

1. 我忝甲會呼雞袂歕火。

2. 啞口的袂曉講話。

3. 糊仔黏袂牢。

4. 伊這擺絕對選袂牢。

5. 彼當時若知影伊「long stay」（攏是假），我就袂選伊矣。

(十二)台語「咧」的用法

1. 咧＋動詞表示在說話的時間點，動作正在進行

   如：伊咧食飯。阿兄咧講電話。

   　　你昨暗敲電話來的時陣，我咧洗身軀。

2. 咧＋及物動詞，表職業（動詞接事或物且可以構成「做
   ——的工課」的句型）

   如：阮後生咧賣厝。（做兵、做鞋、駛車、做烏手
   　　的……）

   　　阿榮咧剃頭。（賣衫、電頭毛、種菜、唱歌、教
   　　冊……）

3. 咧＋形容詞，表示持續的狀態

   如：阿娟咧無閒。（當咧紅、衰）。

   　　我都無咧戇閣。

4. 短時持續性的動詞＋咧，表示動作或姿勢的持續

   如：跪咧、扛咧、含咧、揹咧、夯咧、顧咧、扶咧、跕
   　　咧、向咧……。

5. 速成性動詞，動作隨時可能改變，要先疊字後＋咧，表
   示快速完成。

   如：收收咧、行行咧、拌拌咧、跳跳咧、洗洗咧、拭拭
   　　咧、挽挽咧、捋捋咧……。

6. 在動詞之後加咧再接第二動詞，是用以描述動作的狀態。

   如：共杉仔縛咧拖。包袱仔揹咧走。共狗仔牽咧行。

7. 兩個詞義相近構成的並列式複合動詞，後字重疊後加咧，
   表催促動作快速完成，不同於華語將兩字再重疊一次的形
   式，如：整理整理。

   如：修理理咧、討論、整理、解決、翻譯、研究、孝孤、
   　　收拾、鑑定。

8. 在上述（1、2、3、6）咧讀陰平調。（4、5）咧讀隨前

變調，若說成固定輕聲調時，表示命令。

十四、動詞重疊

1. 上述5.動詞疊字之後若不加咧，就一定要加補語，表示動作的快速和全面。

   不同於華語的動詞疊字之後要加賓語，如：我去看看他。

   如：洗洗予清氣、講講予清楚、排排好勢、坐坐較頭前、擲擲抐揀、寄寄出去。

2. 兩個詞義相反構成雙音節動詞表示動作的反覆。

   如：來來去去、出出入入、起起落落。

3. 述補動詞重疊前字，補語說成輕聲，表示動作快速和結果。

   如：掀掀－－開、食食－－去、臆臆－－著、損損－－破、崩崩－－去、燒燒－－去……。

4. 述補動詞重疊後字補語（動詞、形容詞），表示動作的結果。

   如：掀開開、行透透、攢便便、坐好好、咬牢牢、釘絚絚……。

5. 上述5.速成性動詞，要先疊字後加咧，表示快速完成。

   如：收收咧。

6. 上述7.雙音節詞，重疊後字加咧，表催促動作快速完成。

   如：修理理咧。

7. 與華語類似的重疊形式。

   如：想來想去、跍起跍落、縛跤縛手、講東講西、看來看去……。

8. 單詞特殊的重疊形式，表示輕微之意。

   如：嗽嗽、喘喘、腫腫、聳聳、捅捅、流流。

十五、華、台語的動詞重疊用法比較

1. 華語動詞如「走一走」的構詞，台語在動詞重疊後加「咧」。

華語	台語
走一走	行行咧
跳一跳	跳跳咧
洗一洗	洗洗咧
想一想	想想咧
掃一掃	掃掃咧
擦一擦	拭拭咧
梳一梳	捋捋咧
寫一寫	寫寫咧
搖一搖	搖搖咧

2. 華語在動詞之後加「看」的構詞，無論疊詞在前或在後，都表示要測試動作的結果，台語則在動詞之後都加「看覓咧」。

華語詞	台語詞
穿穿看、穿看看	穿看覓咧
試試看、試看看	試看覓咧
吃吃看、吃看看	食看覓咧
聽聽看、聽看看	聽看覓咧
想想看、想看看	想看覓咧
做做看、做看看	做看覓咧
說說看、說看看	講看覓咧
扛扛看、扛看看	夯看覓咧

十六、台語常用句型

(一)有無句

在「有」字之後可以接動詞、介詞、形容詞或名詞表示存在、狀態或經驗。

如：我有看著。

伊有佇學校。

西瓜有甜。

山頂有一間廟。

緊紡無好紗。

(二)疑問句

1. 敢：你敢聽有？伊敢有閒？
2. 無：你有食飯無？
3. 未：你字寫好未？
4. 毋：好毋？著毋？是毋？
5. 那會：你那會按呢生？
6. 毋是講：你毋是講欲予我一張票？
7. 其他疑問用詞：啥物人、啥物貨？佗位？按怎？偌濟？幾个？

(三)否定句

1. 無：伊無來。
2. 毋：我毋是講你。
3. 袂：狗袂咬人。
4. 猶未：冬節猶未到。
5. 莫：你莫閣講起。
6. 毋免：伊今年毋免繳稅。

(四)比較句

可以分為平比句與差比句：

1. 仝款：伊佮你仝款愛食。
2. 親像：伊親像囡仔。
3. 比……較：伊比我較高。
4. 較：下晡較熱。
5. 加：伊加我三歲。

(五)假設句

若、準若、準講、欲若、若講、設使、假使等詞，都是可用來表示假設語氣。

(六)敘述句

敘述句是指直接陳述某種意思的句子。

1. 我是台灣人。
2. 伊欲去公司。
3. 草山的花真嬌。

(七)倒裝句

謂語在前主語在後。

1. 仙桃若食會著。
2. 三十箍一碗。
3. 趕緊來火金蛄。

(八)兼語句

前句的賓語為後句的主語。

1. 頭家叫伊去台中。
2. 毋通選伊做總統。
3. 原諒阿美仔亂猜疑。

(九)處置句

    1. 介詞「共」後面是接受動作的對象。

        我共伊拍／撨／罵／罥／謷／春。

        伊共車駛出去。

        我共飯食了了。

    2. 賓語非人稱代詞，可提到介詞之前。

        我共水倒捒揀／我水共倒捒揀。

        你共魚仔撈起來／你魚仔共撈起來。

    3. 賓語是代詞和名詞構成的詞組，名詞賓語可以提前。

        我共人的酒啉了了／我酒共人啉了了。

(十)被動句：「予」

    1. 被動句的介詞「予」後面是接受動作的施行者。

        我予伊拍／撨／罵／罥／謷／春。

        去予人騙去。

        褲予鈎仔鈎一空。

        阿美予狗仔咬著。

    2. 在強調的情況下，「予」佮「共」兩種介詞可以在一個句子中同時出現。

        伊予我共伊躄一下。

        阿榮的工廠予賊仔共伊搬甲空空。

    3.「予」佮「共」之後加「人」時，可以讀成合音詞「hông、kâng」。之後加稱代詞「伊」時，當「伊」省略時不變調。

    ＊附註：「予」除被動句之外，還可當「讓、給」解。

    ・「予」當介詞「讓」。如：予伊去啦！莫插伊。

    ・「予」當助詞。如：衫穿予好勢。玻璃拭予清氣。話講予清楚。

・「予」當動詞「給」。如：我予伊一個面子。伊予我幾仔本冊？

p.s.佮kah：上述佮是做連接詞用，亦可做動詞用。如：

(1) 連接詞：與、和。我佮你做伙去。

(2) 動詞：中意。我誠佮意彼軀衫。

(3) 動詞：搭配。食魚食肉嘛著菜佮。

(4) 動詞：附帶。買菜佮蔥仔。

十七、台語句法

(一)句子的架構

　　句子是由詞或詞組構成，它是表達思想交流的最基本單位，通常一個句子包括主語和謂語（述語）兩大部分。

　　主語和謂語都只有一個詞所構成的句子，叫做最簡單的主謂句，如：衫短、狗吠。如要呈現較複雜的意思，主語和謂語都要用詞組來表示，如：隔壁的狗仔吠無停。詞組又稱為短語，由一個中心語加上修飾語或附加成分所構成；也可以由幾個詞類相同的詞並列構成；附加成分可以是動詞的賓語或補語。詞組可分成三類：

　　1. 名詞組：一個名詞加上修飾成分所構成，或幾個名詞並列而成的詞組稱為名詞組。如：烏色的牛仔褲、古意的田庄人、瓜參匏、豬參牛。

　　2. 形容詞組：一個形容詞加上修飾語或補充成分所構成，或幾個形容詞並列而成的詞組，稱為形容詞組。如：足古錐、誠無人緣、軟閣飪。

　　3. 動詞組：一個動詞加上修飾成分或加上賓語、補語等，或幾個動詞並列而成的詞組，稱為動詞組。如：看著一隻烏狗、講甲喙角全全波、食飯閣啉酒。

(二)句子的成分

詞或詞組依其在句中的功能可分為主語、述語、賓語、定語、狀語和補語。

主語、謂語是基本成分,賓語、定語、狀語和補語是連帶成分。

1. 主語:是句子陳述的對象,通常是指人、事、物而言的名詞或代名詞。

   例如:我愛台灣、伊是我的朋友、今仔日禮拜。

2. 述語:是在說明主語是什麼、做什麼、怎麼樣,通常是由動詞或形容詞所構成。

   例如:阿英規工無閒頤頤。狗仔吠規暝。工課做了矣。

3. 賓語:及物動詞動作、行為所涉及的對象(受詞)

   例如:看書、食飯、講古、洗衫……。

4. 補語:在述語之後補充說明程度、狀態的成分,如按怎、偌濟、偌久……之類,用以修飾或限制動詞或形容詞。

   例如:衫仔洗甲誠清氣。食著真好食。看著誠心適。

5. 定語:偏正詞組的前一部分是修飾語,後一部分是中心語,名詞性的偏正詞組裡的修飾語是定語。所以定語是修飾限定中心語的,用以表示性質(新人客)、狀態(青翠的山脈)、領屬(台北的捷運)、質料(塑膠索仔)、用途(記數的簿仔)、數量(五本冊)、處所(屏東的蓮霧)、時間(今仔日的新聞)……。中心語有動詞、名詞、形容詞,修飾語也有動詞、名詞、形容詞、代詞。

   如:柴桌仔(名詞 + 名詞)、清氣杯仔(形容詞 + 名詞)、出發的時間(動詞 + 名詞)、伊的氣魄(代名詞 + 形容詞)。

6. 狀語:偏正詞組的前一部分是修飾語,後一部分是中心語,動詞性和形容性的偏正詞組裡的修飾語是狀語。

例如：定定來、後－－日來、寬寬仔行、已經講好矣、誠嬌氣。

(三)台語的修辭

1. 比喻：用具體的形象或通俗淺顯的事物，來說明較複雜的或深奧的道理。

喻詞通常用像、親像、若、若像、袂輸、誠成、可比、佮……全款、如……。

如：人像蟧，聲像水牛牴。

　　象的跤腿若親像柱仔。

　　美國西裝（大軀）。

　　腹肚若水櫃，胸坎仔若樓梯，兩肢跤親像草蜢仔腿。

　　面如桃花，足如蓮，肩擔午飯到蟓田。

　　伊若柴頭唎，規工伫厝－－裡怙怙坐。

　　已聞清比聖，復道濁如賢。（李白‧月下獨酌）

2. 比擬：有擬人和擬物兩類，如擬人為物或擬物為人來加以描寫，使內容較生動。

如：鳥鼠仔講伊上愛食榴槤。

　　月娘笑阮戇大呆，予風騙毋知。（望春風）

　　我是101大樓，我的頭殼強欲拄著天頂，自我出世以後，無人敢來唱聲。

　　春天到，桃、李、杏、梅相爭開，逐个攏無欲相讓。

＊比喻是透過事物的相似點，使本體與喻體聯繫起來，使人能更具體聯想、感知事物的形象。而比擬是借助事物的不同特徵，使事物具有本身以外的 特徵，以增添生動活潑感性及人格化。

3. 借代：說話或寫文章時不直接說出，而借用相關的人或事物來替代。

如：彼个人眞現實，無認人，干焦認「孫中山」（鈔票）。

做伙來啉－－兩三杯仔。

我啉凍頂的較慣勢。

人生諏諏，莫傷計較，四枝釘仔釘落去啥物攏總無。

講啥物道裡攏無效，拳頭拇較大粒的人贏。

4.誇張：對某些事務故意言過其實的擴大或縮小，用以強調或突出客觀事實。

如：白髮三千丈，綠愁似箇長；不知明鏡裡，何處得秋霜。（李白・秋浦歌）

風飄飄，雨蕭蕭，便做陳摶睡不著。（元曲・關漢卿・大德歌）

君不見高堂明鏡悲白髮，朝如青絲暮成雪。（李白・將進酒）

一粒目屎斤外重，跋落塗跤塗一空。一角銀拍二十四個結。

5.映襯：將相似、相關或相反的事物在一起對照，使之相映相襯，使本體更突出。

如：喜馬拉雅山的北爿冰天雪地，喜馬拉雅山的南爿春暖花開。

這時候，最熱鬧的要數樹上的蟬聲和水裡的蛙聲，但，熱鬧的是他們的，我什麼也沒有。（朱自清・荷塘月色）

6.對偶：將兩個字數相等、結構相同或意義相關的句子對稱地排在一起。

如：三星白蘭地，五月黃梅天。

令郎野狼跑百二，我騎赤兔走八十。

　　棄我去者，昨日之日不可留；亂我心者，今日之日多
　　煩憂。……

　　抽刀斷水水更流，舉杯消愁愁更愁。（李白・宣州謝
　　朓樓餞別校書叔雲）

＊映襯側重在內容方面，將對立的、相關的或一物之兩面
　　對照映襯，字數、結構不一定相同。而對偶要是成對的
　　形式，字數、結構必須相同。

8. 排比：由結構相同或語氣一致的成排句式並列組成。

　如：現此時蹛佇台灣的，毋管是外省人、毋管是河洛人、
　　毋管是客人、毋管是原住民抑是新住民，咱攏總是台
　　灣人。

　　為著家庭的幸福、為著社會的安定、為著國家的發
　　展、為著世世代代囝孫的出路。

9. 頂眞：前一句最後部分的詞或句作為後句的開頭，一直遞
　接下去。

　如：定而後能靜，靜而後能安，安而後能慮，慮而後能
　　得。（大學）

　　逐个選伊做市長，市長一任做三年，三年若欲大趁
　　錢，趁錢撇步我內行，內行買花捌規矩，規矩三十報
　　百五……

10. 雙關：一個語句關涉到兩種意思。

　如：人生在世要悟空更該八戒，鳥在籠中恨關羽不能張
　　飛。

　　幼稚園招生－老不收。老人食蟳仔－講無效。

11. 婉曲：說話時遇傷感惹厭之處，不直白本意，只用委曲
　含蓄的話來烘托暗示。

　如：新來瘦，非關病酒，不是悲秋。（李清照・鳳凰台

上憶吹簫詞）

江上荒城猿鳥悲，隔江便是屈原祠，一千五百年間
事，只有灘聲似舊時。（陸游・楚城詩）

十八、台語有音無字的書寫

1. 訓用法：將漢字的義與台語的音對應起來，即借意而音不
   符的謂之訓用字，也就是意譯漢字寫台語。例如：美讀作
   suí、賢讀作gâu、乾讀作ta、溼讀作tâm、住讀作tuà、多
   讀作tsē、茂讀作ām、殺豬、飲茶、右腳、不能、不要、
   不是、吸管、返去。

2. 借音法：借音而意不符的謂之借音字（假借）。歌仔冊、
   市場及報紙較常用。例如：魯肉、蚵嗲、呷飯、七桃、凍
   蒜、馬西馬西、按呢、嗆聲、肉焿。

3. 用俗字：在取得社會的共識之後便約定俗成的字。例如：
   的、人、卜、乎、厝、有、趖。

4. 造新字：獨自創造的漢字或用俗字。例如：麘、罞、囿、
   俋、瘩、毛、冪、喈、勢、攲、噥。

5. 破音字：
   由於字義或用法不同而讀音不同，這種變通的讀音叫「讀
   錂破」，也叫「勾破音」。這類音大多是聲調的改變，少
   數有韻母的改變，此種衍生法用以產生不同的詞彙。例
   如：傳記傳達、擔水重擔、朝日王朝、種子種花、台中中
   毒、成長長壽、相當當選、復興興講。

6. 漢語古今字：逃（迯）、跡（迹）、豬（猪）、吃
   （喫），褲（袴）、掛（卦）、從（从）、眾（众）、弟
   （棣）、粗（麤）、並（竝）、筆（笔）、網（网）、察
   （詧）、鮮（鱻）、龜（𪔂）、災（灾）、焚（炎）。

7. 古漢字：囥（ㄎㄤˋ）、枵（ㄒㄧㄠ）、淋（ㄌㄢ）、挩
（ㄊㄨㄜ）、尻（ㄎㄠ）。

十九、教育部的定音與用詞原則

(一)文讀音用本字

根據中古音的反切所讀出來的音，這種文讀音通常用在朗讀古詩文的時候，當然有些口語也會用到文讀音。例如：糊塗、三八、公家、傷重……。文讀音和中古音類的對應比較整齊。

白讀音用在一般的口語交談，白讀音和中古音類的對應起來，會有不同語音層次的疊置，比較複雜。如果一個字只有一個音，那就不能說是文讀音抑或白讀音，例如：過去一般私塾先生多半認為「人」的文讀是jîn。白讀是lâng。本辭典的用字考量也採用「人」lâng來表示。

大人tāi-jîn指做官的人或日本時代的警察。

大人tuā-lâng指成年人（應該是「大儂」）。

根據文獻考證，「大人」tuā-lâng的本字是「大儂」，所以lâng應該是替代音。但是有些方言字並沒有文讀音，如：「冇」phànn。

至於語音有偏漳、偏泉及其他次方言的音，則採取最具有廣泛代表性的，最接近普通腔的高雄音來做為定音的主體音系，再把不同的次方言口音注錄在後面。所以會有相同音節重複出現的情形，例如：「豬」ti、tu、tir三種音讀都會出現。

(二)替代音

1. 準本字

通過文白層次比對，以及不同方言之間的聯繫觀察，考求出某個詞的本字，但是音並不一致。例如：「㑌」nuā，用在「雞㑌仔」ke nuā á《爾雅·釋畜》：「未成雞」。㑌，郭樸注：

「江東呼雞少者曰傈，音『練』。」傈子，雙生子也，（見方言）。這個字應該就是本字，但是「練」並無nuā的音，因此只能算是準本字。

2. 傳統文獻用字

也叫「方言字」，就是《十五音》韻書用字或其他相關辭書用字，方言的使用者按照自己對詞義的了解，依傳統會意或形聲的造字法造出來的方言字，雖然不盡理想，但是已經在社會上有普遍性，不容易改變。例如：「迌迌」。

3. 訓讀字

借用一個詞義相同的漢字來表現相應的方言詞，例如：用「土」thóo來表示本字「塗」thôo。「土」《說文》：地之吐生萬物者也；又「塗」泥也。塗是具體可以摸得到，如塗豆、塗沙、塗墼厝，土是抽象的意念，如土地公、土人、土雞、鄉土。

4. 創義字

因為本字和同音字之間意義相差很遠，所以方言的使用者便按照自己對詞義的理解，依傳統會意或形聲的造字法造出來的字。例如：用「刣」thâi來表示「殺」的意思。在傳統文獻都用「殺」sat（所八切）來表示，包括《彙音妙悟》、《彙集雅俗通十五音》、《彙音寶鑑》、《廈門音新字典》。另外，有利用已有的字型不另造字，例如：「偝」āinn背人的動作，「揹」phāinn背物的動作。

5. 外來語：例如「馬拉松」都用替代字。

(三)俗讀音

俗讀音就是依循中古反切不可能切出來的音讀，卻是社會大眾比較常說的音。一般常見的俗音字如下：（調號標數字）

1. 組tsoo[2]但是「組長」卻唸成tsoo[1]-tiunn[2]。組：則古切。

2. 障tsiong[3]/tsiang[3]，「故障」唸成koo[3]-tsiong[1]。障：之亮

切。

3. 轎kiau⁷、kiau⁵，「轎車」唸成kiau¹-tshia¹。轎：渠廟切。（ku⁵-biau⁷）

4. 橙ting⁵「柳橙」唸成liu²-ting¹。橙：宅耕切。（登）

5. 觸tshiok⁴「接觸」唸成tsiap⁴-siok⁸。觸：尺玉切。

7. 償siong⁵「賠償」唸成pue⁵-siong²。償：市羊切。（賞）

8. 肓hong¹「膏肓」唸成ko¹-bong⁵。

9. 購koo³「採購」唸成tshai-kang²。購：古候切。

10. 西se¹/sai¹「西瓜」唸成si¹-kue¹

11. 索sik⁴「索引」唸成soh⁴-in²。索：蘇各切、山戟（kik⁴）切。

12. 歉khiam²「道歉」唸成to⁷-khiam¹。歉：苦簟切（簟：tiam⁶）

13. 禪sian⁵「坐禪」唸成tse⁷-siam⁵。禪：市連切。

14. 避pi⁷「避免」唸成phiah⁴-bian²。避：毗義切。（毗pi⁵）

15. 執tsip⁴「固執」唸成koo³-tsit⁴。執：之入切。

16. 寂tsik⁸「寂寞」唸成siok⁴-bok⁸。寂：前歷切。

17. 佩pue⁷「佩服」唸成phue³-hok⁸。佩：蒲昧切。（昧bue⁷）

18. 握ak⁴「把握」唸成pa²-ap⁴。握：於角切。

19. 召tiau³「召集」唸成tsiau¹-tsip⁸。召：直照切tiau⁷又止遙切tsiau¹。

20. 植sit⁸「植物」唸成tsit⁸-but⁸。植：常職切。

21. 哲tiat⁴「哲理」唸成thiat⁴-li²。哲：陟（tik⁴）列切。

22. 悠悠iu⁵-iu⁵唸成iu-iu。悠：以周切。

23. 貞tsing¹「淑貞」唸成siok⁴-tsin¹。

24. 殖sit⁸「殖民」唸成tsit⁸-bin⁵。

上述這些俗讀音多半是受到字形類化或華語影響所產生的音，本來應該標注「正讀音」，但顧慮到語言使用的社會性所以

加注「俗讀音」。另一方面顧慮到傳統辭書的記音，如：「危」有hui⁵、gui⁵、ui⁵三種唸法，高雄唸hui⁵，大部分的辭書都記爲gui⁵，有的辭書則將gui⁵列爲文音，hui⁵列爲白讀音，ui⁵顯然受華語的影響。（張屏生自選集）

(四)從官話中取材調整的音讀

1. 「煙腸」ian¹-tshiang⁵
2. 「高長大漢」kau¹ tshiang⁵ tua⁷ han³
3. 「一錢、二緣、三婧、四少年」it tshian⁵

「腸、長」文音爲tiong⁵白讀音爲tng⁵，tshiang⁵非文讀亦非白讀音。「高」只有一個音ko¹，「錢」文音tsian⁵，白讀爲tsinn⁵，tshian⁵是取較接近官話的音。

二十、《說文解字》六書介紹

1. 象形：象形者，畫成其物隨體詰詘，日月是也。
   人鳥象目木云牙鼠口心子……。
2. 指事：指事者，視而可識察而見意，上下是也。
   本刃寸禾西血甘旦土中……。
3. 會意：會意者，比類合誼以見指撝，武信是也。
   林從竝鮮北美采見吠鳴安東……。
4. 形聲：形聲者，以事爲名取譬相成，江河是也。
   雞笨輪草消教郊淺扮聞……。
5. 轉注：轉注者，建類一首同意相受，考老是也。（取義同之字之轉相注釋者）
   爾雅釋詁：「刑、範、律、矩、則，法也。」
   又：「法、則、刑、範、律、矩，常也。」
   「衆，多也。」又：「多，衆也。」
   爾雅釋言：「幼，稚也。」

6. 假借：假借者，本無其字依聲託事，令長是也。

「令」，說文：令，發號也。借爲縣令字。

「長」，說文：長，久遠也。借爲長輩之長。

「烏」，說文：孝鳥也。借爲烏呼。

「子」，說文：十一月易氣動，萬物滋，人以爲偁。借爲十二支之子。

「朋」，說文：古文鳳，象形。鳳飛群鳥從以萬數，故以爲朋黨字。造「鳳」字還本字。

二十一、談「小孩、囝、囡」字的用法

《集韻》囝：九件切音kian^2，白音kiann^{2}再節縮爲kann^2。後來kian^{2}經過聲母清濁轉換爲gian^2，再經元音節縮爲gin^{2}才孳乳完成。

根據台師大姚榮松師考證，囡字，閩南語作gin^{2}指小孩，是取自吳方言字指小孩，也專指女兒。閩南語的「囝」字，音kiann^{2}與囡gin^{2}音義皆相近。因此我們相信「小孩gin^2」與「兒子kiann^2」本來是同一個「囝」字。正如吳語小孩和女兒同用一個「囡」字一樣。所以閩南語的「囡」是一個訓用字，是借其他方言的同義字（指小孩）來表意，以便和「囝」字（專指兒子）分工，方言俗字的形成是一種約定俗成，一但「囝、囡」在台語的分工完成，形成通用字，我們就可以宣稱gin^{2}在閩南語指小孩子，是一個俗字。而囝kiann^{2}做爲兒子，則爲閩南專用字，最好稱爲正字，因爲它並未經過俗化的過程。所以「童謠」應寫成「囡仔歌」，兒子、女兒應寫成「囝、查某囝」，小孩是華語詞。

註：件：其輦切，輦：力展切。

二十二、談「射、矮」的本義

依照東漢許慎《說文解字》六書造字原則，「會意者，比類合誼，以見指撝，武信是也。」也就是說將兩個以上的字放在一起，即可以看出新造字的意義。所以「射」字從寸身屬會意字，身體只有一寸當然很矮。而「矮」從矢委，也就是說將矢委於弦上有射的意思。所以說「射」的本義是矮，而「矮」的本義是射，兩字古今意義剛好相反。這是一般人對於「射、矮」這兩個字義的理解。

其實這都是憑個人主觀的意識所作的詮釋，既無根據也未加考證，即「望文生義」妄下斷語，人云亦云，以訛傳訛，如果是當做茶餘飯後的話題則無傷大雅，若是在學術講堂上則不宜。因為「射」字在古文獻裡都是屬「象形」字（見圖1），像射箭的樣子，早在〈石鼓文〉裡（見圖2）也是象形字，字形就像以手射箭，完全無短或矮的意思，隸書定字體時將「矢委於弦上」的字形定成「身」字，而持弓箭的手寫成「寸」，寸也是手的意思，屬指事字。所以這個「身」原本是「矢委於弦上」的象形字，而身體的「身」則指婦人「有身」的樣子（見圖3），兩者構字不同。

《說文解字》躬，弓弩發於身而中於遠也，從身從矢會意，射，篆文躬，從寸，寸，法度也亦手也，所以說文不入寸部而歸於矢部，為其事重矢也。〈段玉裁注〉說從寸之意，射必依法度故從寸，寸同「又」（見圖4），射必用手故從寸。也就是說「射」從身從寸，會意，是從古文「躬」演變而來，所以儘管從象形而會意，然與早期的文獻裡的意義是一致的。

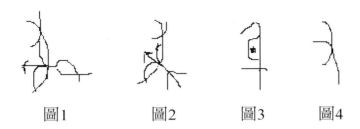

圖1　　　　圖2　　　　圖3　　　　圖4

「矮」字從矢委聲，是屬於一形一聲的形聲字，《舊唐書·陽城傳》「道州地產民多矮。」泛指低，不高。《廣韻》矮，短　，屋蟹切。《文言文字典》矮，指身材短，所以考徵文獻並未發現有指「射」者。可見將「矮」解為射箭純屬個人臆測。

綜觀以上可知「射、矮」的本義，射指射箭，矮指身短的意義至為明顯。論語：「君子無所爭，必也射乎？」清朝趙翼在〈論詩〉中說「矮人看戲何曾見，都是隨人說短長。」就是最好的詮釋。原詩如下：

　　　論 詩　lūn si　　　　　　清·趙翼
隻眼須憑自主張，tiong
紛紛藝苑說雌黃。hông
矮人看戲何曾見，
都是隨人說短長。tiông

第四章　俗諺語、孽譎仔話、七字仔佮唸謠

一、俗諺語

1. 醉翁之意不在酒——無心假有心，捾籃仔假燒金。
2. 鳩占鵲巢——乞食趕廟公。
3. 船到橋頭自然直——時到時擔當，無米煮番薯箍湯。
4. 江山易改本性難移——牛牽去北京嘛是牛。
5. 養育之恩重於生育之情——生的撥一邊，養的恩情較大天。
6. 飲水思源——食果子拜樹頭，食米飯拜田頭。
7. 求人不如求己——家己種一欉較贏靠別人。
8. 自掃門前雪；井水不犯河水——一人一家代公媽隨人祀。
9. 後知後覺，不知大難臨頭——七月半鴨仔毋知死活。
10. 打腫臉充胖子——未肥假喘，未有錢假好額人款。西裝現領，厝裡吊鼎，講話無影。
11. 吃裡扒外——食碗內看碗外。
12. 捕風捉影——講一个影就生一个囝。
13. 肚子在唱空城計——腹肚大腸告小腸。
14. 粗心大意；張冠李戴——目睭花花匏仔看做菜瓜。目睭眵眵，便所看做hotel。
15. 劣幣逐良幣——好種毋傳，歹種毋斷。
16. 交友易交心難——有人提燈照路，無人提燈照肚。
17. 搜刮民脂民膏——食銅食鐵食到a-lu-mih。有毛的食到棕蓑，無毛的食到秤錘，兩跤的食到樓梯，四跤的食到桌

櫃。

18. 借花獻佛——別人的桌頂夾肉飼大家（ta-ke）。

19. 孤掌難鳴；獨木難撐——孤木難成樑，孤磚難做牆。

20. 玉不琢不成器——芥菜無剝毋成欉，囡仔無教毋成人。

21. 知恩必報——食人一口還人一斗。

22. 家家有本難念的經——一人煩惱一樣，無人煩惱相親像。

23. 班門弄斧——關老爺面前弄大刀。

24. 杜漸防微——細空毋補，大空叫苦。

25. 禍從口出——心歹無人知，喙歹上厲害。

26. 只重形式不重實質——心好免食菜，好朋友免結拜。

27. 溫故知新——三日無餾蹈上樹。

28. 癩蛤蟆想吃天鵝肉——枵狗數想豬肝骨；山猴想欲挽仙桃。

29. 人非聖賢孰能無過——仙人拍鼓有時錯，跤步踏差啥人無。

30. 一舉兩得——一兼二顧摸蜊仔兼洗褲。

31. 外行領導內行——毋捌路閣欲擇頭旗。

32. 一曝十寒——一日討海三日曝網；一日拍鳥三日挽毛。

33. 無可奈何——姑不而將；無奈得何(bô-ta-tit-uâ)，不得已。

34. 多此一舉——一个剃頭一个扳耳。

35. 出口不慎——一句話三角六尖，角角傷人。

36. 怨天尤人，不知自我檢討——袂生牽拖厝邊；袂曉使船嫌溪窄。

    欠水怨天公，愛睏怨南風，無錢怨爸母，欠錢怨債主，無頭路怨政府。

37. 多管閒事——人食米粉，你咧喝燒。扛轎毋扛轎，煩惱新

娘放尿。

38. 身教重於言教 —— 大隻狗跍牆，細隻狗看樣。

39. 老大徒傷悲 —— 少年袂曉想，食老毋成樣。

40. 五十步笑百步 —— 龜笑鱉無尾，鱉笑龜粗皮。

41. 男女授受不親 —— 瓜毋參匏，豬毋參牛，查埔毋參查某的跕。

42. 養不教父之過 —— 細漢偷挽匏，大漢偷牽牛；細欉若無雕，大欉就拗袂曲。

43. 一言一用千言無用 —— 歹瓜厚子，歹人厚言語。一喙掛雙舌。

44. 吃力不討好 —— 做甲流汗，予人嫌甲流瀾。

45. 泥菩薩過河 —— 家己揹黃金甕仔，替人咧看風水。

46. 混水好摸魚 —— 水清無魚，師正無徒。

47. 鬼鬼祟祟 —— 掩掩揜揜。(ng-ng iap-iap)

48. 樹欲靜風不止，子欲養親不在 —— 在生一粒豆較贏死了拜豬頭。

49. 眾志成城 —— 三人全一心，烏塗變黃金。

50. 來無影去無蹤 —— 來無張持去無相辭。

51. 吝嗇 —— 一仙錢拍二十四的結。

52. 戇直不知變通 —— 一條腸仔迵尻川；擔擔袂曉轉肩。

53. 朽木不可雕 —— 漚柴袂雕得尪仔。

54. 倚老賣老 —— 過橋較濟你行路，食鹽較濟你食米。

55. 耳濡目染，熟能生巧 —— 曲館邊的豬母，袂曉唱歌嘛會拍拍。

56. 百密必有一疏 —— 鴨卵較密都有縫。

57. 物以類聚，人以群分 —— 龍交龍，鳳交鳳，隱疴的交侗戇。

58.民以食爲天 —— 先顧腹肚才顧佛祖。

59.情人眼裡出西施 —— 媠穤儇得比，佮意較慘死。

60.愛屋及鳥 —— 惜花連盆，疼囝連孫。

二、孽譎仔話（歇後語）

1. 火燒豬頭爿 —— 面熟。

2. 十全欠兩味 —— 八珍。

3. 六月芥菜 —— 假有心。

4. 火燒罟寮 —— 無希望（無漁網）。

5. 火盲竹林 —— 無竹殼（無的確）。

6. 青暝的吃圓仔 —— 心裡有數。

7. 倩鬼拆藥仔 —— 穩死。

8. 小鬼摸閻羅王尻川 —— 大膽。

9. 乞食揹葫蘆 —— 假仙。

10. 烏矸仔貯豆油 —— 無地看；看袂出。

11. 美國西裝 —— 大輸（大軀）。

12. 十二月睏曆頂 —— 凍酸（凍霜）。

13. 阿婆生囝 —— 誠拚咧。

14. 澎湖菜瓜 —— 雜唸（十稜）。

15. 祖傳佛經 —— 世世唸（踅踅唸）。

16. 乞食掃墓 —— 卸祖先。

17. 隱痀的放屁 —— 彎彎曲曲。

18. 北港廟壁 —— 話仙（畫仙）。

19. 食麵豆菜掰去邊仔 —— 麵麵欲。

20. 一箍銀損兩下 —— 一箍槌槌。

21. 老人食蟳仔 —— 管無效（講無效）。

22. 囡仔食蟳仔 —— 興管（興講）。

23. 溪沙埔拍干樂 —— 週轉不靈。

24. 海龍王辭水 —— 假細膩。

25. 過時賣曆日 —— 無效。

26. 狗吠火車 —— 無彩工。

27. 孫悟空做投手 —— 豬哥神（豬哥承）。

28. 和尚划船 —— 無法度（無髮渡）。

29. 鳥鼠無洗身軀 —— 有趣味（有鼠味）。

30. 閻羅王開酒店 —— 毋驚死的做你來。

31. 閻羅王講話 —— 鬼知影。

32. 蟾蜍展氣功 —— 膨風。

33. 腳底抹粉 —— 妝跤（庄跤）。

34. 十五枝拐仔攑做兩手 —— 七拐八拐。

35. 十二生相排第九 —— 毋是猩猩就是猴。

36. 看有食無 —— 干焦癮，親像佛祖鼻香煙。

37. 種匏仔生金瓜 —— 有夠衰。

38. 兩角找五仙 —— 覺悟（角五）。

39. 一粒田螺煮九碗湯 —— 無味。

40. 胡蠅戴龍眼殼 —— 崁頭崁面。

41. 賣碗盤捔倒擔 —— 缺了了。

42. 關公啉燒酒 —— 看袂出。

43. 一空掠雙隻 —— 好空。

44. 做賊點燈火 —— 真癮頭。

45. 廟內著賊偷 —— 失神。

46. 貓仔共鳥鼠仔拜年 —— 假好心。

三、七字仔佮四句聯 —— 七字仔

1. 阿君
   阿君欲轉阮欲留，
   留君神魂用紙包，
   等君去後提來敨，
   日日看君佇阮兜。

2. 雞聲
   雞聲頭啼起煮飯，
   烏鶖啼了天欲光，
   想欲開門度君轉，
   手扞門閂心頭痠。

3. 白紙
   白紙寫字青紙封，
   紅紙包面做批囊，
   欲寄幾句共君講，
   內山火車袂交通。

4. 山歌
   山歌毋唱鬱腹內，
   錢銀毋使會生蟲，
   十七十八毋打扮，
   老來打扮無彩工。

5. 山歌明·佚名
   不寫情詞不寫詩，
   一方素帕寄心知，
   心知接了顛倒看，

   橫也絲來豎也絲，
   這般心事有誰知。
   （豎：臣庾切su6-7）

四、傳統唸謠

(一)戀人

第一戀選舉替人運動，第二戀食薰歕風，第三戀挵球相
碰，第四戀食檳榔呸紅，第五戀啉酒吐劍光，第六戀跋
筊送錢奉用，第七戀輸股票目睭金金人傷重，第八戀食毒
起瘖硞硞傱，第九戀㧒查某搧冬風，第十戀插甘蔗予會社
磅。

(二)挨仔挨腐腐

挨仔挨腐腐，刣雞請阿舅，阿舅食無了，賰一枝雞跤
爪，阿媽捀去囥，阿孫的踮桌跤硞硞耬，耬欲食硞灶額，
耬欲添搧喙邊，耬欲貯搧喙顆。

㈢月仔光耀耀，賊仔偷搤壁，搤著雞卵長鴨卵闊，啞口的喝咻，青盲的看著，跛跤的逐著，瘸手的掠著。（耀耀：音iah-iah）

㈣十膈歌

一膈攑椅坐，兩膈走跤皮，三膈㔂花妝，四膈米頭長，五膈喝玲瑯，六膈做司公，七膈偷搤壁，八膈做乞食，九膈走上山，十膈去做官。（膈：音lê）

㈤媠姑娘仔欲嫁翁

嫁著臭頭翁，著愛捻棉薦窒鼻空；嫁著青盲翁，梳妝抹粉無彩工。

嫁著啞口翁，比手畫刀氣死人；嫁著隱痀翁，棉被內底會激空。

嫁著矮仔翁，燒香點燭派雙人；嫁著躼跤翁，欲睏就愛斬跤胴。

嫁著緣投翁，驚伊變成採花蜂；嫁著有錢翁，驚伊駛車載別人。

嫁著跋筊翁，筊若贏，眠床頭，糕仔米芳，筊若輸一手攑藤條一手摸頭鬃。

㈥嫁娶篇

嫁著骨力翁，仝心致富三五冬，
嫁著貧惰翁，火燒罟寮全無望，
嫁著散赤翁，米甕定定攏空空，
嫁著鱸鰻翁，心臟像咧磅米芳，
嫁著跋筊翁，規工相拍摸頭鬃，
嫁著風流翁，心情鬱卒袂輕鬆，
嫁著穲穲翁，認真拍拚食袂空。
娶著媠媠某，規暝免睏免穿褲，
娶著賢慧某，較好三个天公祖，

娶著有錢某，對著事業有幫助，
娶著散赤某，勤儉拑家好照顧，
娶著貧惰某，食飽迌迌嫌艱苦，
娶著跋筊某，定定出入拘留所，
娶著刺查某，親像惹熊佮惹虎。

(七)盤喙錦—姓傅

有一个人姓傅，手提一匹布，三步做兩步，兇狂行入去當舖，當錢兩千五，為著做頭路，肩擔一擔醋，頂庄下庄來賣醋，賣啊賣，賣到番薯路，看著一隻兔，趕緊园落醋，去掠兔，掠著兔，煞揣無布，氣著褪落褲，用褲來包兔，兔仔欲走揣無路，共伊咬破褲，咬甲爛糊糊，兔仔走到內山路，兇狂欲掠慢半步，弄倒醋，潑落塗，褲是咬甲爛糊糊，害伊無醋、無兔閣無褲！

(八)目屎斤外重

北港出有大煙筒，爸母愛錢無愛人，一粒目屎斤外重，跋落塗跤塗一空：新開農溝迵母圳，也著爸母恁主婚，爸母主婚目無利，也無共囝揀好歹，僥倖爸母罪責重，害囝無面通見人。

(九)雜菜麵

來！來！來！來聽我咧落下頦，

1. 大箍健，勇身命，做人上驚身苦病疼，北風若行，瘁响的就知輸贏。鐵拍的身體，就無雙條命。四兩命，毋值著跤手健。泰山的體格，袂堪得三日的落屎。

2. 自古紅顏多薄命，人呆看面就知，大紅花毋知穤，圓仔花穤毋知。人若生媠，免妝嘛媠，欲媠在枝骨，梳妝打扮三兩齣。愛媠毋驚流鼻水。歹命愛看命，穤人愛照鏡。鴨仔較妝嘛扁喙，貓仔較醫嘛瘁响。有妝有縒，有梳有捋，有戲毋看欲看我。

3. 真藥醫假病，真病無藥醫，會哀才有醫。心病猶著心藥醫。病人脫節氣。

4. 猴頭鳥鼠耳，鼻仔翹上天，胸坎若樓梯，腹肚若水櫃，兩肢手若金損鎚，跤骨若像草蜢仔腿。豆腐肩，扁擔仔跤，鴨母蹄，戽斗兼暴牙，雞仔看著拍咯雞，狗仔看著吹狗螺，蟳仔看著浡瀾，蝦仔看著倒彈，虱目仔看著跳過岸。

5. 青盲的興跕桸，啞口的興講話，跛跤的興跳童，大舌閣興喋。

6. 我這味祖傳秘方，無論是舂著、拍著，挵著，抑是久年病、暗毿病，一服見效。青盲來食現光（扛）去，跛跤來食現行去，隱痀來食現直去，生粒的來食粒仔消膿（人）無去。

7. 總舖師驚食晝，醫生驚治嗽，塗水師驚掠漏，討海驚風透，賓館驚掠猴。

五、四句聯 —— 食茶講好話（摘自網路）

「講好話」的形式，較完整的形式是一段四句、每一句七字，所以有「七字仔」的講法。也有一句五字、一句四字的四句聯仔、甚至只有兩句的對聯，不管任何形式，都講究鬥句押韻。

天地配合，成雙成對；夫唱婦隨，萬年富貴。
茶盤圓圓，甜茶甜甜；兩姓合婚，年底雙生。
冬瓜是菜，兩人相愛；子孫昌盛，七子八婿。
今夜洞房，燈燭輝煌；好話盡講，女貌才郎。
兩姓來合婚，日月有錢賭；予恁大家官，雙手抱雙孫。
捀出甜茶來相請，夫妻一定好名聲。新娘做法真四正，講話理徹人人疼。

新娘美貌若天仙，天地註定好姻緣。在家父母好教練，應該敬老後少年。

食新娘茶：

㈠新娘捀茶出大廳，有糖仔冬瓜餅；
　甜茶新娘親手捀，敬請母舅頭一人。

㈡新娘賢慧有內才，夫妻仝心創將來；
　日後家事妳安排，向望抱孫替妳做月內。

㈢欲食甜茶講四句，新娘好命蔭丈夫；
　孝敬翁姑真可取，田園建置千萬坵。

㈣茶盤圓圓，甜茶甜甜；
　二姓合婚，冬尾雙生。

㈤手牽手，天長地久，喙拄喙，萬年富貴。

㈥食恁一枝薰，予恁翁某年年春；
　食恁一杯茶，予恁年底生雙个。

㈦茶杯捀懸懸，囝孫中狀元；
　茶杯捀落低，趁錢無地下。

㈧我看茶盤真正重，新娘毋通家己捀；
　著叫新郎鬥相共，翁某協力相幫忙。

㈨民主時代，自由戀愛；
　免人紹介，雙人意愛。

㈩茶盤金金，茶甌深深；
　新娘新郎無相侵，這杯甜茶我毋啉。

(十一)酒杯捀懸懸，生囝生孫做立法委員。

(十二)喜酒啉予焦，新郎較緊做阿爸。

第五章　台語短文寫作練習

一、艋舺龍山寺

　　艋舺這馬叫做萬華，是台北市發源地。清雍正初年，福建泉州的晉江、南安、惠安人（三邑人）來遮搭幾間仔草寮仔蹛，後來漸漸變成一個小庄頭，因為當時平埔族凱達格蘭人定定用「獨木舟」（細隻船仔），對淡水河上游載番薯、農產品佮漢人做生理，所以叫做番薯市。平埔族語「獨木舟」叫做艋舺，這就是艋舺地名的由來。

　　佇清朝，船會當駛到艋舺碼頭，國外來的船貨攏佇遮咧起落，南北二路攏來遮割貨，艋舺成做有名的大港口，佮府城、鹿港合稱「一府、二鹿、三艋舺」，艋舺是北部的商業中心。佇1853年佇艋舺發生頂下郊拚。這擺械鬥的當事者，一爿以泉州三邑人為主的頂郊，另外一爿是以泉州同安人為主的下郊（廈郊）。械鬥結果，同安人拍輸，敗走去大稻埕。頂下郊拚影響的層面，除了造成人員傷亡，同安人的遷徙，佮八甲庄（今老松國小，原為下郊）攏燒了了，嘛間接促成大稻埕佮大龍峒的開發。

　　較早漢人來台灣，愛經過台灣海峽的烏水溝，環境誠危險，俗語講「三留六死一回頭」，為了欲求神保庇，攏帶故鄉廟內的神明保護，年久月深，為著欲求心靈安定，乾隆三年（1738），三邑人就合資起龍山寺，請故鄉晉江縣安海鄉龍山寺觀世音菩薩分靈來遮服侍，所以龍山寺毋但是百姓的信仰中心，嘛佮個的生活有密切的關係，所以百姓有代誌、相告、和解，攏愛問神明公斷。光緒十年（1884），中法戰爭發生，法軍侵占基隆，百姓組織龍山寺義軍，協助拍退法軍有功勞。光緒

帝賜「慈暉遠蔭」匾仔褒獎，其威信為官方所認可，所以佇百姓的心目中除了宗教信仰以外，閣再增加一層崇拜的意義。

民國三十四年（1945）第二次世界大戰，中殿全歹去，干焦觀世音菩薩全款端坐蓮台座，寶相莊嚴，當時空襲，附近大多數百姓攏避難佇觀世音菩薩蓮台座下跤，因為個相信佇菩薩的保庇絕對安全，真正這擺中殿受著嚴重的損害，當工避難佇觀世音菩薩蓮台座跤竟然無一个百姓著傷，百姓相信是觀世音菩薩的保庇的風聲傳出去，予信徒對觀世音菩薩閣再較崇敬。鹿港嘛有龍山寺，聽講佇明永曆七年起的（1653），到乾隆51年（1786）遷建佇這馬的所在，攏是國家第一級的古蹟。

二、是古意抑是「冷漠」

講母語，絕對毋是天分，是一種本能，所以無需要記語詞、語法佮句型，講起來真自然，大概囡仔到三歲就已經有語言的能力矣。目前佇台灣有三分之二的人是台灣生的，毋過「台語家庭」逐年以3%的速度佇咧消失中，尤其是愈大的城市愈嚴重。

原因當然是佮政府早期的語言政策有關係，所以這馬大約四十歲以下的人攏較慣勢講華語，阿公、阿媽煞孫甘願教「台灣國語」嘛無欲教個家己的母語，所以囡仔華語講袂準，台語袂曉講。咱定定看著兩个客人做伙會講客話，兩个廣東人會講廣東話，但是兩个台灣人卻是講「華語」，這實在是誠奇怪的現象。

2001年聯合國教科文組織發表〈世界文化多樣性宣言〉，強調多樣性語言文化是人類共同的資產，各國政府有義務保護佮促進發展。同時指出台灣除了「華語」以外，其他的三種主要本土語言攏有瀕臨滅絕的危機。所以教育部對2002年開始佇小學實施鄉土語言教學，九年一貫課綱雖已實施，佇小學干焦釋出

1/3，2/3予不管是毋是會曉教攏由導師教，國中有名無實，所以九年一貫其實賰半貫。

十外多來1/3課程由母語支援教師教，導師有受過72點鐘進階研習課就會使教，其實大部分攏無專業知識，逐禮拜四十分鐘的課效果無要緊，橫直也無欲考試。教育單位也無積極大量培育師資。如果干焦有聽、講的能力，經過72點鐘受訓就會當教母語，若按呢予菲律賓外勞受訓72點鐘的課程，是毋是就會使教英語？

台灣人一向誠古意、無言、誠「冷漠」，無人願意去得罪人，橫直毋是干焦我的代誌。就像無專屬電視台、無台閩委員會，當然就無經費，客委會、原委會、新移民的經費用袂了，稅繳上濟的台語族群「看有食無干焦癮，親像佛祖鼻香煙」。這是台灣上大的族群上弱勢的團體，這「敢毋是做台灣人的悲哀」。莫怪台中櫟社社長傅錫麒佇伊的〈山行〉詩內底會講出「世路崎嶇同一嘆，不平何只眼前山」的怨嘆！

三、南蜂炮北天燈

天燈嘛叫做「孔明燈」聽講是孔明發明的，本來是通信用的，平溪的部落分散佇山區，交通足無方便，佇開墾初期，定定有土匪出入，先民用天燈互通訊息，有的是發警報，有的是報平安，近來才演變做祈福、娛樂活動，祈福者共願望、心事寫佇天燈頂懸，然後點火，因為熱氣的原理慢慢仔飛起來，藉著祈福的儀式，希望願望會當實現，聽講誠靈聖，可能是孔明暗中來相助。所以去平溪放天燈的人逐年增加。「放天燈」是平溪上重要的民俗活動，逐年農曆正月十五日是台灣世界天燈節。

來自各地千千萬萬的遊客，挾甲袂翻身，逐家做伙來放天燈祈福，一時滿天攏是燈，實在誠壯觀。欲去參加天燈節上好是坐

小火車，這是以前運送塗炭的「鐵路」，這馬鐵路局規劃做「觀光五分仔車」，沿路一面欣賞風景，一面綴先民開墾的跤跡嘛誠心適。

南台灣上刺激的元宵民俗活動是台南鹽水的蜂炮，蜂炮閣叫「蜂仔炮」。早期鹽水地區著災，當時缺乏衛生設備，居民死傷無數，無法度只好寄託神明保庇，所以選佇農曆正月十三日關聖帝君生日，舉行帝君出巡，遶境驅邪活動。神轎所到的所在，百姓放炮歡迎，沿路茫煙散霧，可能是炮仔硝煙殺菌的關係，瘟疫漸漸減少，百姓感謝神明保庇，才延續這種風俗。這馬已經演變成做台南重要的民俗觀光活動，佮平溪天燈合稱做「南蜂炮北天燈」。

四、閩南語不等於台語

一般人總以為閩南話就是台灣話，其實不然。閩是福建的簡稱，東漢許慎《說文解字》閩：東南越它種，（它，古蛇字）。也就是講佇門內面的蟲，就是共閩地的人看做類似蟲類的野蠻人，釋名曰：越，夷蠻之國也。閩語後來分化為閩南、閩北（建甌話）、閩東（福州話）、閩中（永安話）、莆仙（莆田話）等五種彼此之間互不相通的次方言。閩南語包括漳州、泉州、廈門、潮州、汕頭、海南島等地。

明清以來，大陸沿海居民紛紛向外移民，1624年荷蘭殖民台灣，因需要人力墾植，對漳、泉招募人員。1661年鄭成功帶領三萬七千將士及眷屬入台佮平埔族語等混合，鄭亡之後，清廷移民限制帶來偷渡移民潮，佇語言方面形成有平埔族語比如：麻虱目、牽手、雞籠、干豆、艋舺（獨木舟）、峇微子（無患子）……，有荷蘭語如：計算土地面積的單位「甲」、手提包叫「khā-báng」以及西班牙語Santiago「三貂角」、借自法語的

「雪文」（肥皂）……。

甲午戰爭後，日本占領台灣五十年，佇語言方面自然會受到日語的影響，比如剪車票叫「解札」（kái-tsat）、捐款叫「寄付」、郵票叫「切手」、打針叫「注射」、心情愉快叫「起毛媠」抑是「起毛spring媠」……。光復後受華語佮英語影響，有Bus、Club、KTV、Taxi……等以及華語「俗俗」叫俗氣、「秋清」叫涼快。

1949年國民黨撤退來台之後，佮大陸隔閡四十外年，兩岸的語言或因社會關係、或因地理接觸各自演變，閩南語佮台灣話已經沓沓仔分歧。台語有誠濟來自平埔族語、日語、荷蘭語佮其他外來語，佇大陸的閩南人當然聽毋捌。大陸的「泉州」人講「siâm-tsap」是指柳丁汁、風講做「huang」，馬鈴薯講做「土豆」、加州李子講做「黑布林」，台灣人當然也聽毋捌，當然講「柳丁汁」大陸的閩南人也聽毋捌。閩南語佮台灣話各有個特殊的歷史背景佮民俗文化差異，所以講閩南語不等於台語。

五、台語的過去、現在和未來 —— 凡走過必留下足跡

出世在日據「皇民」時期，成長在「反共抗俄」的偉大年代，生活在有「民族救星」呵護的社會氛圍裡，氣氛蕭颯，匪諜就在你身邊。我們歷經大戰的洗禮，飽受到「白色恐怖」的關懷，也見證了催生「民主」的陣痛，平凡的生命卻走過不平凡的歲月。在「序大人」的喝斥聲中，學會了「囡仔人有耳無喙」；在師長的諄諄教誨下，懂得要學習「小魚逆水上游」的精神，也學會對「偉人」的景仰與崇拜，分不清神與人，我們逐漸被塑造成為「大時代」的好國民。

在幼小的心靈中，當年的時代使命是要「反攻大陸解救同胞」，迨年歲稍長才了解那只是一個口號，只能「叫叫」而已，

當時才意識著口號應該袂干焦一个，也就聯想到政策當然也有待商榷。就如推行「國語政策」令我記憶猶新，小時候在學校說方言會被掛狗牌，這是我們童年共同的生活記憶，等到參與母語的復育工作才體會到當年「國語」政策的推行成功，乃得利於對「方言」打壓得徹底。

翻開歷史，元朝入主中原並未禁止漢語，反而編了一本《中原音韻》；滿清入關，漢語的聲韻、文字、訓詁考證盛極一時，並編纂《康熙字典》做為國家取士的依據；日據台灣五十年不但沒打壓台語，台灣總督府還彙編《日台大辭典》與《台日大辭典》兩本鉅著，將台語的語音、詞彙詳細彙集成冊，至今仍為語言學者重要的研究參考資料。澳洲三、四十年代的「白澳政策」，將原住民襁褓中的孩子強制寄養在白人家庭，直到高中畢業才獲准返家，為此澳洲政府曾付出慘痛的代價。現今澳洲的翻譯事業特別發達，是因得到了教訓才領悟到「多元文化」是國家寶貴的資產。

今年四月美國的阿拉斯加州將當地二十個原住民語言全都列為官方語言；南非的九種原住民語言，也都列入官方語言；歐盟專門為本土語言制定憲章，明確指出：「對於族群語言的保護和鼓勵不應為了學習官方語言的需要而受到破壞」。聯合國教科文組織2001年發表〈世界文化多樣性宣言〉明確指出世界多樣性文化是人類共同的資產，各國統治者有責任加以保護與發展。縱觀世界大勢可以清楚看出對本土語言的重視。消滅語言文化是一種野蠻的行為，時勢所趨，我政府有鑑於此，「覺今是而昨非」才制訂母語政策，在小學規定為必選的語文課程，雖然象徵的意義重於實質的效益，但是總算有開始。

可悲的是有政府教育相關部門的官員曾以為：母語是母親的語言，在家學即可。此種不負責又無知的政客，如何能制定課綱，俗語講：「毋知路閣欲擇頭旗」，這種外行領導內行的荒

唐行徑，如何能不悲哀？以台北地區為例，根據統計這些地區使用母語的家庭，每年以3%的速度逐步遞減中，有人將原民語比喻進住加護病房，客語比喻送急診，而台語也已經去掛號了。聯合國教科文組織曾特別指出台灣除了華語以外，其他的語言都有瀕臨滅絕的危機，語言是文化的根，平埔族語殷鑑不遠，人無遠慮必有近憂，試看看您的下一代就知曉情況有多嚴重，怎是一個「慘」字了得。

　　吾人常以為台語「有音無字」，究其原因不外是受華語的影響，其次是「字多識少」。我們通常使用的漢字大約在三、四千字，超出常用字以外的也就是少用的字就認為無字，或認為是台語造字，這是因為「北京話」在元代才從漢語系分化出去的「胡化漢語」，而閩語則保存較完整的古漢語所致。所以台語有很多是古漢字。例如古漢字

> 囥（ㄎㄤˋ）集韻：藏也，囥三年即放三年。
> 枵（ㄒㄧㄠ）說文解字：木根空也，虛也，腹肚枵即肚子餓。
> 啉（ㄌㄢ）廣韻：飲畢曰啉，啉水即飲水。
> 箍（ㄍㄨ）集韻：以篾束物也，箍桶即以竹篾圈束木桶，大胖叫大箍。
> 尻（ㄎㄠ）說文：𦝫也，脊骨盡處，尻川即屁股。
> 糴（ㄅㄧˊ）說文：市穀也，糴米即買米。

　　另外台語有文讀音與白話音兩套語音系統，而華語卻只有一套，讀詩詞古文遇入聲韻時就不能押韻，而台語則不然。例如：

　　　寄全椒山中道士　　　唐・韋應物
　　今朝郡齋冷，忽念山中客。（khik）

澗底束荊薪，歸來煮白石。（sik）
欲持一瓢飲，遠慰風雨夕。（sik）
落葉滿空山，何處尋行跡。（tsik）

這是一首五言古詩，押客、石、夕、跡四韻（入聲十一陌韻），台語韻腳押得非常整齊，而華語根本就不押韻，既不能押韻如何成詩，可見華語韻腳是殘缺不全的。

事實上台語的詞彙也很豐富，例如：華語說慢慢走一詞，台語可以說成慢慢仔行、寬寬仔行、勻勻仔行、沓沓仔行、聊聊仔行、好禮仔行。程度副詞華語說很壞、真壞、非常壞、超級壞、壞透了：台語可以說真歹、誠歹、不止仔歹、足歹、有夠歹、上界歹、非常歹、世界歹、無限倄歹、天壽歹、歹甲死無人。一級比一級壞的程度更加嚴重。再以空手「打」的用詞來說，華語可以說打、奏、敲、槌⋯⋯最多不會超過十種，而台語的用詞大約有四、五十種，如加上持工具則約有七、八十種打法，今據教育部有字的語詞略舉如下：

限於篇幅未能詳細列舉，請參閱P87，總之，這說明台語不是沒水準的語言，也希冀能借以讓更多家長、社會人士了解，更希望能喚醒台灣最大族群的「最弱勢團體」的重視，進而能關懷或參與台語的「復育工程」，使優美的族群語言得以延續，使台灣文化的香火得以傳承。凡走過必留下足跡，能在這條道路上留下足跡，當是我們的榮幸。

六、台語基礎生活會話練習舉例之一（標變調）

(一)課文

逛夜市 sè ià tshī

1. 我上愛去逛夜市，逛的物件實在有夠濟。	gua siòng ái khi sè ià-tshī，hia ē mì-kiānn sit-tsāi ù káu tsē。
2. 無論是食的、穿的、耍的、抑是飾品應有盡有。	bō-lùn sì tsiáh--è、tshīng--ē、sńg--è、ā sì sik-phín íng-ū tsìn-ū。
3. 先去看有啥物好食的。對這爿到彼爿攏是賣食的。	sīng khi khuánn ù siann-mi ho tsiáh--è。uí tsit-pîng káu hit-pîng long sì buè tsiáh--è。
4. 有滷肉飯、燒肉粽、米粉炒、蚵仔煎、花枝羹、臭豆腐猶閣有牛排、糊（炸）雞腿。	ù loo-bá-pn̄g、siō-bá-tsàng、bi-hun-tshá、ō-a-tsian、huē-kī-kinn、tsháu- tàu-hū ia ko ù gū-pâi、tsínn -kē-thuí。
5. 有人愛齧頷頸仔、鴨頭佮雞跤，有人愛食雞尻川。	ù lāng ái-gé àm-kun-á、á-thâu ka kē-kha，ù lāng ái-tsià kē-khā-tshng。
6. 頭前是賣珍珠牛奶茶佮紅豆冰，生理誠好。	thāu-tsîng sì buè tsīn-tsu gū-līng-tê ka āng-tàu-ping，sīng-lí tsiānn-hó。
7. 我上愛食檨仔冰佮豆花。	gua siòng-ái tsià suāinn-a-ping ka tàu-hue。
8. 喙猶咧振動，閣買一攕（串）烘肉。	tshuì ia le tin-tāng ko bue tsit-tshiam hāng-bah。
9. 你「喙飽目毋飽」實在有夠「枵鬼」。	li tshuì-pá bàk-m̄-pá，sit-tsāi ù káu iāu-kuí。

10.食飽矣，去看有新型的衫無？	tsià-pá à，khi khuánn ù sīn-hîng ē sann bò？
11.你若欲買牛仔褲，另工才去五分埔，三領才賣兩百五。	li nà be bue gū-a-khòo，lìng-kang tsia khi Gòo-hūn-poo，sānn-niá tsia buè nǹg-pá-gōo。
12.頭家，這領衫按怎賣？	thāu-ke，tsit-nia-sann án-tsuann bē？
13.你實在有眼光，這是上新款的，算你八仔五就好。	li sit-tsài ù gan-kong，tse sì siòng sīn khuán è，sńg li pué-a-goo tiò hó。
14.敢會使較俗咧？	kam è-sai kha siòk leh？
15.算八百箍予妳。	sńg pué-pá-khoo hōo lī。
16.閣減淡薄仔。	ko kiám--tàm-pò-à。
17.彼間的手指仔、耳鉤佮被鍊，逐項攏賣一百箍。	hit-king ē tshiu-tsi-á、hìnn-kau ka phuà-liān，tak-hāng long buè tsit-pá-khoo。
18.揀一條被鍊通配彼領紺色的新衫。	king tsit-tiāu phuà-liān thāng phué hit nia khong-sik è sīn-sann。
19.這個手指仔傷大，敢有較細的。	tsit ē tshui-tsí á siūnn-tuā，kam ù kha-sè è。
20.這跤，妳試看覓咧。	tsit-kha，li tshí khuánn māi leh。

(二)新詞練習 sīn-sû liàn-sịp

無論是食的	bō-lùn sì tsiàh--è	糋雞腿	tsínn-kē-thuí
		雞跤	kē-kha
穿的	tshīng ē	鴨頭	á-thâu
耍的	sńg è	頷頸仔（脖子）	àm-kun-á
飾品	sik-phín	雞尻川	kē-khā-tshng
應有盡有	íng-ū tsịn-ū	珍珠牛奶茶	tsīn-tsu gū-līng-tê
先去看覓咧	sīng khi khu-ánn māi leh	紅豆冰	āng-tàu-ping
		檨仔冰	suāinn-a-ping
對這爿到彼爿	uí tsit-pîng káu hit -pîng	豆花	tàu-hue
		牛排	gū-pâi
滷肉飯	loo-bá-pn̄g	喙猶咧振動	tshuì ia le tin-tāng
燒肉粽	siō-bá-tsàng		
米粉炒	bi-hun-tshá	一攕烘肉	tsit-tshiam hāng-bah
蚵仔煎	ō-a-tsian		
花枝羹	huē-kī-kinn	算較俗咧	sńg kha siòk leh
臭豆腐	tsháu-tàu-hū	算八百予妳	sńg pué-pá hōo lī
喙飽目毋飽	tshuì-pá bák-m̄-pá	閣減淡薄仔	ko kiám--tàm-pò-à
實在	sit-tsāi		
枵鬼	iāu-kuí	手指仔	tshiu-tsi-á
新型的衫	sīn-hîng ē sann	耳鉤	hìnn-kau
		被鍊	phuà-liān
牛仔褲	gū-a-khòo	逐項	tak-hāng
另工	lìng-kang	這跤	tsit-kha
五分埔	Gòo-hūn-poo	紺色	khong-sik

三領	sānn-niá	傷大	siūnn-tuā
兩百五	nǹg-pá-gōo	敢有較細的	kam ù kha-sè è
有眼光	ù gan-kong	試看覓咧	tshí khuánn māi
八仔五	pué-a-gōo		leh
生理誠好	sīng-lí tsiānn-hó	上新款的	siòng sīn khuán è

(三)語詞延伸練習gí-sû iān-sin liàn-sip

趖夜市	sè ià-tshī	外衫	guà-sann
趖花市	sè huē-tshī	內衫	lài-sann
趖菜市仔	sè tshái-tshī-á	長袖	tn̄g-tshiu-ńg
趖布市仔	sè póo-tshī-á	短袖	te-tshiu-ńg
趖黃昏市場	sè hòng-hūn tshì-tiûnn	裘仔	hiū-á
趖百貨公司	sè pá-hué kōng-si	新款的	sīn-khuán è
		新流行	sīn-liū-hîng
		無流行	bō-liū-hîng
紅豆冰	āng-tàu-ping	退時	thé-sî
四果冰	sú-ko-ping	舊衫	kù-sann
王梨冰	ōng-lāi-ping	膨紗衫	phóng-sē-sann
果汁	ko-tsiap	鉼針	pin-tsiam
柳丁汁	liu-tīng-tsiap	頭毛束仔	thāu-mng sȯk-á
木瓜牛奶	bok-kuē gū-ling	玉環	gik-khuân
西瓜汁	sī-kuē-tsiap	璇石（鑽石）	suàn-tsiȯh
牛仔褲	gū-a-khòo	珊瑚	suàn-ôo
拍鐵仔褲	phá-thi-a-khòo	珍珠	tsīn-tsu
西裝褲	sē-tsōng-khòo	瑪瑙	be-ló
運動褲	ùn-tòng-khòo	衛生衫	uè-sīng-sann

(四)句型練習kú-hîng liān-sip

1. 對這爿到彼爿攏是賣食的。

   uí tsit-pîng káu hit-pîng long sì buè tsiàh--è。

   對這間到彼間攏是銀行。

   uí tsit king káu hit king long sì gīn-hâng。

   對彰化到員林規片攏是種花。

   uí Tsiōng-huà káu Uān-lîm kuī-phiàn long sì tsíng-hue。

2. 有人愛齧頷頸仔，有人愛食雞尻川。

   ù lāng ái gé àm-kun-á，ù lāng ái-tsià kē khā-tshng。

   有人興燒酒，有人興豆腐。

   ù lāng híng siō-tsiú，ù lāng híng tàu-hū。

   有人愛蹔台北，有人愛蹔高雄。

   ù lāng ái-tuá Tài-pak，ù lāng ái-tuá Kō-hiông。

3. 這跤手指仔傷大，敢有較細的。

   tsit-khā tshiu-tsi-á siūnn-tuā，kam ù kha sè è。

   這領衫傷花，敢有較素的。

   tsit-nia sann siūnn hue，kam ù kha sòo è。

   這塊肉傷肥，敢有較精的？

   tsit-té bah siūnn-puî，kam ù kha tsiann e？

4. 我上愛去趇夜市。

   gua siòng ái khi sè ià-tshī。

   我上愛食檨仔（芒果）冰。

   gua siòng ái tsià suāinn-a-ping。

   我上愛去日本迌迌。

   gua siòng ái khi Jit-pún tshit-thô

   我上愛去南部遊覽。

   gua siòng ái khi lām-pōo iū-lám。

5. 頭家，這領衫按怎賣？

   thāu-ke，tsit nia sann án-tsu-ann bē？

頭家，這雙鞋按怎賣？	thāu-ke，tsit siāng ê án-tsuann bue？
頭家，這西瓜按怎算？	thāu-ke，tse sī-kue án-tsuann sǹg？
頭家，這菜啥物價數？	thāu-ke，tse tshài siann-mi ké-siàu？
頭家，這幾箍？	thāu-ke，tse kui-khoo？
頭家，這偌濟？	thāu-ke，tse guà-tsē？

(五)對話練習 tuí-uē liàn-sip

A.妳敢有閒，食飽來去夜市仔踅踅咧。	li kam ù îng，tsià-pá lâi-khi ià-tshī-á sè-sėh lè。
B.妳是按怎那，遐爾愛去踅夜市。	li sí án-tsuánn ná hia-nì ái sè ià-tshī。
A.夜市仔的物件濟閣俗。	ià-tshī-á ē mì-kiānn tsē ko siók。
B.俗語講「俗物無好貨」，俗的物件眞緊就歹去。	siok-gí kong "siok-mih bō ho huè"，siók ē mì-kiānn tsīn-kín tiò pháinn khì。
A.百貨公司的物件誠貴，我實在買袂落手。	pá-huè kōng-si ē mì-kiānn tsiānn kuì，gua sit-tsāi bue bè lò-tshiú。
B.妳想欲買啥物？	li siùnn be bue siann-mí？
A.阮後生後個月欲去美國讀冊，欲共伊買幾領仔衫仔褲通替換。	gun hàu-senn àu-ko-guėh be khi Bi-kok thak-tsheh，be kà ī bue kui-nia a sānn-a -khòo thāng thé-uānn。

B.牛仔褲佮運動衫較捷咧
　穿，會使加買－－幾領
　仔。

A.內衫佮短褲佇夜市仔買
　較俗。

B.這種牌子的內衫，一打
　才千二。

A.襪仔三雙一百箍，有夠
　俗！

B.嘛有一雙十箍的。

A.一分錢一分貨，傷俗的
　較緊歹。

B.是按怎攏買全色的？

A.若攏買無全色的，破一
　跤另外一跤就愛擲揀，
　誠可惜。

B.妳實在誠勢算。

A.佇國外逐个攏真儉，無
　像佇台灣遐爾討債。

B.敢愛加買幾軀仔西裝抑
　是西裝褲？

A.學生真少穿西裝褲，西
　裝根本都用袂著。

gū-a-khòo ka ùn-tòng-sann kha tsiap le tshīng，è-sai kē bué--kuì-nà-à。

lài-sann ka te-khòo tì ià-tshī-á bué kha-siỏk。

tsit-tsiong pāi-tsú ē lài-sann，tsit- tánn tsia tshīng-lī。

buē-á sānn-siang tsit-pá-khoo，ù káu siỏk。

mà ù tsit-siang tsap-khoo e。

tsit-hūn-tsînn tsit-hūn-huè，sīunn siỏk è kha kin pháinn。

sì án-tsuann long bue kàng-sik è？

nà long bue bō kàng-sik è，phuá tsit-kha lìng-guà tsit-kha tio ái tán- sak，tsiānn kho-sioh。

li sit-tsāi tsiānn gāu sǹg。

tì kỏk-guā tak-ē long tsīn khiām，bō tshiùnn tì Tāi-uân hia-nì tho-tsè。

kam ái kē bue kui-sū-a sē-tsong iā sì sē-tsōng-khòo？

hak-sing tsīn tsio tshìng sē-tsōng-khòo，sē-tsong kīn-pún tō iòng bè tiỏh。

B.加買幾領仔短褲較實用。	kē bue kui-nia-a te-khòo kha sit-iōng。
A.衫買好矣，去食一碗肉丸佮菜頭粿。	sann bue hó à，khi tsià tsit-uann bá-uân ka tshái-thāu-kué。
B.我較愛食士林煙腸佮蚵仔煎。	gua kha ái-tsià Sū-lîm iān-tshiâng ka ō-a-tsian。
A.夜市仔實在是好所在，有通食閣有通耍，愛較捷來咧。	ià-tshī-á sit-tsāi sì ho soo-tsāi，ù thāng tsiàh ko ù thāng sńg，ái kha-tsiap lâi leh。

七、台語基礎生活會話練習舉例之二（標變調）

去菜市仔買菜 khi tshái-tshī á bue tshài

(一)課文

1.去菜市仔買菜。	khi tshái-tshī á bue tshài。
2.菜市仔有賣魚仔佮青菜。	tshái-tshī á ù buè hī-á ka tshīnn-tshài。
3.嘛有雞肉、豬肉佮牛肉。	mà ù kē-bah、tī-bah ka gū-bah。
4.佇台灣，規年攏有青菜。	tì Tāi-uân，kuī nî long ù tshīnn-tshài。
5.頭家！我欲買青菜。	thāu-ke！gua be bue tshīnn-tshài。
6.青菜有誠濟種，你欲買啥物菜？	tshīnn-tshài ù tsiānn tsè tsióng，li be bue siann mi tshài?

7. 敢有俗閣好食的菜？ | kam ù siòk ko ho tsiàh ē tshài?

8. 高麗菜，俗閣好食。 | kō-lē-tshài siòk ko ho tsiàh。

9. 這，一元幾斤？ | tse，tsit khoo kui kin？

10. 啊，歹勢！我是說一斤幾箍？ | ah，painn-sè！gua sì kong tsit kin kui khoo?

11. 高麗菜一斤十箍，梨山的一斤五十箍 | kō-lē-tshài tsit kin tsap khoo，Lē-san e tsit kin gòo tsap khoo。

12. 哪會差遐爾濟？ | ná è tshā hiá nì tsē？

13. 是啊！若欲較俗的，會使買豆菜。 | sī ā! nà be kha siòk è，è sai bue tàu-tshài。

14. 豆菜按怎賣？ | tàu-tshài án tsuann buē？

15. 一包十箍，會使炒兩盤。 | tsit pau tsap khoo，è sai tsha nǹg puânn

16. 猶有啥物菜？ | ia ù siann- mi tshài？

17. 有湯匙仔菜、花菜、菜瓜、茄子、苦瓜……。 | ù thng-sī-a-tshài、huē-tshài、tshái-kue、kiō-á、khoo-kue……。

18. 敢有紅菜頭？ | kam ù āng-tshái-thâu？

19. 紅菜頭兩條算你五箍就好。 | āng-tshái-thâu nǹg tiâu sńg li gòo khoo tò hó。

20. 喔！有夠俗。 | ooh! ù káu siòk。

(二)新詞練習 sīn sû liàn-sip

菜市仔	tshái-tshī á	一斤五十箍	tsit kin gòo tsap khoo
市場	tshì-tiûnn		
買菜	bue tshài	差遐爾濟	tshā hiá nì tsē？

賣菜	buè tshài	若欲俗的	nà be siȯk è
魚佮青菜	hî ka tshīnn/ tshēnn -tshài	豆菜	tàu-tshài
		按怎賣	án tsuann buē？
雞肉	kē-bah	一包十箍	tsit pau tsap khoo
豬肉佮牛肉	tī-bah ka gū-bah	炒兩盤	tsha n̄g puânn
頭家	thāu-ke	湯匙仔菜	thn̄g-sī-a-tshài
欲買啥物	be bue siann mí	花菜	huē-tshài
欲買青菜	be bue tshīnn- tshài	菜瓜	tshái-kue
		茄子	kiō-á
敢有	kam ū	苦瓜	khoo-kue.
俗閣好食	siȯk ko ho tsiȧh	紅菜頭	āng-tshái-thâu
傷貴	siūnn kuì	算你五箍	sńg li gòo khoo
會使較俗袂	è sai kha siȯk bè	眞俗	tsīn-siȯk
高麗菜	kō-lē-tshài	誠俗	tsiānn-siȯk
一箍幾斤	tsit khoo kui kin	足俗	tsiȯk-siȯk
一斤幾箍	tsit kin kui khoo?	有夠俗	ù káu siȯk
		閣減一寡仔	ko kiám--tsit-kuà-à
歹勢	painn-sè！		
梨山的	Lē-san e	閣減淡薄仔	ko kiám--tàm-pò-à

(三)對話練習tuí uē liàn-sip

A.勢早！遮爾早你欲去佗位？	gāu-tsá！tsia-nì-tsá li be khi to-uī？
B.我欲去菜市仔買菜。	gua be khi tshái-tshī-á bue-tshài。
A.你逐工攏愛去買菜？	li tak-kāng long ái khi bue-tshài？
B.我愛逐工去買，菜較鮮。	gua ái tak-kāng khi bué，tshài kha tshinn。

A.我攏是三工才買一擺。	gua long sì sānn kang tsia bue tsit pái。
B.青菜园三工袂鮮。	tshīnn-tshài khńg sānn-kang buè tshinn。
A.园佇冰箱內袂歹。	khńg tì pīng-siūnn lāi buè-pháinn。
B.魚仔佮肉會使三工買一擺。	hī-á ka bah è sai sānn-kang bue tsit pái。
A.我攏是一禮拜才買一擺。	gua long sì tsit le-pài tsia bue tsit-pái。
B.你實在有夠貧惰。	li sit-tsāi ù káu pìn-tuānn。
A.你攏買啥物款的菜？	li long bue siann-mi khuán ē tshài。
B.我定定買高麗菜、蕹菜佮花菜。	gua tiànn-tiànn bue kō-lē-tshài、íng-tshài ka huē-tshài。
A.茄仔、湯匙仔菜、苦瓜嘛誠好食。	kiō-á、thńg-sī-a-tshài、khoo-kue mà tsiānn ho-tsiàh。
B.阮翁愛食梨山的高麗菜炒蝦米。	gun ang ái tsià Lē-san ē kō-lē-tshài tsha hē-bí。
A.蕹菜欲按怎煮？	íng-tshài be án-tsuann tsú。
B.蕹菜會使炒牛肉，阮後生上愛食。	íng-tshài è sai tsha gū-bah，gun hàu-senn siòng ái tsiàh。
A.花菜欲炒啥物較合味？	huē-tshài be tsha siann-mí kha hà-bī？
B.花菜會使煮魚丸湯佮排骨。	huē-tshài è-sai tsu hī-uân thng ka pāi-kut。
A.苦瓜嘛誠有營養。	khoo-kue mà tsiānn ù īng-ióng。

B.苦瓜會苦，囡仔無愛食。	khoo-kue è khóo，gin-á bō ái tsiàh。
A.茄仔會使炒肉絲。	kiō-á è-sai tsha bá-si。
B.茄仔軟軟，阮查某囝毋敢食。	kiō-á ng-ńg，gun tsā-boo-kiánn m̀ kann tsiàh。
A.恁囝哪遐爾勢揀食。	lin kiánn ná hia nì gāu king-tsiàh。
B.蘆筍、紅菜頭嘛捌買。	lōo-sún、āng-tshái-thâu mà bàt bué。
A.敢愛煮菜湯？	kam ái tsu tshái-thng。
B.我定定煮菜瓜湯加一寡香菇佮蚵仔。	gua tiànn-tiànn tsu tshái-kuē-thng kā tsit kua hiūnn-koo ka ō-á。
A.若加一寡蔥仔珠嘛袂穤。	nà kā tsit kua tshāng-a-tsu mà buè bái。
B.你敢欲做伙來去菜市仔行行咧。	Li kam be tsó-hue lâi-khi tshái-tshī-á kiānn-kiânn lē。
A.好啊！我來去買一寡豬肉、牛肉佮雞肉。	hó ā！gua lâi-khi bue tsit kua tī-bah、gū-bah ka kē-bah。
B.食魚食肉嘛愛菜佮，你哪攏買肉？	tsià-hî tsià-bah mà ái tshài kah li ná long bue bah？
A.阮兜逐个攏愛食肉，菜食較少。	gun tau tak ē long ái tsià bah tshài tsià kha tsió。
B.莫怪恁兜全全大箍的。	bok-kuái lin-tau tsuān-tsuān tuà-khoo e。

(四)句型練習 kú-hîng liàn-sip

1. 頭家！我欲買一寡青菜。　thāu-ke！gua be bue tsit-kua tshīnn-tshài。

   有賣茱瓜無？　ù buè tshái-kue bò？

   有賣茄仔佮番麥無？　ù buè kiō-á ka huān-béh bò？

   敢有賣白菜？　kam ù buè pè-tshài？

2. 芥藍仔菜一斤偌濟？　ké-nā-a tshài tsit kin guà/luà tsē？

   蕹菜一把偌濟？　íng-tshài tsit pé guà/luà tsē？

   花菜按怎賣？　huē-tshài án-tsuann buē？

   這，豬肉按怎算？　tse，tī-bah án-tsuann sng？

   菜頭（一斤）幾箍？　tshái-thâu（tsit-kin）kui khoo？

   這款魚仔啥物價數？　tsit-khuan hī-á sann-mi ké-siàu？

3. 佗位有咧賣牛肉？　to-uī ù le buè gū-bah？

   豬肉欲去佗位買？　tī-bah be khi to-uī bué？

   欲去佗位買羊肉？　be khi to-uī bue iūnn-bah？

   敢有咧賣鵝肉？　kam ù le buè gō-bah？

   欲去佗一个菜市仔？　be khi to tsit ē tshái-tshī-á？

   百貨公司有賣啥款物件？　pá-hué kōng-si ù buè siann-khuan mì-kiānn？

4. 菜市仔有賣魚仔佮青菜。　tshái-tshī-á ù buè hī-á ka tshīnn-tshài。

   五金行（店）有賣掃帚佮畚斗。　ngoo-kīm-hâng ù buè sáu-tshiú ka pún-táu。

   文具行有賣筆佮簿仔。　būn-khù-hâng ù buè pit ka phōo-á。

夜市仔有賣蚵仔煎佮米粉炒。	ià-tshī-á ù buè ō-a-tsian ka bi-hun-tshá。
5. 若欲買牛仔褲，就愛去五分埔。	nà be bue gū-a-khòo，tiò ái khi Gòo-hūn-poo。
五金行敢有咧賣鞋仔？	ngoo-kīm-hâng kam ù le buè ē-á？
佗位有咧賣較俗的衫？	to-uī ù le buè kha siòk ē sann？
佗位的衫較俗？	to-uī ē sann kha siòk？
佗一間的肉羹較好食？	to tsit king ē bá-kinn/kenn kha ho tsiàh？

第六章　笑詼故事與民俗故事教材

一、笑詼故事教材

燙青菜

保險公司業務員，逐工四界去招保險，爲著欲做生理摸關係，伊嘛誠認眞學台語。透早出去猶未做著生理。中晝去食飯的時陣，聽著隔壁桌人客咧叫菜，頭家，燙一盤青菜。伊聽著誠歡喜，「燙青菜」就是燙（thǹg）青菜。食飽閣出去做生理，看著一个查某人咧「燙衣服」。伊想欲摸關係講台語較親切，就誠好禮招呼：「太太，你咧褪衫褪褲！你誠好，家己褪衫褪褲，閣共恁翁褪衫褪褲。我攏嘛家己褪衫褪褲，阮某嘛是我共褪衫褪褲。」，彼个太太足受氣大聲喝講：「褪你去死！」伊驚一下，講：「我按呢講敢毋著？」

摸關係：拉關係。**生理**：生意。**中晝**：中午。**喝**：喊。**查某人**：婦人。**褪衫褪褲**：脫衣脫褲。**家己**：自己。**恁翁**：妳先生。**阮某**：我太太。**足受氣**：很生氣。**按呢**：這樣。**敢毋著**：不對嗎。

飼豬的阿伯

阿伯飼誠濟豬，有一工，愛護動物協會來做訪問。「阿伯！你豬仔攏用啥物予食？」，阿伯講：「我攏嘛用潘水、清飯、賰菜、洗魚仔水……予食。」「你哪會使用彼種物件予食！你虐待動物！」，愛護動物協會就開紅單罰兩萬箍。

第二擺，飢餓三十協會來訪問。「阿伯！你豬攏用啥物予食？」阿伯想：「前擺講用潘水、清菜予食，予伊罰兩萬箍，這

擺我會曉矣。」，阿伯講：「我攏嘛用魚翅、燕窩、干貝、鮑魚、參仔……予食。」，「人都咧無通食矣，你哪會使用彼種物件予豬食！你實在有夠討債。」，飢餓三十協會就開紅單罰兩萬箍。

第三擺，閣有人來訪問，「阿伯，你豬仔攏用啥物予食？」阿伯想講按呢毋著，講按呢嘛毋著，橫直按怎講攏毋著。阿伯講：我攏嘛逐工一个一百箍，予個家己去解決。」

~~~~~~

用啥物予食：用什麼餵。潘水：餿水，潘音phun。清飯：清tshin，剩飯。賰菜：剩菜。哪會使：怎麼可以。箍：元。擺：次。會曉：懂。討債：浪費。按呢毋著：這樣不對。嘛：也。橫直：反正。逐工：每天。個：他們。家己：自己。

媽媽的毛

小學生寫作文，題目是媽媽的毛，伊寫：媽媽的毛，上長的是頭毛，上短的是目睭毛。了後想來想去煞袂曉寫，去問媽媽，媽媽看著題目足受氣的，就敲電話予老師。講：「老師！你出彼是啥物作文題目，叫囡仔欲按怎寫？」老師講：「為著欲予囡仔會當知影阿母的辛苦，體諒阿母，進一步會當有孝爸母，這款題目那有啥物毋好？若毋知影欲按怎寫，嘛會使去問阿爸，看爸爸有啥物看法。」媽媽講：「這款題目佮體諒阿母、有孝爸母有啥物關係？」媽媽足受氣的就掛電話。

爸爸看著題目閣較受氣，閣再敲電話予老師。講：「老師！你出彼是啥物碗糕題目！老師，你實在真過分，彼款題目有啥物教育的意義？教囡仔毋是按呢教。」老師：「我出彼題目哪有啥毋著？」老師愈解說，爸爸愈受氣，大聲喝：「老師你啥物題目毋出，閣較按怎，你嘛袂使出『媽媽的毛』彼款題目。」老師：「毋是啦！恁囡仔抄題目的時，字寫幹毋著片啦！是『媽媽的

手』才著啦。」

~~~~~~~~~~~~~~~~~~~~~~~~~~~~~~~~~~~~~~

上長：最長。袂曉寫：不會寫。足受氣：很生氣。囡仔：孩子。彼是啥物：那是什麼。欲按怎：要如何。閣較受氣：更生氣。按呢：這樣。啥物碗糕：不像樣。閣較按怎：再怎麼樣。袂使：不可。彼款：那種。幹毋著爿：幹音uat，爿音ping[5]，彎錯邊。

福州餐館

1949年大陸撤退來台灣，各省的人攏有，因為生活環境的關係，逐个漸漸愛學講台灣話。廣東仔講台語帶廣東腔，福州仔講台語就帶福州仔腔。

福州仔飯店，人客攏是台灣人，有一擺福州仔頭家叫「小弟」去看人客欲點啥物菜，對頂懸一樓一樓分頭仔問。問了後「小弟」就用福州腔大聲喝：「三樓揆死二个（肚絲二盤），二樓一个無救（無叫），樓跤人客攏行去矣（死光了）。」

~~~~~~~~~~~~~~~~~~~~~~~~~~~~~~~~~~~~~~

人客攏是：客人都是。啥物：什麼。頂懸：上面。分頭仔：分別。喝：喊。揆：刺。跤：下面。

簐仔店

兩个姐妹仔做伙開一間簐仔店，姐妹仔輪流顧店，大姊顧店的時陣無啥生理，小妹顧店的時陣生理沖沖滾。是按怎全款彼間店，兩个人扞店生理會差遐爾濟？逐个攏感覺真好奇，就注意看個兩个做生理的方法有啥物無全。

「頭家，金針買一百箍。」「好，我隨來。」大姊袋仔提起來就捎一大把秤重，捎一下傷濟，伊就一直提落來，提幾仔擺愈提愈少，人客攏會問講妳秤有夠無？等到小妹顧店的時陣，人客來買，頭家，紅豆仔買一百箍，小妹就笑咪咪講：「好，我隨

來。」，袋仔提起來就斜一寡仔，斜無夠，所以就一直添落去，添幾仔擺愈添愈濟，上尾仔伊會講：「遮的閣加予你。」其實是無加，毋過人客聽著就歡喜，想講伊算我較俗，小妹了解人客攏有一種痟貪的心理，所以人客攏愛共伊買。

籤仔店：雜貨店。生理沖沖滾：生意熱絡。是按怎：為什麼。扞：經營。遐爾濟：那麼多。逐个：大家。箍：元。搦：用手抓。傷濟：太多。提：拿。人客：客人。斜一寡：舀一些。添落去：加下去。幾仔擺：好幾次。攏：都。遮的閣加予你：這些再多給你。俗：便宜。共伊買：向她買。

椅仔跤

歹的椅條歹一跤，阿爸叫阿榮提柴刀、斧頭去山頂樹林內，取一枝差不多的樹椏轉來換。阿榮柴刀、斧頭帶咧，歹的椅仔跤嘛紲帶去。伊就去山頂揣，揣來揣去，揣頂揣下，連紲揣三工，規山揣透透，較揣都揣無。

阿爸問阿榮：「你揣有無？」阿榮誠鬱卒講：「我揣三工，揣攏無。」阿爸感覺真奇怪，問伊：「規山遐濟樹仔，敢無一枝樹椏佮咱的椅條跤差不多的？」阿榮：「有是有啦，不而過，樹椏攏是發向頂懸，無看著發向下跤的。」

椅條：長板凳。歹一跤：壞一邊。樹椏：椏音ue[1]，樹枝。揣：找。紲帶去：順便帶去。遐濟：那麼多。不而過：不過。頂懸：上面。攏：都。下跤：下面。

印名片

公司頭家欲印名片，文字稿交予印刷廠了後，才想著職務袂記得寫，敲電話交代工人，我名的頂懸，請你加「專業顧問」四

字落去，工人講：好，我知影，我會共你加。

名片印好送來，職務印「專業顧門」，我講：「這䢒使啦！你印毋著去，我是共你講欲加專業顧問，你哪會印專業顧門？減印一字口，提轉去重印。」工人講：「啊！歹勢，歹勢，我隨轉去重印，明仔載就好矣。」，工人一直共頭家會失禮。

隔轉工一早起就送來，「頭家，印好矣，你看！」頭家看一下烏暗眩，大聲喝：「你哪會印『專業顧門口』。」，工人：「頭家！你敢是講欲加印一字口。」

䢒記：忘記。頂懸：上面。共你加：幫你加上。䢒使：不行。烏暗眩：暈倒。喝：喊、斥責。

飛機降落

出國遊覽，老人旅行團規團攏是老人，個䢒曉聽華語，所以服務小姐攏用台語講，飛機欲降落的時陣，空中小姐就用台語廣播，伊就講：『各位阿公阿媽，我們目的地快到了，現在要著陸了。』小姐廣播：「咱的墓地欲到矣，這馬欲落塗矣。」飛機佇欲停的時陣，吩咐各位共行李整理一下，我欲共恁講bye-bye，小姐廣播：「恁牲醴款款咧，我欲共恁拜拜。」

規團攏是：整團都是。恁牲醴：你們行李。款款咧：整理一下。欲共恁：要向你們。

食豬屎

古早時代醫藥無發達，囡仔真濟夭壽飼䢒活，所以囡仔號名，愈歹聽愈好育飼，阿伯仔生兩个後生，大漢的號做豬屎，第二的號做狗屎。這兩个囡仔定定四界走，阿伯逐遍欲揣囡仔，就規庄喝透透，「豬屎仔！狗屎仔！」規庄的人攏出來看，哪有人

咧賣豬屎、狗屎？

　　阿伯老矣，袂作穡，財產分分予伊二个囝，阿伯仔倚个囝食。有一擺搪著故鄉來的阿婆，阿婆誠歡喜，就問阿伯：「誠久無看見，你這馬蹛佇佗位？」阿伯講：「我頂个月食豬屎，這个月食狗屎。」

───────────────────

眞濟：很多。**囡仔**：小孩。**天壽**：夭折。**號名**：命名。**育飼**：扶養。**後生**：兒子。**大漢**：老大。**定定四界走**：常常到處跑。**逐遍欲揣**：每次要找。**規庄**：全村。**袂作穡**：不能耕種。**倚**：依靠。**有一擺搪著**：有一次遇到。**誠**：很。**這馬**：現在。**蹛佇佗位**：住哪裡。**頂個月**：上個月。

柴抾仔

　　貿易公司欲倩外務員，十萬起薪，猶閣有獎金，消息公佈，有幾仔百人來應徵，現場臨時公佈考試題目：「欲按怎向和尚推銷柴抾仔」。題目公佈了後，規陣人走了了，最後賰三個人，頭家足歡喜這三个少年的有氣魄，柴抾仔就分予個，十工後才轉來報告推銷業績。

　　到時三個人攏轉來公司，頭家問第一個：「你賣幾枝？」業務：「我賣一枝。」你按怎賣？業務：「我看著一个和尚一直抓頭殼，我共伊講：「你毋好用手抓頭殼，手有細菌，到時仔，你煞變臭頭，規頭殼爛了了」，你用柴抾仔抓，才袂感染，所以伊就買一枝。」

　　頭家問第二个：「你賣幾枝？」業務：「我賣十枝。」「你按怎賣？」「山頂有一間廟寺，香客足濟，我共住持講：『山風遮爾透，香客咧參拜佛祖的時，逐个頭毛攏鬖鬖，若親像孝男，實在眞歹看，對佛祖嘛足無禮數，你佇敬桌頂，囥一枝柴抾仔，予香客欲參拜佛祖進前，頭毛抾抾予整齊。』住持感覺誠有道

理，就買十枝，囥佇每一條神桌頂。」

頭家問第三個：「你賣幾枝？」業務：「我賣五百枝。」「你按怎賣？」業務：「我去一間大廟寺，香火誠旺，香客足濟，看著住持咧寫字，我共住持講：『你寫毛筆字遮爾媠，香客遐爾濟，逐個一定攏足愛你的字，你佇柴捋仔頂，一爿寫『行善積德』，一爿寫『招財聚寶』，閣加持一下，一枝賣二百箍，信徒做善事，做功德，閣會發財，一定足濟人買。」

住持試寫十枝，隨時信徒排隊等欲買，一時仔久，五百枝賣了了，閣訂五百枝。這就是講：「無全款的想法，會產生無全款的做法。無全款的做法，會變成無全款的結果。當然頭家欲倩第三個。」

〰〰〰〰〰〰〰〰〰〰〰〰〰〰〰〰〰〰〰〰〰〰〰〰〰〰

柴捋仔：木梳子。規陣：一群。賰：剩下。足濟：很多。遮爾透：這麼大。頭毛鬖鬖：頭髮散亂。囥：放置。遐爾濟：那麼多。爿：邊。箍：元。

倒駛

古早市內舊社區，巷仔彎閣細條，車會當入去袂當出來，當時大肥是用人工擔的，後來改用水肥車抽，因為巷仔細條，車無法度出入，車大台，新手袂曉倒退駛，共助手講：「我無看見通倒退，你去後壁共我看一下。」，助手去後壁手那比那喝：「來！來！Back！Back，來！來！Back！Back」，喝規晡，車攏無振動，是咧創啥物，那毋倒退？助手氣起來，大聲喝：「共你講倒駛，你是無聽見囉！」司機聽著講欲倒屎，開關趕緊共搝開，屎一下攏倒出去，助手佇後壁咧喝聲，喙猶開開，袂赴走，拄好灌落去。

手那比那喝：手一邊比一邊喊。喝規晡：喊半天。攏無振動：都無動靜。咧創啥物：是在搞什麼。摸開：拉開。喙：嘴。袂赴走：走避不及。拄好：剛好。

四个乞食

四个乞食分著一碗腥臊，逐个足歡喜的，就趕緊揣一个所在，欲公家食這碗好料的。其中一个禿頭的講：「等咧！等咧！恁逐个莫相爭，這碗菜愛予我食！」逐个問講：「是按怎？」「因為我『無髮（法）無天』。」青盲的講：「毋著！毋著！愛予我食才著，因為我『目中無人』。」跛跤的講：「愛予我食才著，因為我『舉足輕重』。」三个人當咧相爭的時陣，彼碗菜煞去予貓面的食食去。三个人看著貓面的偷食了了，受氣閣失望，大聲喝：「你哪會偷食了了？」貓面講：『因為我早就不要臉了。』

腥臊：豐盛菜餚。揣：找。是按怎：為什麼。青盲：瞎子。跛跤：跛腳。貓面：麻臉。食了了：吃光光。受氣：很生氣。

燒餅油條

一个「歐吉桑」去食早頓，叫一套燒餅油炸粿，咧食的時陣用手承咧，驚麻仔落去。無張持，一粒麻仔煞予落落去桌仔縫，伊想講，這粒麻仔嘛是錢買的，落落去真無彩，伊著想辦法欲共挖起來。毋過桌仔縫真細，用湯匙仔抑是箸攏挖袂著，伊佇遐想誠久毋願走。

忽然間，手大力對桌仔頂搭一下，大聲喝：「啊！著啦！」，若像雄雄想著啥物代誌，麻仔就跳起來，規店內的人攏越頭看，伊就當做無代誌，等甲無人咧看的時陣，伊就用指頭仔搵起來食。

承：接住。張持：小心。落落：lak⁴-loh⁸，掉落。無彩：可惜。挖袂
著：挖不到。佇遐：在那兒。搭：拍。雄雄：猛然間。規：全部。
越：轉。搵：沾。

糴米

阿公提兩張十箍的，叫阿欽去店仔糴一斗米、佮搭一矸火
油，阿欽去到半路閣倒轉來問阿公：「阿公！佗一張欲糴米？啊
佗一張欲搭火油？」阿公講：「戇孫的用佗一張糴米、搭油攏嘛
全款。」阿欽就閣去，一睏仔猶閣倒轉來問阿公：「阿公佗一爿
手欲捾米？佗一爿手欲捾火油？」

十箍：十元。糴米：市穀也，即買米（糶米：出穀也即賣米）。搭
火油：買花生油。戇：愚。一睏仔：短暫時間。全款：一樣。捾：取
也。爿：邊。

講一影，生一個囝

兩个人做伙去跂山，一个較無膽的講：「你做頭前，我做後
壁共你保護。」到山裡，頭前彼个講：「有蛇喔！」後壁彼个就
講：「我才會聽著莎莎叫的聲。」行到較頭前詳細看，攏無咧振
動，頭前彼个講：「啊死的啦。」後壁彼个就講：「著啦！我
才會鼻到臭臭的味。」行到位看詳細，頭前彼个講：「啊，毋
是啦！是索仔啦！」後壁彼个就講：「我共你講遮無蛇你就毋
信。」

做伙：一起。跂山：爬山。頭前：前面。後壁：後面。索仔：繩子。
共你講：跟你講。遮：這。

拜關公

一个少年的想欲買野狼機車，個阿母講：「囡仔人毋通騎車，足危險的。」，毋過伊暝佮日逐工吵，厝的人予伊吵甲擋袂牢矣，就去買車。欲騎車進前，媽媽就毛伊去拜關公，聽講關老爺上靈聖，兩人就跪佇關公面前，三枝香攑懸，就祈求關聖帝君愛保庇阮囝，騎車平安順利無代誌。

結果第一工騎出去就去挵死，個老母足傷心，去關公面前大聲啼哭，伊哭講：「關聖帝君，逐家講你上靈聖，我特別佮阮囝跪咧你面前，共你拜託，祈求保庇阮囝騎車平安順利無代誌。是按怎第一工就挵死？你是按怎無保庇？是按怎！是按怎啦？」哭甲目屎大細對，一粒目屎斤外重，跋落塗跤塗一空。

關公看著嘛感覺誠可憐，但是實在是真冤枉，所以關公就顯聖，出一幅對聯，左聯：令郎野狼騎百二，右聯：我騎赤兔走八十。上聯：救袂著。

囡仔：小孩。毋通：不可。暝佮日：日夜。逐工：每天。厝：家裡。擋袂牢：受不了。毛：tshua[7]，帶。攑懸：舉高。代誌：事情。塗跤：地上。

有鬼

一个燒酒仙，逐工醉茫茫轉去。有一暗三更半暝才轉去，足緊張共個某叫起來講：「真恐怖，咱厝的有鬼。」個某驚一下，問伊是按怎？伊講：「咱便所門拍開，電火就家己著起來，啊閣一陣冷風，咻！吹過來，所以我毋敢看，屎放了就趕緊走。」個某講那有彼號代誌？伊就毛個某去看，個某對喙頓就共㧒落去，閣喝講：「夭壽！這毋是頭一擺。」

燒酒仙：醉漢。逐天：每天。按怎：怎樣。電火：電燈。家己著：自

己亮。佩:帶。個某:其妻。阿閣:又。彼號代誌:那種事。喙頓就共
瓯落去:摑巴掌。閣喝:又叱責。

開喙無好話

有一个查某人,開喙無一句好話,逐个攏足驚伊。看著隔壁
阿伯六十歲咧做大壽,伊講:「哎唷!你活濟歲祝壽,是咧報閣
羅王知,閻羅王連鞭嘛叫小鬼共你掠掠去。」參加喜事食新娘
酒,伊講:「阮西爿彼口灶,彼个少年仔,舊年娶某,嘛足濟人
來祝賀,今年就離婚矣,所以你嘛免傷歡喜,凡勢仔閣較緊。」

大兄四十歲才生一个後生,足歡喜的,做度晬欲請人客,敲
電話叫姑丈去予個請,電話中交代:「姑丈來就好,阿姑仔毋免
來啦。」阿姑仔聽著,講伊嘛欲去,阮大兄的囝做度晬,我那會
使無去?你開喙無一句好話,彼款場面你哪會使去?個翁無愛伊
去,伊講:「這擺我攏莫講話就好嘛。」

無法度阿姑仔就綴去,食飯的時陣,阿姑仔恬恬,攏無講半
句話。食飽逐个攏呵咾阿姑仔這擺表現有夠好,伊嘛足歡喜,伊
行出戶橂外,就越頭講:「這擺我對頭到尾仔,攏無講半句話,
後擺恁囝仔,若有啥物三長兩短,參我攏無關係喔!」

───────────

連鞭:馬上。掠:抓。西爿彼口灶:西邊那戶人家。免傷歡喜:不必
太高興。凡勢仔閣較緊:也許更快。度晬:周歲。綴:跟隨。恬恬:
靜靜的。呵咾:稱讚。戶橂:門檻。越頭:回頭。後擺恁囝仔:以後
你家小孩。啥物:什麼。參:和。

阿才

阿母買一塊白布欲予阿才做新衫,阿才足歡喜的,囥佇咧眠
床頭,逐暗欲睏著摸摸咧才睏。有一工煞去予賊仔偷提去,阿才
哭幾仔工,伊誠毋甘願,就去四界揣,看著人咧出山,攏戴白頭

巾。就是恁偷提去做頭巾，阿才就去共人的頭巾攏搶落來，結果予人拍。阿才就那行那哭，轉去到厝，阿母問伊，是按怎那咧哭？阿才講：「彼个人共我偷提白布去做頭巾。」阿母講：「哎唷，戇囝！你看著人咧出山著愛講『誠可憐，恁毋通傷過傷心』才著。」阿才講：「阿母，後擺我會曉囉。」

　看著人咧娶新娘，誠鬧熱，阿才講誠可憐，恁毋通傷過傷心，結果予人拍。阿才閣哭轉去，阿母講：「哎唷，戇囝！你看著人咧娶新娘，著愛講恭喜！恭喜。」阿才講：「阿母，後擺我會曉囉。」後一擺看著咧火燒厝，厝主哭甲眞傷心，阿才講恭喜！恭喜！閣予人拍。阿才閣哭轉去，阿母講：「哎唷，戇囝！你看著人咧火燒厝，著愛掮水桶鬥潑水才著。」阿才講：阿母，後擺我會曉囉。看到拍鐵仔店，火誠炎，阿財驚一下，趕緊掮水潑予熄。

囥佇咧：放置。逐暗：每晚。揣：找。**出山**：出殯。那行那哭：邊走邊哭。恁：你們。傷過：太過。厝：居家。誠炎：猛烈。掮：手提。

蹛旅社

　三个人做伙蹛旅社，一暗三十箍，一人出十箍交予服務生，提去櫃檯納錢，櫃檯小姐講：「今仔日慶祝本社六週年，特別打折，會使俗五箍。」服務生想講，五箍欲按怎退予三个人，規氣二箍袋咧袋仔較好處理，三箍退予人客，一人退一箍。所以這三个人，一人是出九箍，共二十七箍，加服務生袋仔內彼二箍，攏總是二十九箍，本來是三十箍，那會變二十九箍，是按怎會差一箍？

蹛：住。箍：元。俗：便宜。按怎：怎麼。規氣：乾脆。攏總：總共。

西裝褲

　　阿明下班，順紲去百貨公司買一軀西裝，明仔載欲去食喜酒通穿，轉去，共個某講：「我買一軀西裝，褲跤傷長，你共我改短十公分。」，個某講：「我咧無閒，明仔載才改。」伊就去共個老母講，阿母講：「暗時仔我目睭較無看見，明仔載才改。」所以伊就換去共個查某囝講，個查某囝講：「我有代誌趕欲出去，明仔載才改。」

　　無人欲改，明仔載才提去外面予人改，伊就去睏矣。個某代誌做閒矣，想起明仔載欲去食喜酒，所以褲跤改好才去睏。個查某囝誠暗才轉來，想起阿爸毋捌叫我做伊的代誌，這擺叫我，無改歹勢，所以伊褲跤改好才去睏。阿母透早就起來，改好猶會赴上班穿，所以褲跤改好才出去運動。天光阿明提褲出去改，去到西裝店講：頭家，這領褲跤拜託改短十公分，我下班欲來抶。轉去到厝準備欲出門去食喜酒的時陣，伊驚一下！我的西裝褲哪會變短褲？

～～～～～～～～～～～～～～～～～～～～～

明仔載：明天。**毋捌**：不曾。**這擺**：這次。**歹勢**：不好意思。**會赴**：趕得上。**傷長**：太長。**抶**：取。**轉去到厝**：回到家。

遲到

　　「你是按怎遮晏才來？」老師問阿欽。阿欽：「阮阿母對樓頂跋落來。」老師：「恁阿母對樓頂跋落來，所以阿母著傷？」阿欽：「毋是啦！是阮阿爸著傷」，老師：「恁阿爸哪會著傷？」阿欽：「予阮阿母拍的。」老師：「恁阿爸著傷，你恁阿爸去病院糊藥仔。」阿欽：「毋是啦！是阿姨恁伊去的。」「這代誌參你晏來有啥物關係？」阿欽：「無啦，我干焦順紲講一下爾爾」「若按呢你哪會遮爾晏來？」「我睏了傷晏。」

按怎遮晏：怎麼這麼晚。跋落：跌落。著傷：受傷。炁：帶。糊藥：敷藥。爾爾：而已。參：和。若按呢：那這樣。遮爾：這麼。睏了傷晏：睡過頭了。

青盲仔做客

古早農業時代，若有鬧熱拜拜的時，攏會請外庄的親情朋友來食腥臊，主人會刣土雞仔請人客。一个青盲的嘛去予人請，規桌仔頂擺甲全全菜，一盤雞肉扙好擺佇伊面頭前，伊真細膩，目睭無看見，歹勢烏白擎，所以攏夾頭前彼盤。

主人看著青盲仔逐擺攏夾雞肉，一盤雞肉予伊食欲了矣，就趕緊共換去對面，這个時陣，青盲的嘛想欲食看別盤是啥物菜，伊就伸去夾對面彼盤，主人驚一下！按怎哪會隨知？這个敢有青盲？青盲仔轉去共人講：「我今仔日去予人請，規桌仔頂逐盤攏是雞肉，足腥臊的。」

腥臊：豐盛的菜餚。刣：殺。扙好：剛好。細膩：客氣。目睭：眼睛。歹勢烏白擎：不好意思亂抓。逐擺：每次。食欲了：快被吃光。驚一下：嚇一跳。隨知：馬上知道。共：向。

新娘

古早新娘嫁翁彼工，攏歹勢食物件，新娘一般攏是枵規工，有一个大箍新娘，因為伊誠勢食，所以嘛足緊枵，實在枵甲擋袂牢，伊就偷食雞肉，雞肉窒落喉的時陣，有人入來，伊驚一下，雞肉無哺就吞落去，肉傷大塊煞吞袂落去，雞骨梗咧嚨喉，袂喘氣就昏昏死死去，逐家攏真煩惱，規陣人趕緊鬥急救嘛攏無效，結果喜事煞變喪事。

人都已經死去矣，無論按怎煩惱傷心嘛攏無路用，祇好當工就扛去埋。規庄的人攏咧會這個代誌，消息去予賊仔聽著，賊仔想講：既然是新娘死去，身軀一定有掛足濟金仔。所以彼下昏暗，賊仔就去劫棺，棺材蓋扒開，手伸入去欲捎金被鍊，手對頷頸仔一直捎，捎一下雞骨煞吞落去，新娘彼時就醒起來，對棺材裡鑽出來，劫棺彼個賊仔，驚一下走甲裂褲跤，一面走一面喝：「鬼喔！鬼喔！」新娘綴後壁追，一面追一面喝：「阿叔仔等我咧！我會驚，等我一下。」

嫁翁：結婚。攏歹勢食物件：都不好意思吃東西。枵規工：整天餓肚子。誠勢食：很會吃。足緊枵：很快就餓。枵甲擋袂牢：餓得受不了。肉窒落喉的時陣：肉剛塞進嘴的時候。無哺：無咀嚼。傷大：太大。梗：梗住。規庄：全村。會這個代誌：談論這件事。彼下昏暗：那天晚上。被鍊：項鍊。手對頷頸仔一直捎：手在脖子上一直抓。走甲裂褲跤：因驚嚇而緊急逃跑。喝：喊叫。綴：跟隨。

愛清氣的囡仔

一个國小一年的學生，逐擺若去便所出來，手就佇水道跤洗幾仔遍，洗甲足清氣的，老師看著幾仔遍，呵咾這個囡仔衛生習慣有夠好，逐擺便所出來，手攏洗幾仔遍洗甲足清氣的，伊佮別个囡仔攏無全款，所以老師毋但佇班上共呵咾，而且閣選伊做衛生股長，做班上的衛生模範，教別个囡仔愛學伊。

有一擺這個囡仔欲閣去便所，老師叫全班的學生，徛佇便所門口等，欲予全班學生看伊是按怎洗手？彼個囡仔嘛毋知影老師佮同學攏總佇便所門口欲創啥物，等到彼個囡仔出來的時陣，老師講：「逐家注意看。」彼个囡仔對便所直接行出去，攏無洗手，老師感覺誠奇怪，就問彼个囡仔講，「你今仔日是按怎哪無洗手？」囡仔講：「老師，我今仔日有紮衛生紙。」

逐擺：每次。水道：自來水。清氣：乾淨。呵咾：稱讚。仝款：一樣。攏總：全部。佇：在。按怎：怎麼。毋知影：不知道。徛：站。創啥物：做什麼。紮：帶。

貓仔佮鳥鼠仔(一)

貓仔欲咬鳥鼠仔，鳥鼠仔趕緊走去覕咧空內，空眞細，貓仔鑽袂入去，就佇空外等，等規晡嘛攏無動靜，貓仔佇空口就學狗吠，鳥鼠仔聽著狗仔吠的聲，想起阿母有講：「貓仔驚狗仔。所以聽著狗仔咧吠的聲，貓仔一定走矣。」鳥鼠就出來空口探頭，一出來就予貓仔掠著，鳥鼠仔驚一下，伊感覺眞奇怪，就問貓仔：「敢是狗仔咧吠，是按怎仝款是你咧？」貓仔講：『這個年頭，不懂得兩種語言，還能混嗎？』

覕：躲藏。空眞細：洞很小。鑽袂入：鑽不進。佇：在。等規晡：等半天。是按怎：爲何。仝款：一樣。

貓仔佮鳥鼠仔(二)

鳥鼠媽媽炁一陣鳥鼠仔囝，去外面迌迌，忽然間搪著貓仔，貓仔一直行倚來，鳥鼠仔囝逐隻驚甲面仔青恂恂，毋知欲按怎才好，逐个攏想講這擺穩死無命，彼時陣，鳥鼠仔媽媽學狗仔吠二聲，汪！汪！貓仔驚一下趕緊走。鳥鼠媽媽共鳥鼠仔囝講：『孩子們！』學會曉第二種語言，看有偌重要。

炁：帶領。迌迌：遊玩。行倚來：走靠過來。面仔青恂恂：臉色因害怕而發青。欲按怎：要怎麼辦。這擺：這下子。時陣：時候。會曉：懂得。偌：多麼。

鞋仔的故事(一)

有一个少年的，逐擺轉來到厝，鞋仔褪起來，就大力抨予去，碰！一聲，碰！第二聲。樓枋是柴的，所以若聽著磅二聲，樓跤的人就知影樓頂少年的轉來矣。按呢連紲幾仔个月，有時仔伊誠暗才轉來，嘛是全款碰碰叫，樓跤的人攏予伊吵吵醒，實在誠無意思，樓下的人實在無法度閣忍耐矣，就去共樓頂的講：「少年的！拜託你暗時仔轉來，鞋仔毋通大力抨甲碰碰叫，定定咧睏攏予你吵醒。」

少年的講：「歹勢！歹勢！後擺我才莫按呢抨。」隔轉工，誠暗才轉來，伊鞋仔腿起來，就碰一聲！抨出去，第二跤欲抨出去的時陣，才想著樓跤的人交代，拜託伊毋通大力抨，所以伊就輕輕仔園落去，樓跤的人聽著碰一聲煞醒起來，就佇咧等第二聲，等誠久攏無聲，煞睏袂去，規暗一直等，欲等聽第二聲煞等甲天光。

～～～～～～～～～～～～～～～～～

逐擺：每次。抨：用力丟。無法度：沒辦法。定定：常常。咧睏：正在睡。歹勢：失禮。後擺我才莫按呢抨：以後我不再這樣丟。隔轉工：隔天。誠暗轉來：很晚才回來。園落：放下。佇咧等：一直在等。規暗：整晚。

鞋子的故事(二)

阿榮佮阿國仔兩个人做伙出去，那行那開講，講甲足歡喜的，行到半路，阿榮感覺阿國仔行路哪會怪怪，斟酌共看，阿榮驚一下講：「阿國仔！你鞋仔那會穿全爿？」阿國仔：「有影喔！我哪無注意著，啊就你敲電話來，我就趕趕緊緊，鞋仔清彩拖咧就行，煞無注意著是全爿。阿榮！你等我，我欲轉去換。」「袂使啦！行遮爾遠矣，才欲轉去換。」「無要緊啦！你小等我一下，我用走的，我誠緊就來。」結果阿榮等點外鐘，阿國仔才

來。阿榮問伊，你鞋仔哪無換？阿國講：「欲按怎換？阮厝的彼雙鞋仔嘛是仝爿。」

~~~~~~~~~~~~~~~~~~~~~~~~~~~~~

斟酌：仔細。**有影**：真的。**清彩**：隨便。**袂使**：不行。**仝爿**：同一邊。**誠緊**：很快。

阿婆探親

阿婆個查某囝嫁去庄跤，交通誠無方便的所在，欲去看個查某囝，就坐火車，落車愛閣行誠久，有一遍就共司機拜託，司機先生，我敢會使拜託你，火車駛到阮查某囝個彼庄的時陣，小停一下，予我落車，司機講：「袂使啦！彼庄也無車頭欲哪會使停車？按呢啦，到彼庄的時，我車駛較慢咧，你順車行的方向跳落去，跳落去的時陣，愛閣綴車繼續走，慢慢矣停落來才袂跋倒。」「我會曉。」阿婆誠歡喜，共司機叫勞力。

欲坐車彼工，阿婆佮司機講好，欲到彼庄的時，火車慢慢仔駛，阿婆就跳落去，閣綴車繼續咧走。佇上尾仔車廂有一個少年的，看著阿婆佇車邊綴咧走，就趕緊共搝起來，伊講：「這擺若毋是我，你一定坐袂著車。」

~~~~~~~~~~~~~~~~~~~~~~~~~~~~~

查某囝：他女兒。**庄跤**：鄉下。**落車**：下車。**敢會使**：是否可以。**袂使**：不可。**車頭**：車站。**按呢啦**：就這麼辦。**綴**：跟隨。**搝**：拉。**會曉**：知曉。**勞力**：道謝。**佇上尾仔**：在最後。

貧惰人(一)

一个囝仔誠貧惰振動，爸爸足氣的，無欲倖伊，所以欲創啥物代誌攏愛叫媽媽，有一擺媽媽無佇厝裡，伊祇好叫爸爸：「爸爸你倒一杯滾水予我。」「家己倒。」爸爸毋插伊，等一時矣，伊就閣叫：「爸爸你倒一杯滾水予我。」「共你講家己倒，你是

無聽見是無？」等一時矣，伊就閣叫：「爸爸你倒一杯滾水予我。」「你閣叫就予我拍。」爸爸足氣的，大聲共罵。等一時矣，伊就閣叫：「爸爸你若欲來拍我，順紲倒一杯滾水予我。」

貧惰人(二)

一个查某人誠貧惰，徛咧一空坐咧一窟，毋振毋動，逐項代誌攏愛個翁做，有一擺個翁欲出差一禮拜，個翁就做一個一禮拜份的大餅，掛佇伊胸前，腹肚枵就會使食，出差一禮拜轉來，個某已經餓死三工矣，伊驚一下，是按怎一禮拜份的大餅攏準備好矣，哪會餓死？原來個某喙咬會著的所在咬一缺，賰的規塊餅好好。

誠貧惰振動：很懶得動。欲創啥物代誌：要做什麼事。倖：寵愛。無佇厝裡：不在家。毋插伊：不理他。徛咧一空坐咧一窟：形容極懶動。翁：丈夫。枵：餓。賰的規塊餅：剩下的整塊餅。

西北雨

台灣熱天下晡時定定落西北雨，一片烏雲一陣風，雷公爍爁 khennh[8]-khennh[8]叫，一時仔久就落大雨矣。無偌久閣好天矣，有時仔東爿落雨西爿好天，這種局部性的雷雨，台灣人叫做「西北雨」，台灣有一句俗語「西北雨，落袂過車路」。莊子：「飆風不終朝，驟雨不終日」攏是咧講這種『來得急去得快』的局部性雷雨現象。台灣濱海地區也有一句俗語「芋仔內查某，去予西北雨害死」。有一个所在叫做「芋仔內」，當地攏是作穡人，村民規工攏佇田裡作穡，查埔人尿緊的時攏就地解決，查某人就愛走去到較偏僻的所在。

有一工，芋仔內有一个查某人佇田裡作穡，尿緊，欲去較偏僻的所在方便，伊貧惰走遐爾遠，但是閣歹勢就地解決。拄好彼

時陣烏天暗地，閣霆雷公，開始咧滴雨點仔矣，欲落「西北雨」囉！伊想無帶雨幔閣無地覕雨，這陣「西北雨」落落來一定規身軀澹漉漉的，也毋免去揣偏僻的所在，規氣就放咧褲裡，橫直規身軀攏會予雨淋澹去。無想講雨干焦落幾滴仔，烏雲就飛散去，無偌久又閣好天矣，結果頂衫是焦的，干焦褲澹漉漉，這就是予「西北雨」陷害的。所以講「芋仔內查某，去予西北雨害死。」

下晡：下午。雷公爍爁khennh⁸-khennh⁸叫：閃電雷聲隆隆。作穡人：農人。雨幔：雨衣。無地覕雨：無處躲雨。拄好：剛好。霆雷公：打雷。橫直：反正。澹漉漉：濕透了。干焦：只是、只有。

小學生欲結婚

阿美今仔日心情特別輕鬆，轉來到厝笑微微，媽媽問伊是按怎遮爾歡喜，阿美講：「媽媽，我欲結婚矣。」媽媽誠好奇問伊，你欲佮啥人結婚？阿美講：「我欲佮阮班的阿榮結婚。」「袂使啦！伊也無固定的頭路，你欲按怎佮伊結婚？」阿美笑微微講：「有啊，伊逐工固定的頭路就是拭烏枋。」媽媽講：「毋是啦！我是講伊敢有固定的收入？」阿美講：「有啊，個媽媽逐工攏二十箍予伊。」

袂使：不可以。頭路：工作。拭烏枋：擦黑板。逐工：每天。攏：都。箍：元。

雞卵發毛

十粒雞卵排規排，第一粒共第二粒講：「你看上尾仔彼粒卵，規身軀發甲全全毛，看著垃圾死死。」第二粒共第三粒講：「你看上尾仔彼粒卵，規身軀發甲全全毛，看著垃圾死死。」第三粒共第四粒講，就按呢一粒一粒一直講落去，到第九粒越頭咧

看第十粒的時陣，第十粒講：「你咧看啥物？毋捌看著囉！我是猴桃。」

規排：一排。規身軀：全身。上尾仔：最後。垃圾死死：髒分分。按呢：這樣。啥物：什麼。越頭：轉頭。毋捌看著：沒看過？猴桃：奇異果。

外科醫生

衛生隊的阿伯，擔一擔大肥，無張持去泏著一個外科醫生，醫生規身軀全全屎，氣一下出手欲拍伊，阿伯講：「拜託！拜託！你用跤踢我，莫用手拍。」等一下，邊仔的人問伊，是按怎叫伊用跤踢？阿伯講：「若予這个外科醫生手摸過的人，逐个都死。」

拄好有一个人發生事故，趕緊送附近病院，伊嘛毋知影這个醫生技術按怎，緊急的時陣嘛無法度選病院。醫生講愛開刀，彼个人誠緊張就問醫生，毋知有要緊無？你敢捌開過刀？醫生：「有啦！我有九十七遍的開刀經驗。」患者講：「按呢我就較放心。」醫生講：「是啦！我嘛希望有一擺會成功。」

大肥：水肥。無張持：不小心。泏：因動搖水滿而溢出。規身軀：全身。拄好：剛好。毋知影：不知道。無法度：沒辦法。

股票

一个醫生用耳機咧聽股票，拄好患者來，醫生講：「你手伸出來，我節脈看覓咧。」醫生就那聽股票那節脈，醫生顧聽股票，脈節規晡，攏無講按怎，醫生聽著股票咧落價，目頭結結面憂憂，患者愈看愈毋是範勢，就問醫生：「先生啊，你看我有要緊無？」，拄好股票崩盤攏總『跌停板』，醫生誠緊張講：「害

矣！害矣！死矣！死矣！無救矣！」患者聽一下就昏昏倒，醫生
趕緊耳機拔起來，問護士：「是按怎哪會昏倒？」

節脈：把脈。看覓咧：看看。脈脈規晡：把脈半天。按怎：怎樣。目
頭結結面憂憂：愁眉苦臉。毋是範勢：不對勁。攏總：全部。

近視

阿明近視誠重，看物件袂真清楚，毋過伊誠好奇，一遍看著
路邊一堆烏烏，毋知啥物，伊就共踢看覓咧，「嗐」一聲，煞予
咬一下，伊才知影原來是一隻烏狗，伊轉去愈想愈毋甘願，彼隻
死狗仔，若有機會我一定欲共揁死。

過了幾工伊欲出門，看著門口頭前路邊有一堆烏烏的，伊想
彼隻烏狗閣來矣，欲報復的機會到矣，伊就翻頭入去厝內，攑一
枝棍仔輕輕仔行倚去，大力就共揁落去，鏘！伊哀一聲，害矣！
隔壁阿婆大聲喝：「一个鼎囥佇遐，才轉去攑菜刀欲來剾，你哪
共我揁揁破？」

閣有一遍，伊穿一軀新衫欲去食喜酒，出門看著對面的鐵架
頂面，貼一張紅紙，面頂寫啥物看攏無，伊近視閣真好奇，無論
如何就是欲看甲清楚，伊就行倚對鐵架下跤跙起去，一格一格跙
到頂懸，看著紅紙頂面寫四字『油漆未乾』，伊哀一聲，害矣！
規身軀攏油漆矣。

嗐：狗哀叫聲。行倚：倚音uá，走，靠近。囥佇遐：放在那裡。你哪
共我揁揁破：你怎給打破呢？對鐵架下跤：從鐵架下方。跙起去：爬
上去。頂懸：上面。

護士小姐

阿伯仔心臟病發作，送去急診室，護士小姐趕緊提『氧氣

罩』予伊，叫阿伯罩咧鼻仔『趕緊吸吸較舒服』，阿伯仔袂曉聽國語，護士就用台語講：「阿伯，我這馬予你勇氣，你較緊死死咧較快活。」

　　阿婆聽著阿伯送急診，真煩惱就緊趕來，問護士小姐：「阮老的，聽講送來恁遮急診，哪無看著？」護士講：「啊都埋去矣（抬進去），」阿婆大聲哭：「敢是送來無偌久哪連鞭埋去矣？」阿婆哭愈大聲，護士講：「阿婆你免煩惱啦，等咧你會使去棺材（觀察）室看伊。」

　　阿伯醒起來了後，看著全款是護士，穿的衫哪無全，伊誠好奇就問護士，護士講：「我是予你死（護理系）的學生，啊伊是予你摁（護理師）。」阿伯病情穩定了後，護士講：「阿伯，你會使轉去矣，遮的藥仔照三頓食，食飽三粒。」阿伯：「好，我知。」轉去無偌久就閣予人送來急診室灌腸，等到阿伯醒起來，護士問：「阿伯，你藥仔哪食遐濟？」阿伯：「我會予你害死，你哪叫我食百三粒！」

　　阿伯這擺驚一下半小死，驚閣聽毋著，就問護士，轉去藥仔欲按怎食？護士講：「一遍食三粒，食了後愛『多喝水』」，阿伯轉去藥仔食了後，就倒佇眠床頂，毋敢振動，個新婦欲叫阿伯食飯，揣無人，就看著阿伯佇眠床頂倒直直，才問伊是按怎哪倒按呢？阿伯講：「護士叫我藥仔食了後愛『倒好勢』。」

～～～～～～～～～～～～～～～～～～～～～～～～

這馬：現在。三頓：三餐。無偌久：不久。遐濟：那麼多。驚一下半小死：嚇得半死。

攏是假的

　　阿榮規家搬去大陸發展，做過幾仔項生理攏失敗，本錢若囥落去番薯船，身軀邊賭淡薄仔所費爾爾，規家口仔誠艱苦過日，阿榮真煩惱，毋知欲按怎才好，但是毋管按怎總是欲閣活落去，

賭一屑仔錢也袂當做啥物代誌，伊想來想去，看來看去，聽講最近番仔豆誠好價，就去贌一塊田，糴豆仔種來種。過了兩三禮拜，豆仔攏無出半欉，伊才知影原來豆仔種是假的，今年全向望這氣的豆仔收成，害矣！日子欲按怎過，伊一時想袂開，去買一罐農藥來自殺，啉了後煞無死，原來農藥是假的。伊想講既然無死，這一定是天無欲滅伊，命不該絕，伊就去買一罐酒來慶祝重生，重新拍拚起，結果啉了煞死翹翹，原來酒嘛是假的。

園落去番薯船：蕃薯做的船，入水即沉，形容一切化為烏有。賭淡薄仔所費爾爾：剩下一點點零用錢而已。規家口仔：全家。艱苦：辛苦。按怎才好：要怎樣才好。一屑仔錢：一點錢。袂當做啥物代誌：不能做什麼事。番仔豆：大豆。贌：承租。糴豆仔種：買豆的種子。欉：一株。向望：寄望。這氣：這一季。想袂開：想不開。啉：飲。

鴝鵒

一隻鴝鵒予人教甲足勢講話，若摸倒跤，伊就講：食飽未？若摸正跤就講：有閒無？實在真心適，真濟人足愛來佮伊耍，逐工愛聽食飽未？有閒無？有一个少年家仔定定來耍，伊想講摸倒爿、正爿就講無全款，伊就兩跤做伙摸，鴝鵒講：「你食飽傷閒。」

鴝鵒：九官鳥。足勢講話：很會講話。摸正跤：拉右腳。心適：有趣。真濟人：很多人。定定：常常。做伙：一起。食飽傷閒：吃飽沒事做。

阿伯的故事

阿伯去銀行領錢，櫃檯小姐講：「阿伯仔你愛『脫口罩』。」阿伯袂曉聽華語，伊講：「我來領錢是按怎著愛『腿褲

走』？」小姐講：「阮銀行規定入來著愛『脫口罩』。」阿伯講：「著愛走幾輾？」

　　有一擺阿伯啉燒酒騎車欲轉去，搪到交通警察臨檢，全一個時陣閘足濟人，警察講：「阿伯你『行照』」，阿伯車牽咧就距起跤走，警察趕緊追去講：「阿伯仔你哪會使走？」阿伯感覺足奇怪講你家己叫我先走。「毋是啦！我是叫你『行照』提出來。」阿伯的行照霧嗄嗄，連名都看袂清楚，警察問伊，阿伯你是林啥物，「無啦！我都啉淡薄仔幌頭仔哩。」「毋是啦！我是講你叫啥物？」「我都叫一粒滷卵、兩三塊豆乾佮一屑仔海帶爾爾。」

脫：除去。搪：遇到。距起跤走：拔腿就跑。那會使走：怎麼可以跑。家己：自己。霧嗄嗄：模糊不清。淡薄仔：少許。幌頭仔：酒名。一屑仔：一點點。

菜瓜

　　阿娟，媽媽飯煮好矣，你去菜市仔買一屑仔菜轉來煮湯。阿娟佇電話中問媽媽，欲買啥物菜？媽媽講你去『買個絲瓜』，伊問媽媽『絲瓜』欲按怎煮？媽媽講：「皮削削咧，剁予一塊一塊，囥一碗水，蚵仔、蛤仔買兩粒仔摻落去較好食，滾的時陣摻一屑仔蔥仔珠，一點仔味素佮鹽就好。」阿娟講：「媽媽我會曉。」

　　阿娟去到菜市仔看著阿婆咧賣菜，伊著講：「阿婆，我欲買『絲瓜』。」阿婆袂曉聽華語，伊問啥物是『絲瓜』？阿娟講『絲瓜』就是西瓜。阿娟西瓜買轉來就照媽媽交代去煮湯，個媽媽轉來欲食飯的時陣，看著湯是紅色才知影代誌大條矣。

摻一屑仔：參一點。囥：放。蔥仔珠：蔥花。袂曉聽：聽不懂。

捾籃仔假燒金

一个查某人定定捾欉籃去燒金拜佛祖，籃仔內底园一寡果子，用一條巾仔崁起來，個大家仔問伊：「你是按怎定定捾欉籃去創啥物？」伊講：「阮翁去行船，我定定捾果子去拜媽祖婆，求媽祖保庇阮翁行船平安無代誌。」大家仔聽著真歡喜嘛真感心，想講伊閣會曉求神保庇。這个查某拜神拜甲誠勤，逐擺攏捾紅柿、棗仔、李仔、梨仔這四種果子，個大家感覺足奇怪，有一工那想那唸紅柿、棗仔、李仔、梨仔，紅柿、棗仔、李仔、梨仔，唸唸咧煞變做「翁去做你來」大家共個大官講：「咱新婦定定捾仝款的果子去拜拜，我感覺有一點仔問題。」個大官佇伊去拜拜彼暗，就叫人覘佇厝角偷看，半暝有一个查埔人跕跤跕手入去伊的房間，喔！原來伊是去通知契兄，阮翁無佇厝裡，四種果子的意思就是「翁去做你來」原來就是討契兄，所以俗語講：「無心假有心，捾籃仔假燒金。」

捾：提。欉籃：古時候喜事或敬神時裝牲醴的紅色竹籃。园一寡：放置一些。大家仔：婆婆。覘佇：躲在。燒金：祭拜神明燒紙錢。跕跤跕手：偷偷摸摸。討契兄：女人有外遇。大官：公公。

我是阿忠

阿伯逐早起透早去運動，挂著一个阿啄仔嘛咧運動，連紲幾仔工，阿啄仔共阿伯講：「How are you。」阿伯仔袂曉聽英語，毋知欲按怎應，干焦會曉笑，伊想，阿啄仔的意思，一定是咧相借問，所以下一遍伊若聽著阿啄仔講 How are you，阿伯仔就講：「我是阿忠。」

有一工伊問人阿啄仔講 How are you是啥物意思？人共伊講：「這是咧相借問，你仝款講 How are you就好。」隔轉工阿伯仔透早去運動，閣挂著阿啄仔，阿伯就大聲講 How are you，阿啄

仔講：「我是阿忠。」

透早：一大早。拄：遇到。阿啄仔：外國人。幾仔工：好幾天。袂曉
聽：聽不懂。毋知欲按怎應：不知如何回應。干焦會曉：只會。相借
問：打招呼。隔轉工：隔天。

豆腐炒白菜

　　有一个將軍伊是文官，逐工攏愛批足濟公文，退伍了後無公
文通批，日子眞歹過，感覺眞痛苦，要求個某，逐工欲買菜，菜
單愛先予伊批。所以個某逐工攏寫菜單予伊批，伊筆提起來就
批：『如擬』，逐工批甲足歡喜的。有一工個某菜單開白菜炒豆
腐，伊感覺無啥適當，伊筆提起來就批：「白菜炒豆腐改做豆腐
炒白菜，可。」

逐工：每天。攏愛：都要。足濟：很多。通批：可批。

姓萬

　　古早一个員外，倩家庭教師來教個囝讀冊，一工教一字，第
一工教「一」，第二工教「二」，第三工教「三」。第四工開
始，這个囡仔共個老爸講：我攏會曉囉，家教老師免倩矣，員外
嘛眞歡喜，教三工就會曉，眞正有影「天才免老師。」

　　有一遍員外欲請人客，叫個囝寫帖仔予萬先生，個囝佇冊房
寫一晡，員外問伊寫好未？伊講猶未啦！毋過，我已經寫到八百
囉，員外感覺誠奇怪，寫帖仔佮八百有啥關係，去看一下煞著
驚，問伊是按怎一直畫橫線？伊講：「是家教老師教的，老師教
我，一就是畫一條線，二就是畫兩條線，三就是畫三條線，所以
我知影萬愛畫一萬條線。」

個囝：他的兒子。囝仔：孩子。共：向。寫一晡：寫半天。

鹹魚

　　一個散赤人，無錢買菜，囝仔食飯無配鹹食袂落去，另工飯桌仔對面壁頂，掛一尾鹹魚仔圖，伊共囝仔講：「今仔日開始，食飯配鹹魚，食一喙飯看一下鹹魚，飯就食會落去。」忽然間弟弟講：「阿爸！哥哥看兩下。」個阿爸講：「你會去予鹹死。」

散赤：貧窮。另工：有一天。一喙：一口。

塗豆

　　兩个人做伙食一盤仔塗豆，一个用箸夾，一个用手搣，食甲起冤家，告到法院去。法官問個是按怎食塗豆食甲相告？用箸夾彼个人講：「我用箸一粒一粒夾，伊用手規把搣，我毋才會受氣。」用手搣彼个人講：「我雖然用手，毋過，起頭我嘛是一粒一粒食，伊用箸夾，真歹款，攏相大粒的夾，我毋才會使態規把搣。」結果法官判決，用箸夾彼个人輸。

箸夾：以筷子挾。搣：抓。冤家：翻臉。規把：整把。毋才會受氣：才會生氣。歹款：壞習慣。攏相大粒：專挑大顆，相siong[3]。使態：使性子。

一半議員是豬

　　市議會開會的時陣，逐工質詢攏是咧罵人、冤家，炒一寡五四三的代誌，要緊民生市政法案攏無審查，市民攏真反感。所以報紙報導，有一半的議員，會食飯袂作穡，若親像豬。議員看著報紙足受氣的，要求報社公開會失禮閣登報更正。所以隔轉工

就更正報導：「誠歹勢，昨昏本社刊登『有一半的議員是豬』，應該改做『有一半的議員毋是豬』才著，特此更正。」

<hr>

五四三的代誌：無聊的事。袂作穡：不做事。足受氣：很生氣。會失禮：道歉。隔轉工：翌日。昨昏：昨天。

目睭毋願瞌

　　老阿伯搬佇廳邊誠久，欲死袂斷氣，手指頭仔一直比兩肢，囝孫規大陣，逐个攏毋知影啥物意思，個囝就問伊，是毋是有人欠你二萬、二十萬、抑是二百萬？阿伯搖頭，是毋是有兩个冤仇人？抑是有兩个恩情人？阿伯搖頭，抑是有兩項代誌無做？阿伯搖頭，問規晡攏毋是，到底二是代表啥物意思？忽然間個後生想起阿爸是竭（kiat⁸）仔哥，平時遐爾儉，跤尾燈有兩條燈心，遐爾大葩，是毋是毋甘燈火傷油，伊就摸掉一條，阿伯一聲就斷氣。

<hr>

目睭：眼睛。瞌：閉。搬佇廳邊：舊習俗家人將要斷氣時，都要搬到大廳側邊。規大陣：眾多。逐个攏毋知影：全家都不知。個囝：他的兒女。規晡：很久。後生：兒子。竭仔哥：竭音kiat⁸，吝嗇鬼。遐爾儉：那麼節儉。跤：腳。大葩：音tuā pha，大盞。毋甘：捨不得。傷油：耗油。摸：拉、拔。

一舉成名

　　古早有一个員外，倩老師來厝裡教個囝讀冊，這个囡仔無愛讀冊，規工攏咧掠胡蠅，胡蠅若飛過面頭前，抑是飛對耳仔邊過，伊伸手就掠著，掠胡蠅的功夫愈練愈精，練到胡蠅若飛過，伊箸攑起來就共夾落來。

　　伊無愛讀冊，家庭老師教三年，干焦學會曉寫「1」，員外

誠歡喜，欲舉行成果發表會，辦酒桌請幾仔百个親友，予逐个知影個囝會曉寫「1」，佇會場大廳頂面掛一塊匾，頂面寫「一舉成名」四字。酒桌食到一半的時陣，員外向各位親友宣布，現在欲做驚人的成果發表，阮囝會捌「1」，伊手指匾仔頂面彼字一，問伊這字是啥物字？個囝講：「我毋知。」員外驚一下大聲喝：「這字敢毋是一，你哪會毋捌一？」個囝講一是直的，毋是橫的。員外有夠無面子，氣甲心狂火熱，出手欲拍伊，個囝跤手較緊，拍伊袂著，桌仔頂有一枝茱刀，順手攑起來就共伊射去，射到耳仔邊，伊聽著聲伸手就接起來。一時所有的人客攏大聲拍噗仔，噗仔聲若像咧霆雷公，人客攏著驚，呵咾個囝功夫世界一流，一時庄裡的人攏欲來佮伊學功夫。

〜〜〜〜〜〜〜〜〜〜〜〜〜〜〜

員外：古時候官員以外的地方仕紳。**規工攏咧掠胡蠅**：整天都在抓蒼蠅。**干焦**：只。**喝**：音huah，斥責。**毋捌**：不認識。**跤手較緊**：手腳快。**拍伊袂著**：打不到。**拍噗仔**：鼓掌。**霆雷公**：雷聲。**呵咾**：稱讚。

手骨斷去

「阿明！你手骨哪會斷去？」「啊都是石頭仔走入去鞋仔內。」「石頭仔走入去鞋仔內手骨哪會斷去？」

「我手攬咧電柱，正跤攑懸倚咧電柱。」「倚咧電柱手骨哪會斷？」「我想欲共石頭仔倒出來。」「這佮手骨斷有啥物關係？」「是啊！啊都阿欽看著我攬咧電柱。伊掠準我是去予電著拔袂開，攑一枝棍仔對我的手，夭壽大力損落去，共我損斷手骨。」「你石頭仔走入去鞋仔內，哪毋褪鞋仔倒出來就好！」「我欲褪鞋仔著愛閣敨鞋帶，真費氣。」喔！你就是貧惰才會按呢。

手攔咧電柱：手抱住電桿。正跤攑懸：右腳抬高。倚：靠。敨鞋帶：解開鞋帶。貧惰：懶惰。費氣：麻煩。

尻川

　　一个新來的少年查某老師，佇烏枋頂畫一粒大粒蘋果，問小朋友，這是啥物？規班的囡仔講：「尻川。」這個查某老師氣甲哭，去投校長，伊講：「規班的學生攏欺負我，講歹聽的話。」，校長感覺代誌大條，來到教室欲教示學生，伊講：「小朋友！恁哪會使欺負老師，共老師氣甲哭，實在真過分，猶閣啥物人佇烏枋頂畫一个尻川？」全班的學生應講：「老師。」校長驚一下，伊看烏枋頂彼个實在是較成尻川。

尻川：屁股。佇烏枋頂：在黑板上。投：訴。代誌大條：事態嚴重。

往西方去

　　一个阿婆對庄跤來到台北，庄跤人初次來到大都市，捎無東西南北，伊看著一個學生行過來，就共伊問路：「囡仔兄借問一下，台大病院欲按怎行？」彼个囡仔想講老師有教過，『西邊』就是西方，所以伊就共講：「對頭前幹倒手爿，就按呢往西方去。」阿婆講往你去死，彼个囡仔驚一下講：「我好心共你報路，你是按怎共我詈？」「啊無，你叫我往西方去，西方是極樂世界。」彼个學生想講：「哪會按呢！」

庄跤：鄉下。捎無：搞不清楚。囡仔：孩子。幹倒手爿：左轉。詈：罵。啊無：要不然。

出山

一个小學生歡歡喜喜來學校，老師問伊今仔日按怎哪遐爾歡喜？小學生講：「阮阿爸昨昏𤆬阮規家去跖山，透早七點外就上山，阮紮眞濟物件去山頂『野餐』，阮逐个食甲眞歡喜，食飽去掠龜仔、山溝仔掠魚仔，閣去山林內走來走去，實在誠好耍。」阮阿爸講驚傷暗，所以阮四點就出山矣。

昨昏：昨天。**𤆬阮規家**：帶我們全家。**跖山**：爬山。**眞濟物件**：很多東西。**掠**：抓。**耍**：玩。

請假

一个小學生個阿媽過身，伊欲共老師請假，請假的理由欄寫「出殯」，老師講「出殯」是對過往的當事人本身來講的，你是陪伊出山去埋，哪會使講「出殯」，學生講：老師我知矣。隔轉工來請假理由改作「陪葬」。

過身：過世。**哪會使**：怎麼可以。**隔轉工**：隔天。

牧師佮司機

一个牧師佮一个愛『飆車』的司機拄好仝工過身，去到陰府閻羅王殿報到，閻羅王判牧師入地獄，司機上天堂，牧師眞不服共閻羅王抗議講：「你是老番顚喔！我逐工攏足認眞咧佈道傳教，伊不過是一个愛『飆車』的司機爾爾，你哪會判伊上天堂？」

閻羅王講：「你雖然認眞佈道，毋過逐擺咧佈道的時陣，下跤的人攏咧睏，伊雖然是一个愛『飆車』的司機，毋過伊咧駛車的時陣，規車的人攏咧祈禱。」

拄好：剛好。**仝工過身**：同一天死亡。**爾爾**：而已。**下跤**：下面。

美俄的自由

美國人講：「阮美國上自由，阮會使佇白宮頭前大聲罵美國總統。」蘇俄人講：「阮蘇俄嘛誠自由，阮嘛會使佇白宮頭前大聲罵美國總統。」

毛蟹

毛蟹行路攏是行坦橫的，一隻毛蟹行路是行坦直的，一尾花鮡看著足欣賞的，喝講『好酷喔！』伊欲嫁予毛蟹，結婚了後毛蟹行路攏行坦橫的，花鮡講：「奇怪！較早你攏行坦直的，是按怎結婚了後，煞變行坦橫的？」，毛蟹講：「你總是袂使叫我逐工攏燒酒醉。」

行坦橫：橫著走。行坦直：直走。花鮡：在沙灘跳躍的小魚。喝：喊。較早：以前。袂使：不可。

調到水里

阿明欲揣個朋友阿坤，電話是個囝接的，「喂！喂！恁阿爸有佇咧無？」「阮阿爸『調到水里』。」「啥物啊！『掉到水裡』。」「是啊！」，「這是偌久的代誌？」「前禮拜。」「阿恁阿母咧？」「阮阿母去『水里』看阮阿爸。」「恁阿爸這馬佇佗位。」「阮阿爸『還在水里』。」「你會使敲電話予個」，「恁阿母的手機仔幾號？」「阮阿母的手機仔是0800——。」「喂！喂！你是毋是陳太太？」「是啊，你是啥人？」「我是阿明啦，聽恁後生講。阿坤『掉到水裡』，我趕緊敲電話予你。」「是啊，已經一禮拜矣，我來陪伊，伊這馬佇我身軀邊，你欲佮伊講無？」「啊！啊！啥物啊！」「喂！喂！我是阿坤啦，阿明你欲揣我喔？」「阿，阿，阿坤！你是人抑是鬼？」

揣：找。有佇咧無：在嗎。佇佗位：在哪裡。這馬：現在。

我的家

　　小學生寫作文題目是『我的家』，伊寫講：「阮阿母上『辛苦』逐工攏共厝裡掃甲『乾乾淨淨簡直是一絲不掛』；阮阿爸嘛『很辛苦』，去上班逐工攏五六點才『陸陸續續的回來』，老師批講：「你有幾个爸爸？」寫著阿媽的時陣，伊寫講：「阮阿媽是『七十幾歲年老婦人』。」，老師共「年老」兩字框起來，畫一條線去邊仔加註『多餘的』，隔轉工，小學生照老師的批改更正做「阮阿媽是七十幾歲多餘的婦人」。

搬厝

　　阿伯仔搬厝矣，寫批共伊咧做兵的後生通知，伊寫講：「阿榮，阿爸搬厝矣，後擺你若欲寫批轉來住址嘛是全款，因為搬厝的時陣，阿爸順紲共門牌做伙搬過來，所以住址免改。另外，後擺你若寫批轉來欲愛錢的時陣，毋免寫遐爾濟0，干焦寫頭前彼字就好，因為0是『無』，寫遐爾濟0無路用。」

順紲：順便。干焦：只是、只要。遐爾濟：那麼多。無路用：沒用。

三八豬

　　庄跤阿伯𪜶個規家欲出國，阿伯毋捌英語，看無ABC，伊就拜託空中小姐看，「小姐，小姐，你共我看這椅仔位佇佗位？」小姐真好禮就共講：「阿伯，你是D，是38D坐咧遮，阿恁某C佇遐，『阿你媽B』，恁查某囝是38G。」阿伯足受氣的，轉去共人講：「我干焦叫伊共我看椅仔位爾，就予彼个小姐躂躂，規厝的人逐个都予罵，後擺我絕對無欲閣坐個的飛機矣。」

罵：帶領。**毋捌**：不懂。38D：三八豬。C佇遐：死在那。B：音屄。
G：音雞。

「小弟」手傷

麵店的小弟捀牛肉麵予人客，正手的大箍拇浸佇咧湯內底，
人客講：「你哪共指頭仔駐咧湯內底？」小弟講：「我手著傷，
先生叫我上好愛定浸咧燒水裡。」人客誠受氣講：『你為什麼不
插在屁股眼。』小弟講：「是啦，我若無捀麵的時陣攏嘛插佇咧
尻川的。」

捀：以手端碗。**大箍拇**：大拇指。**駐**：音tu^7，浸泡。**尻川**：肛門。

目睭瞌一蕊

兩个查某人做伙咧開講，一个問講：「恁翁若飼『小三』妳
會按怎？」伊應講：「目睭瞌一蕊就好矣。」「啥物啊！妳肚量
遐爾大喔。」「是啊，我會『睜一隻眼，閉一隻眼』。」指頭仔
比三隻，大箍拇向頂懸，佇目睭頭前做出欲拍銃的姿勢，目睭瞌
一蕊講『我在瞄準他。』

目睭：眼睛。**瞌一蕊**：瞌，音kheh，閉一隻眼。**遐爾大**：那麼大。

踅踅唸

駛車的時陣，阮某攏愛坐咧我邊仔，袂曉駛車閣欲指揮，叫
我著愛駛彼爿、幹這爿，若無合伊的意思，一支喙就踅踅唸，唸
規路，唸甲我強欲掠狂，我咧駛車欲按怎照伊的意思駛，實在嚴
重影響駛車的心情，若共伊講，伊就氣掣掣，罵甲喙角全全波，
幾仔工毋講話，毋知欲按怎才好。

　　有一擺阮某咧炒菜，我徛咧邊仔看，我喝講：「火較大咧，炒較緊咧，較緊摻一寡豆油閣一寡糖……。」阮某誠受氣講：「你敢會曉炒菜？」我講：袂曉，袂曉你共我恬去！「無啦，我是欲予妳知影我咧駛車，妳坐佇邊仔喝來喝去的時陣予我的感覺。」

謷謷唸：碎碎唸，喋喋不休。**袂曉**：不會。**斡這爿**：轉這邊。**一支喙**：一張嘴。**掠狂**：抓狂。**氣掣掣**：很生氣。**徛**：站。**摻一寡**：加一點。**共我恬去**：給我閉嘴。**喝來喝去**：叫喊指揮。

兩隻膨鼠

　　阿兵哥佇樹林內咧做山林戰鬥訓練，排長命令全部的兵仔覕咧樹仔頂，袂使振動，袂使出聲，時間半點鐘。一時全排的兵仔攏覕起佇樹仔頂，排長佇樹仔跤巡來巡去，忽然間碰一聲，一個兵對樹仔頂摔落來，排長驚一下講你是按怎跋落來？兵仔講：「報告排長，有兩隻膨鼠。」是按怎看著兩隻膨鼠你就跋落來？排長足受氣的大聲罵。「報告排長，有兩隻膨鼠，一隻對我正爿的褲跤距起來，一隻對我倒爿的褲跤距起來，兩爿跤足擽e，我嘛是一直忍耐，距到頂懸的時陣，個講發現著兩粒核桃，兩隻咧參詳看欲按怎處理這兩粒核桃，落尾手決定講一粒欲帶轉去，一粒欲現食，當個伸手咧挽的時，我實在擋袂牢，所以就跋跋落來。」

覕：躲。**樹仔跤**：樹下。**袂使振動**：不許動。**膨鼠**：松鼠。**跋**：跌。**足受氣**：很生氣。**正爿的褲跤**：右邊褲管。**距到頂懸**：爬到上面。**足擽**：很癢。**參詳**：商量。**落尾手**：最後。**擋袂牢**：受不了。**咧挽**：正在摘。**跋跋落來**：掉下來。

阿婆坐公車

阿婆坐公車的時陣共司機講：「運將，運將，若到石牌仔站拜託你叫我落車。」「若欲落車妳才揤鈴一下。」司機就按呢應伊。結果到終點站賰阿婆一个人，司機驚一下問阿婆講：「阿婆妳那無落車？」阿婆講：「你叫我若欲落車愛揤奶，我一直揤，揤甲兩粒奶仔頭攏烏青矣，你嘛無欲予我落車。」

運將：司機。揤鈴：拉鈴。賰：剩下。驚一下：嚇一跳。揤奶：揪奶。烏青：發紫。

司公無較勢和尚

風流的少年仔染著性病，龜頭爛爛，去予醫生看，醫生講愛開刀，伊問醫生欲按怎開刀？醫生講規枝剁掉，少年仔驚一下講伊無愛開刀，趕緊四界閣去揣醫生，揣遍各地名醫嘛攏無法度，伊煩惱甲袂食袂睏得，佳哉有朋友紹介伊去揣著一个有名的中醫，中醫師看看咧講免啦，哪著愛開刀！少年仔聽著足放心的。彼西醫上低路，振動著就欲開刀，中醫師講這藥仔你提轉去抹，愛照起工，一工抹三遍，兩禮拜了後就家己落落來。少年仔聽了面反烏。

四界：到處。揣：找。嘛攏無法度：也都沒辦法。袂食袂睏得：寢食難安。佳哉：幸好。上低路：最差勁。振動著：動不動。愛照起工：要按時。落落來：lak⁴--loh⁸-lai⁵，掉下來。反烏：變黑。

法官攏為查某

對面彼間厝有一个查某囡仔，定定穿一領三角褲行來行去，阿明若下班轉來，就趕緊徛咧窗仔門邊欣賞，有一工煞去予彼个查某發現著，去告伊偷看，法官判伊是『偷窺狂』罰一萬箍。

　　阿明愈想愈毋甘願，我佇家己的厝裡向窗仔門外口看嘛愛罰錢，敢講一點仔自由都無，豈有此理。阿明想講佇家己的厝內，欲按怎是我的自由，規氣無穿衫佇厝裡的『陽台』出出入入行來行去，看啥人欲共按怎。結果去予對面彼个查某囡仔看著，去告伊『有礙觀瞻』，法官判伊是『暴露狂』閣罰一萬箍。

欲共按怎：要拿我怎麼樣。**規氣**：乾脆。**一萬箍**：一萬元。

我像雞

　　人客欲落車的時陣，計程車司機越頭看著人客的相機袂記得提，就探頭出去喝講：「小姐妳相機」，彼个查某囡仔聽著足受氣的，伊大聲應講『你才像雞，你像鴨，你像狗』，司機足受氣的，真正是狗咬呂洞賓，好心予雷唚，車駛咧就衝出去。查某囡仔發現著相機袂記得紮落來，就大聲喝：『先生我相機！我相機啦』！拄好邊仔有過路人聽著感覺誠心適，哪有小姐家己喝講『我像雞』。

袂記得提：忘了拿。**足受氣**：很生氣。**好心予雷唚**：好心沒好報，唚，音tsim[1]。**紮**：帶。**拄好**：剛好。**誠心適**：很有趣。**家己喝**：自己喊。

痟豬嚨嚨走

　　一个戀囡仔拄娶某，個某講：「痟豬嚨嚨走，痟羊咩咩吼，痟查某托喙下斗。」伊聽無就問個某這是啥物意思？個某講豬仔若咧痟就會四界走，羊若咧痟就會那走那吼，咩咩叫，查某囡仔若咧「思春」就會托喙下斗，你若看著查某囡仔托喙下斗，隨在你欲共按怎攏無要緊。

　　個戀翁聽著足歡喜的，透早就出門，對庄頭蹔到庄尾，規庄

趄透透，趄到日頭欲暗才轉來。看著個翁轉來就趕緊攑一條椅仔坐佇門口，手托喙下斗。個某問伊，今仔日你是去佗位？我都去庄裡四界趄，揣看有查某囡仔托喙下斗無？敢揣有？規庄趄透透攏揣無，干焦轉來看著妳爾爾，個某才講彼个人就是我啦。

痄豬嚨嚨走：動物發情叫痄，嚨嚨是狀聲詞。**拄**：剛剛。**喙下斗**：下巴。**四界走**：到處跑。**那走那吼**：邊跑邊叫。**共按怎攏無要緊**：任人怎樣都無所謂。**趄**：逛。**攑**：拿。**佗位**：哪裡。**揣**：找。**趄週週**：逛遍了。**干焦**：只有。**爾爾**：而已。**個翁**：她丈夫。

換鮮奶

　　一个查某囡仔生作誠媠，可惜講話唅嗯（ìnn-ònn），所以一直攏交無男朋友，伊感覺真懊惱，媒人婆仔欲共伊紹介一个『電子新貴』，伊特別打扮甲妖嬌迷人。媒人婆仔交代講：「咱欲來去大飯店佮男方相會，妳笑笑就好，毋通講話。」伊講我知影。

　　見面了後，看著伊司奶形司奶形，面肉皮膚幼綿綿，實在有夠媠，對方愈看愈佮意，雙方就一直開講，講到過晝矣，男方想著俗語講：「娶著媠某，無酒嘛天天醉。」當咧「沉醉」的時陣，女方等甲腹肚足枵的，實在擋袂牢矣。共服務生講：「喂，『換鮮奶』。」服務生講歹勢，阮遮干焦有紅茶佮咖啡無『鮮奶』，所以無法度『換鮮奶』，伊鼻音重、大舌猴閣臭奶呆講『補是哪，是粗換的換鮮奶。』媒人婆仔趕緊解釋講是『吃飯的飯先來啦』。男方聽著驚一下，哪會按呢？當然這擺親情煞報銷去。

　　查某囡仔氣甲轉去欲出國去行行咧，敲電話予旅行社，問看有去日本的團無？愈緊愈好。旅行社講有啦，我隨共你安排，請問妳貴姓大名，伊講『我姓尼。』佗一个尼，是毋是「尼姑的尼？』『補是哪，是雙木尼』，「喔！是『雙木林。』」；「啥

物名？」『聽好喔！第一个字是記』「佗一字記？」『就是妓
女的妓。』，「喔，是『妓女的妓。』」『補是哪，是遇到長官
要妓女的妓。』，「喔！是『敬禮的敬。』」；「第三字是啥
物？」「聽好喔！『間。』」，「佗一字『間』？」就是『強姦
的姦。』，「喔，是『強姦的姦。』」『補是哪，你沒讀書是不
是？就是千里共嬋娟的娟。』是『嬋娟的娟』喔。

查某囡仔：女孩子。誠嬌：很漂亮。唔噁：ìnn-ònn唔啞。司奶：撒
嬌。足枵：很餓。擋袂牢：受不了。干焦：只有。歹勢無法度：抱歉
沒辦法。大舌猴：大舌頭。臭奶呆：說話不清楚。親情：成親。補是
哪：不是啦。

電鍋

囡仔欲出國去讀冊，頭一擺離開爸母的身軀邊，閣是去到美
國遐爾遠的所在，做爸母的心情感覺真艱苦，煩惱衫仔褲有夠
無？襪仔褲幾雙？欲蹛佗位？物件食會慣勢袂？煩惱東煩惱西，
一粒心強欲跋落塗。

欲出國彼早起透早就起來，行李閣巡巡咧就出發矣，阿爸送
伊去機場，阿母佇厝裡行出行入，雄雄想著電子鍋袂記得紮去，
去到學校欲按怎煮飯，伊趕緊用包袱巾共電子鍋包起來，趕去機
場拄好赴著囝欲入關的時陣，個後生看著阿母趕甲喘怦怦，捾電
鍋來實在真感動，趕時間也無法度佮阿母加講兩句仔話就入去矣。

行李送出去矣，所以只好用捾的，坐咧機頂，想起阿母的電
鍋目屎一直流，坐佇邊仔一位阿姆看伊捾甕仔咧哭，就安慰伊
講：「少年的，免傷過頭傷心啦！人生總是按呢，來是偶然，去
是必然，看較開咧，逐个攏全款有這工。」

艱苦：難過。蹛佗位：住那裡。食會慣勢袂：吃得慣嗎。強欲跋落

塗：幾乎要掉落地。**包袱巾**：包巾。**雄雄**：突然。**拄好赴著**：剛好趕上。**無法度**：沒辦法。**攬**：抱。**阿姆**：伯母。**傷過頭**：太過於。**按呢**：如此，就這麼一回事。

抓臀

翁仔某做伙出去，坐車的時陣一个妖嬌的查某囡仔，衫穿甲落落，奶仔落一半，裙束束短短，尻川翹翹，佇車頂個翁一直看彼個查某囡仔，個某無方便共講。突然間彼个查某囡仔對個翁的喙䫀共敀落去，個翁驚一下，毋敢閣再看矣。落車共某講：「我干焦看爾爾就予彼个查某敀，實在誠過分，個某講：我對彼个查某囡仔的尻川共搦一下。」

翁仔某：夫妻。**做伙**：一起。**查某囡仔**：女子。**落落**：音lau³-lau³，曝露。**尻川**：屁股。**佇車頂**：在車上。**喙䫀**：臉頰。**敀**：音pa，用手掌打。**干焦看爾爾**：只看而已。**搦**：抓。

大隻象

新開幕的休閒農場，為著欲廣告招人客，出示一個廣告：「啥人有法度空手予徛佇泅水池邊的象跳落去水裡，賞金一百萬。」俗語講：「重賞之下必有勇夫」。開幕的時陣農場的人客足濟，有的是㤮囡仔來𨑨迌，有的是好奇來看鬧熱，嘛有真濟少年閣有力的人欲來趁大條錢。

彼幾工誠濟「壯漢」出跤手，有的用揀的，有的用摸的，有的用挵的，所有的人用盡辦法攏無法度予象振動，有一個猴囡仔來講伊嘛欲參加，眾人笑講遐爾濟勇壯的少年的都無夠看矣，彼个猴囡仔哪有法度？逐个一直笑，彼个猴囡仔徛咧象頭前，大聲喝，象無欲插伊，伊用挵、用踢、用損的……，象攏無感覺的款，伊去後壁對象彼兩粒羼核共搦落去，象哀一聲！跳落水，眾

人驚一趒，噗仔聲拍無停，一百萬獎金去予彼个猴囡仔領去矣。

第二擺閣出示公告，干焦加一條「袂使傷害象」全款賞金一百萬，嘛是誠濟各地英雄攏來展跤手，攏無法度，最後彼個猴囡仔閣來矣，逐个金金看，看伊有啥撇步，彼个猴囡仔行到象的頭前，共象講：「你會認得我honn！你是欲家己跳落去抑是欲予我像前擺按呢？」象驚一下就趕緊跳落去矣，觀眾大聲拍噗仔，噗仔聲十外分攏無停，一百萬獎金閣予領去矣。

有法度：有辦法。徛佇泅水池邊：站在游泳池邊。足濟：很多。㧒囡仔來迌迌：帶小孩來玩。鬧熱：熱鬧。彼幾工：那幾天。跤手：手腳。揀：推。捒：拉。挣：拳打。猴囡仔：稱瘦矮的人。遐爾濟：那麼多。喝：喊叫。無欲插：不理。款：樣子。羼核：睪丸。搝：用力抓。驚一趒：嚇一跳。噗仔聲：掌聲。干焦：只。袂使：不可。全款：一樣。金金看：專注。撇步：絕招。家己：自己。前擺：上次。

三葩電火

厝內有三葩電火珠仔，這三个開關佇另外一間厝內，一個開關控制一葩火，這馬你佇開關的厝內，干焦會使去彼間一擺，你欲按怎知影佗一个開關是管佗一葩火。

電火珠仔：燈泡。這馬：現在。干焦會使：只可以。按怎知影：怎知道。佗一葩火：哪一盞燈。

有邊讀邊

潘先生倩「道士」來做司公，這个司公仔字捌無偌濟，閣愛面子歹勢問，斥俗唸啥物主人嘛聽無，所以伊就「有邊讀邊無邊讀中間」，唸到人名的時陣愛一个一个叫。孝男潘根科伊就大聲叫『孝男番根斗』，孝男聽著愛『翻跟斗』，嘛毋知影是按

怎愛按呢，所以伊就佇塗跤反一輾，媳婦姓池，伊就大聲叫『孝媳也氏』，孝媳聽著煞愣去，個翁叫伊『也是要翻跟斗』，伊就趕緊佇塗跤反一輾，閣來唸著孫女潘良慈，伊就叫『孝孫女番兩次』，個阿爸用手勢叫伊愛反兩擺，伊就趕緊反兩輾，上落尾唸著長孫潘道時，伊就叫『孝長孫番道時』，長孫講：「爸爸，我欲佮姊姊全款反兩輾就好，我無愛『翻到死』。」

捌無偌濟：識字不多。**歹勢**：不好意思。**斤俗**：反正。**毋知影**：不知。**按怎愛按呢**：為何要這樣。**佇塗跤**：在地上。**反一輾**：翻一圈。**反兩擺**：翻兩次。**上落尾**：最後。

布道大會

美國的大牧師來台灣布道，伊干焦會曉講華語，聽道的攏是講台語的庄跤人，所以愛揣翻譯，一個迌迌人講伊會曉翻譯。

牧師：	台語翻譯：
歡迎來參加今天的布道大會。	歡迎來參加今仔日的播稻仔大會。
上帝是什麼？	上帝是啥潲（siau^5）？
上帝是很偉大的。	上帝是足大尾的。
我們是很渺小的。	咱是足細尾的。
上帝是摸不著的。	上帝是予你袂碰（khap^8）得的。
上帝是看不見的。	上帝是青盲的。
上帝是無所不在的。	上帝是四界賴賴趖的。
我們要照顧那細微小的	咱愛照顧細尾的。
那在後的，將來要做在前的	遐个細尾的，總有一工會變大尾的。
那麻雀不耕、不織，上帝也	踮厝裡拍麻雀，毋免做穡，上帝嘛
眷顧它。	會照顧個。

讓我們低頭禱告。	咱轉來夯（gia[5]）鋤頭。
阿門	啊，免啦！

庄跤：鄉下。揣：找。迌迌人：遊手好閒的人。

哭著所在

付出全部的感情，無疑悟煞予男朋友共放捒，彼个查某囡仔的心咧滴血，伊傷心甲想欲大聲哭，哭到天昏地暗，上好是規氣死死咧莫閣活，毋過，伊毋知欲去佗位哭，想來想去落尾伊去殯儀館，揣一個排場較大的式場，去到位就爬入去一直哭，哭甲目屎大細對，哭甲悽悽慘慘，干焦有聽著伊咧哭「你放捒我是叫我欲按怎」？家屬看著彼个查某囡仔，遐爾少年閣生做誠媠，是按怎會哭甲遐爾傷心！這個時陣，家屬才覺醒著講：「這个死老猴，飼『小三』掩崁遐爾久攏無人知。」七少年八少年的媠查某囡仔來綴這个老猴，實在真可憐。家屬參詳了後，開一張支票來講：「『小三』仔，這一億五千萬算補償妳，其他的財產佮公司股票妳莫閣提起，予妳較委屈咧，莫想遐爾濟，妳蹛佇佗位我叫司機載妳轉去。」伊那哭那講：「我欲家己坐計程車。」「若按呢這兩千箍予妳坐車。」彼个查某囡仔就那行那哭誠傷心來離開。

放捒：拋棄。查某囡仔：女孩。規氣：乾脆。佗位：那裡。落尾：後來。按怎：怎辦。誠媠：很美。掩崁遐爾久：隱瞞那麼久。綴：跟隨。蹛佇佗位：住哪裡。那哭那講：邊哭邊說。箍：元。轉去：回去。

Suspect

英語老師咧教聽寫練習，愛照老師講的寫，老師講Suspect的

意思就是「嫌疑」，坐佇頭前彼个學生寫Suspect就是『鹹魚』，老師看著就講『嫌疑犯』，學生趕緊改做『鹹魚飯』，老師閣講是『犯人的嫌疑犯』，學生閣改做『飯冷的鹹魚飯』，老師再次加強講是『有一位嫌疑犯』，學生改做『魷魚味鹹魚飯』。老師大聲講『罪大惡極要死的嫌疑犯』，學生改做『嘴大餓極要食的鹹魚飯』。

咖啡

一隻狗仔跔佇你的車頭前，予你臆一種飲料——共霹（咖啡）。

若一直霹嘛是毋走，予你臆一種咖啡的牌子——嘛是著共霹（曼仕德咖啡）。

彼隻狗仔跔佇別人的車頭前，予你臆一種咖啡的牌子——別人共霹（伯朗咖啡）。

若跔佇咧外國人的車頭前，予你臆一種咖啡的牌子——死阿啄仔共霹（西雅圖咖啡）。

若一直霹嘛攏無效，予你臆一種咖啡的名——白共霹（白咖啡）。

跔佇：蹲在。臆：猜。共霹：音ka^7-pi^1，霹：狀聲詞指拉叭聲。

戀會遺傳

駛車雄雄狂狂挂著紅燈嘛無停，予警察揤落來。警察問講你哪會傱紅燈？「我無注意毋是刁工的。」警察：「你駕照佮行照借我看一下。」「我袂記得絭。」警察：「你敢知影傱紅燈愛罰偌濟？」「我知影有夠我去考一張駕照。」警察：「啥貨啊！你無駕照駛車喔！」個某佇邊仔講：「警察先生，你莫聽伊咧烏白講，伊見擺若啉酒就亂講話。」警察：「hann^{5}你啉酒駛

車喔！」個老母佇後座予吵醒，出來講：「我就共伊講咱共人偷牽的車駛較袂慣勢，愛駛較慢咧伊就毋聽。」警察：「hann⁵車是偷牽的喔？」「無啦！莫講甲遐爾仔聽，是借車，袂記得共人講。」

雄雄狂狂：慌慌張張。挂著：遇到。閘：攔截。傱：闖。刁工：故意。袂記得紮：忘了帶。偌濟：多少。啥貨：什麼。烏白講：亂講。見擺若啉酒：每次喝酒。袂慣勢：不習慣。

蜘蛛佮蜜蜂欲訂婚

蜘蛛感覺無佮意，就問媽媽：是按怎我愛娶蜜蜂？

蜘蛛的媽媽講：「蜜蜂是有較吵一點仔，毋過，人是一个空中小姐。」

蜘蛛講：「我較佮意蠓仔啊！」

蜘蛛的媽媽講：「你哪會佮意彼个護士？連射都注袂好勢，頂擺共媽媽注甲腫起來。」

蜜蜂嘛感覺無滿意，就問個媽媽：「是按怎我愛嫁予蜘蛛？」

蜜蜂的媽媽講：「蜘蛛是較穤淡薄仔，毋過，人伊是網路的專家⋯⋯。」

蜜蜂說：「但是人較愛狗蟻啊！」

蜜蜂的媽媽講：「莫閣講彼个瘦閣薄板的工頭，規工物件夯咧四界走，連一台貨車都買袂起，欲按怎飼某囝。」

蜜蜂講：「隔壁庄的胡蠅哥哥嘛生做真緣投。」

蜜蜂的媽媽講：「伊是生做袂穤，毋過，總是袂使嫁予食屎的。」

無佮意：不中意。是按怎：為什麼。蠓仔：蚊子。注射：打針。頂

擺：上次。**較穩淡薄仔**：較醜一點。**狗蟻**：螞蟻。**瘦閣薄板**：身瘦如
材。**規工**：整天。**買袂起**：買不起。**飼某囝**：養活妻、子。**胡蠅**：蒼
蠅。**緣投**：英俊。**生做袂穩**：長得不錯。**袂使**：不能。

榴槤

　　一隻鳥鼠仔足愛食榴槤，伊聽講榴槤眞好食，到底是偌好食
伊眞好奇，所以四界去探聽，搪著朋友就問。伊問：「鴨仔，你
敢捌食過榴槤？榴槤生做啥款？」

鴨仔：「榴槤就像弓蕉按呢，長長、黃黃、甜甜，我定定咧
　　　　食。」

　　　　「羊仔，你敢捌食過榴槤？榴槤生做啥款？」

羊仔：「榴槤就像紅茱頭按呢，長長、紅紅、硬硬，我定定
　　　　咧食。」

　　　　「馬，你敢捌食過榴槤？榴槤生做啥款？」

　馬：「我規工佇草埔仔走，啥物果子仔嘛有，榴槤就像
　　　　菝仔按呢，圓圓、皮青青、肉白白，我攏嘛規粒窒落
　　　　去。」

　　　　「鹿仔，你敢捌食過榴槤？榴槤生做啥款？」

鹿仔：「我蹛佇山林內底，啥物果子仔攏嘛有食過，榴槤就
　　　　像柑仔蜜按呢，圓圓、紅紅、酸酸，我定定咧食，我
　　　　一喙攏嘛食四、五粒。」

　　　　「兔仔，你敢捌食過榴槤？榴槤生做啥款？」

兔仔：「我佇田園四界走，啥物果子仔攏嘛食過，榴槤就
　　　　像西瓜按呢，圓圓、皮青青、肉紅紅、食起來甜甜沙
　　　　沙，誠好食。」

　　鳥鼠感覺誠奇怪，哪會逐个講的攏無仝款，有一工伊看著一
隻猴仔咧賣果子，喝講：「來喔，來買果子，有柑仔、柳丁、菝
仔、王梨佮榴槤。」鳥鼠仔聽著有人咧賣榴槤，就趕緊去買一

粒，叫眾朋友做伙來食榴槤，逐个來到位斟酌看，原來榴槤就是生做按呢。鳥鼠仔講今仔日我欲請逐个食榴槤，規陣圍佇桌仔邊，鳥鼠仔攑刀仔共破開，哪會這款怪味？逐个走甲裂褲跤，干焦鳥鼠仔昏倒佇桌仔邊。

無偌久鳥鼠仔醒起來，伊的朋友走了了賰伊一个，伊想講既然買來矣，無食嘛拍損，所以伊就刀仔攑起來，切一塊仔食看覓咧，hm^3，臭臭、芳芳袂歹食，閣切一塊窒咧喙裡，hm^3，臭臭、芳芳袂歹食，那食那幌頭，退的朋友覕佇樹仔邊咧看，奇怪，遐爾臭哪敢食？鳥鼠仔一塊一塊一直窒咧喙裡，彼陣逐个才閣出來，來到桌仔邊，逐个攏講一塊仔予我食看覓咧，鳥鼠仔一个切一塊予個食，hm^3，臭臭、芳芳袂歹食，逐个才相爭欲食，一睏仔就食了了囉。

~~~~~~~~~~~~~~~~~~~~~~~~

偌好：有多好。搪著：遇見。敢捌：是否有過的經驗。生做啥款：長得怎樣。按呢：那樣。定定咧食：常常吃。紅菜頭：紅蘿蔔。規工佇草埔仔走：整天在草地上跑。啥物果子仔：什麼水果。規粒：整顆。蹛佇：住在。柑仔蜜：番茄。四界走：到處跑。喝：喊叫。做伙：一起。斟酌：仔細。攑：拿。裂褲跤：抱頭鼠竄。干焦：只。賰：剩。拍損：浪費。芳芳袂歹食：香香的不難吃。覕佇：躲在。窒咧喙裡：往嘴裡塞。彼陣逐个：那時大家。相爭：爭相恐後。一睏仔：一下子。

關廟

早期關廟人的音tsh（ㄘ）攏講做S（ㄙ），
我掮荽（sai^3）籃仔去荽市仔（sai^3-si^7-a^2）買紅荽（sai^3）。
看著人咧賣籠床順紲買一个送你通衰（炊）粿，予你逐年衰，衰一世人。

蜈蚣

蜈蚣、蛇佮田蛤仔三个做伙開會欲講和，逐个做好厝邊，希望以後莫閣冤家相拍，這個社區毋才會和諧，生活才會快樂，會開甲誠暗，逐个腹肚枵矣，想講欲出去食宵夜，逐个做伙出去嫌費氣，蜈蚣講伊出去買就好，結果出去點外鐘矣猶未轉來，出去門喙看覓咧，蜈蚣猶閣咧縛鞋帶。

~~~~~~~~~~~~~~~~~~~~~~~~~~~

莫閣冤家相拍：不再吵架。逐个：大家。腹肚枵：肚子餓。做伙：一起。費氣：麻煩。點外鐘：一個多鐘頭。門喙：門口。看覓咧：看一看。猶閣咧：還在。

走私

法國佮比利時有一個邊防查哨站，有一個阿伯騎跤踏車載一个箱仔，箱仔內貯沙，對法國欲去比利時，查哨海關詳細檢查沙仔內底是埋啥物，無看著有啥物件，按呢連紲規個月逐工查，攏無發現可疑的物件。海關的人看伊逐工載沙仔過，一定有走私的嫌疑，是按怎哪搜無，就按呢經過十外年攏無代誌，彼个海關檢查員欲退休矣，退休進前伊希望會當破解伊的疑問。

最後一工上班閣搪著騎車的阿伯，全款載一箱沙仔，伊就共阿伯仔講：「十外年來看你逐工載一箱沙仔過，我懷疑你走私，無過揣無證據，我做到今仔日就退休矣，明仔載起我就袂閣來矣，你老實共我講，你是毋是走私，走私啥貨？」阿伯講：「我確實是走私，這十外年來我逐工攏走私一台跤踏車。」

~~~~~~~~~~~~~~~~~~~~~~~~~~~

連紲：連續。規個月：整月。逐工：每天。貯：裝。攏無代誌：都無事。佇：在。搪著：遇到。揣無證據：找不到證據。明仔載：明天。袂閣：不再。

二、民俗故事教材

臭頭仔洪武君(一)

朱元璋爸母早死，細漢倚個母舅生活，有一擺個阿舅叫伊去剷塗豆草，伊去到園裡就坐咧園頭刻塗尪仔，個阿妗捾中晝飯欲去予伊食，看著伊咧刻塗尪仔無剷草，足受氣的，就翻頭轉去，投個阿舅講：彼个臭頭仔，規工咧耍塗尪仔，攏無剷甲半枝草，飯毋免予伊食，個母舅就提藤條欲去修理伊。

朱元璋看著個阿妗，飯閣捾倒轉去，伊就趕緊刻，逐個塗尪仔攏閣刻一枝鋤頭予伊，照塗豆的溝仔一稜一稜排好，喝一聲「開始剷草」，塗尪仔一時仔久就共一坵塗豆草剷了了。個母舅攑藤條欲去拍伊，看著規坵草仔剷了了，驚一下，行入去園中央，看著園尾猶閣有一個跛跤尪仔咧剷草，原來就是臭頭仔洪武君上尾仔，看著個阿舅攑藤條來，趕緊煞刻斷跤。

~~~~~~

倚：依靠。剷草：鋤草。塗豆：土豆。塗尪仔：土人。捾：以手提物。投：告狀。上尾仔：最後。一稜一稜：一行一行。喝：喊。攑：拿著。跤：腳。

臭頭仔洪武君(二)

廟咧鬧熱，沿路到廟埕，擔仔排相連，煙腸、豬血粿、李仔糖、耍珠仔、雞胿仔……逐項有。一個囡仔看著鼓，吵欲買，媽媽講：「咱厝遐爾散，哪有錢買鼓？」毋過囡仔一直哭欲買。臭頭仔洪武君看囡仔遐爾可憐，就叫彼个查某人轉去提一個銅管仔、一塊布、閣一條索仔來，我教你做鼓，縛好伊就大聲喝：「來！來！來！來看布的鼓拍會霆。」ka奇怪！布鼓哪拍會霆？逐个真好奇，攏來拍，無人拍會霆，臭頭仔洪武君番麥食了，用番麥骨損三下，咚！咚！咚！

　　眾人驚一下，哪有這號「奇人」？逐个相爭欲看到底是啥款人。臭頭仔洪武君一直走，規陣人攏咧追伊，走到一間破廟，臭頭仔倒退行入去了後，蜘蛛隨時閣共破去的網閣補起來，眾人來到破廟前，看著跤印是向外行，蜘蛛網嘛好好，都知影伊無覕佇內底，逐个繼續閣追，等到彼陣人攏走矣，臭頭仔才出來。

　　無偌久彼陣人去揣無，閣翻頭看著臭頭仔，喝：「佇遐！佇遐！」最後追到荒郊野外去，踅過竹林無地覕，看著一群羊仔，臭頭仔就覕入去羊仔的腹肚內。眾人來到位，揣無人，想講一定覕佇羊仔腹肚內，共羊仔頭攏斬斷看，嘛是揣無，最後賰佇遐一隻上細隻羊仔囝，遐爾細隻，那有可能覕會入去？眾人放棄，閣追出去。

　　眾人走了後，臭頭仔才對上細隻羊仔囝腹肚內出來。「你害死人！你害我一群羊仔攏予人剮死，遮的羊仔是阮所有的財產，你愛賠我啦！」飼羊囡仔一直哭。臭頭仔講：「無要緊，我會賠你。」臭頭仔就公接母，母接公，羊頭烏白鬥鬥咧，一、二、三攏跙起來，規群羊仔攏閣活起來，這就是羊母哪會發喙鬚的原因。

煙腸：香腸。咱厝遐爾散：我們家那麼窮。霆：音tan^5，響。ka奇怪：哪有這種怪事。番麥：玉米。規陣：整群。揣：找。踅過：繞過。賰：剩。覕佇腹肚內：躲在肚子裡。剮：殺。佇遐：在那裡。鬥鬥咧：湊一湊。跙：爬。喙鬚：鬍鬚。

呂洞賓

　　古早有一个人無頭無路，規工四界賴賴趖，想欲做生理，無喙花閣袂曉推銷，後來伊聽講呂洞賓會託夢，伊就去木柵仙公廟睏，睏到半暝，呂洞賓就來共伊講「你食飽等死」。伊醒起來就真煩惱，目睭前一片烏暗，既然食飽等死，人生猶有啥希望？伊

就逐工食飽四界迌迌。經過誠久猶閣無死，伊想可能呂洞賓託夢無準，按呢落去嘛毋是辦法，總是愛揣頭路做才著。

彼陣拄好台北有一个高中學生予教官處罰，誠毋甘願，就去訂一具棺柴，講阮老爸過身，明仔下晡送來阮兜才予你現金。地址、事主佮收貨人留予頭家，彼下晡棺柴送來的時陣，拄好遇著教官佇厝裡，伊足受氣講「我哪有死，你足可惡！」，就毋放伊煞，去法院告，閣請求賠償，告一下棺材店頭家賠袂起，煞倒店。拍賣的時陣，彼个人想講，誠久攏無頭路，這款生理毋免四界去推銷，俗俗仔拍起來做嘛好，過了無偌久，拄好有一个大官死，來伊的店裡買棺柴，一時轟動，名聲透京城，生理足好大趁錢，彼陣伊才知影，原來呂洞賓託夢，實在有夠準。

賴賴趖：遊蕩。喙花：口才。袂曉：不會。迌迌：遊玩。目睭：眼睛。揣頭路：找工作。明仔下晡：明天下午。拄好：剛好。俗俗：便宜。拍起來：頂讓。

水鬼叫跛瑞

阿瑞仔跛跤，庄裡逐个攏叫伊跛瑞，伊逐工攏去溪仔掠魚，一工總掠無偌濟，所以跛瑞那下網仔那落去水底趕魚仔，有一工拄著水鬼四界咧揣替身，看著跛瑞佇水裡咧趕魚仔，趕緊對後跤共拖落去，揤咧水中央，揤誠久，揤甲跛瑞袂振動，水鬼想講伊已經死矣，印鑑就交予伊，趕緊轉去閻羅報告揣著替身矣。

閻羅王派小鬼檢察官來驗屍，煞揣無跛瑞，水鬼著驚四界揣跛瑞，才知影跛瑞會禁氣七暝七日，所以水鬼逐暗半暝就來叫門：「跛瑞兄！跛瑞兄！拜託你印仔還我。」連紲叫三個月，跛瑞才共水鬼講：「印仔欲還你會使，你愛掠十米籮的魚仔佮十擔的蝦仔予我。」此後跛瑞若去掠魚，足濟水鬼就共魚仔趕入去網仔內，無偌久，跛瑞就掠足濟魚仔佮蝦仔，印仔就還水鬼，水

鬼以後就毋捌閣來叫門囉。所以恁朋友若定定來招你欲「拍麻雀」，恁老母無歡喜就會講：水鬼閣來咧叫跛瑞矣。水鬼叫跛瑞的唸謠佇庄裡流行：

　　水鬼四界揣替身，拄著跛瑞佇河濱，
　　後跤拖落捆水底，捆甲跛瑞袂翻身。
　　跛瑞彼陣就假死，水鬼心內暗歡喜，
　　替身印鑑交予伊，轉去閻羅報生死。
　　閻羅小鬼來驗屍，揣無跛瑞的身屍，
　　水鬼彼時煞著驚，逐暗來叫跛瑞兄。

掠：抓。無偌濟：不多。那……那：一邊……一邊。對後跤：從後腳。捆：壓制。袂振動：不會動。

財神佮觀音佛祖

財神講，人欲發財攏愛靠我。觀音講，我若毋予伊好運，有財嘛得袂著。兩人咧相諍的時陣，看著二个人對橋彼爿行過來，財神就共黃金园佇咧橋頂，二人那行就那講，這條橋我行甲足熟的，目睭瞌瞌嘛會曉行。二人就目睭瞌瞌行過，結果攏無看到頭前的黃金。觀音講，你看！這就是無財運。

財神不服，下一遍看著有人欲行過橋，財神就共黃金园佇咧橋頭邊草埔仔裡，伊想講，我若毋园佇咧路中央，看你欲去佗位抾。彼个人欲過橋的時陣，忽然間腹肚疼，趕緊走去草埔仔裡放屎，看著哪有一塊金金的物件，就抾轉去。佛祖就共財神講，你看，你园咧草埔仔內，伊嘛是仝款抾會著，彼就是有財運，財神彼陣才心服口服。

諍：爭論。對橋彼爿：從橋的那一邊。瞌瞌：閉眼。园佇：放在。抾轉去：揀回去。仝款：一樣。遐：那裡。

員外

員外個老爸過身，揣一个地理仙仔，會曉觀天文、看地理來看風水，地理仙揣著一位好所在，伊就共員外講，遮有一位好地理，葬落去一定大發，毋過這門風水葬了後，我目睭會青盲，你愛待我如上賓，照顧我一世人。員外就答應伊的要求。葬了後真正大發，官商得意，名聲透京城，員外嘛真好禮款待地理仙。

時間久來，地理仙感覺員外愈來愈拗蠻，心內真無歡喜。有一工地理仙感覺真奇怪，是按怎最近員外忽然間對我遮爾仔好，逐工攏用豬肉款待我。伊就問查某嫺仔到底是按怎。查某嫺仔講，彼隻豬仔是跋落去屎礐仔底死的，無人敢食，才有通著你食。

地理仙知影了後，誠毋甘願，就共員外講，這門風水咧反矣，愛重葬。若毋信，暗時仔提草蓆仔去墓仔頂睏，著會聽到墓仔內底唏唏叫。員外叫人暗時仔去探看，真正聽到墓仔內底唏唏叫，誠大聲。員外著驚，就請地理仙揣所在改葬，地理仙揣好所在了後，講，欲掀棺柴的時愛我倚去。地理仙手就穿入去棺柴裡，捎一尾塗龍吞落去，一尾煞予飛去，原來遮是塗龍穴，逐暗塗龍攏咧耍。地理仙仔目睭金一蕊，皮包捎咧繼續閣去共人看地理。那行那唸：

員外大爺無天理，屎豬當做好料理，一尾塗龍飛上天，一尾恁我看地理。

遮爾：這麼。查某嫺仔：嫺，音kan²，女傭。屎礐仔：糞坑。倚：靠。捎：手抓。耍：嬉戲。金一蕊：亮一眼。恁：音tshua⁷，引領。塗龍：土龍。拗蠻：怠慢。

彭祖

閻羅王定定派小鬼佇陽間四界巡邏查訪，有一工遠遠看著一个老阿公仔行過來。頭毛喙鬚白，目眉拖塗。小鬼看著感覺眞奇怪，世間哪有遮爾老的人。等到彭祖欲過橋的時陣，兩个小鬼就假仙佇橋跤咧洗衫，那洗就那喝：「來喔！來喔！趕緊來看喔，來看塗炭洗會白。」彭祖聽著就講：「ka奇怪我彭祖活到八百二十歲，嘛毋捌聽講塗炭洗會白。」小鬼聽著彭祖活到八百二十歲，驚一下就趕緊轉去報閻羅。閻羅王查生死簿才發現無彭祖的名，趕緊補落去，順紲派小鬼共彭祖掠去閻羅報到。

彭祖長壽有歌謠爲證：

高祖爲帝欲做仙，石崇豪富怨無錢，

嫦娥對鏡嫌顏醜，彭祖焚香祈壽延，

世間若爲人滿意，山變黃金海做田。

頭毛喙鬚白：髮與鬚皆白。遮爾老：這麼老。假仙：假裝。那洗就那喝：邊洗就邊喊。塗炭：煤碳。毋捌：不曾。順紲：順便。

李門圈(一)

員外有三个查某囝，大漢查某囝、第二查某囝，攏嫁予庄內的少爺。少爺個厝足有錢的，所以伊免作穡，三歲就會使退休矣，規工遊山玩水，四界迌迌。第三查某仔嘛欲共嫁予少爺，伊講：「我無愛，親像二个大姊攏嫁予少爺，無頭無路，規工四界賴賴趖，哪有啥物路用？我感覺只要骨力肯拍拚就好，無一定愛有錢。」

員外足受氣的就講：「好啦！你既然講骨力肯拍拚就好，彼个賣田螺的，毋管透風落雨，逐工攏咧賣田螺，伊上骨力上拍拚，逐家攏叫伊李田螺，你嫁予伊好啦！」

拄好聽著賣田螺的喝聲，員外就去外面叫賣田螺的入來，問李田螺：「你娶某未？」李田螺：「猶未。」員外：「你毋管透風落雨，逐工攏咧賣田螺，阮查某囝就是愛親像你這款，骨力拍拚的人，這馬阮查某囝予你娶轉去做某。」李田螺驚一下，趕緊跪咧共員外叫毋敢，伊講：「員外大人！我家己一個人，靠賣田螺過日，我哪敢娶恁千金做某，你毋通共我創治。」員外共個查某囝的衫仔褲款款咧，包袱仔就交予李田螺講：「恁這馬娶娶轉去。」李田螺才知影代誌大條矣，員外真正欲共伊的查某囝嫁予我做某。

迌迌：音tshit-thô，遊樂。**骨力**：肯努力。**拄好**：剛好。**猶未**：尚未。**毋通創治**：不要戲弄。**這馬**：現在。**款款咧**：收拾整理。**包袱**：衣物行李。**賴賴趖**：遊蕩。**代誌大條**：事態嚴重。

李門圈(二)

毋免開半仙錢，閣會當娶著員外的古錐美麗的千金做某，哪有這號代誌？李田螺牽著千金的手，那走那看，那看那想，敢若親像咧做夢咧。千金小姐綴田螺轉來伊厝裡，手裌擎起來，褲跤lik[8]起來，就共李田螺鬥相共，款田螺予伊出去賣，二人就按呢快樂過日。

有一擺，李田螺出去掠田螺，拄著落大雨，溝仔攏淹水，掠無田螺，伊咧煩惱明仔載無田螺通賣的時，忽然看著一隻兔仔，伊想講掠無田螺，兔仔嘛好。伊就追兔仔，兔仔那走閣那停，若像咧等伊全款，一直追，追對山洞入去，山洞內底暗暗，看著一堆物件會發光，伊伸手提一塊起來看，看了袋咧袋仔內，欲閣去提的時陣，一个老阿伯出來，伊講：「我顧遮烏金顧誠久矣，遮是李門圈的，你干焦會使提一塊。」李田螺出了山洞，那行那想，奇怪！這種所在哪有人咧顧，老阿伯面色紅膏赤蠘，頭毛喙

鬚白，敢若是土地公的款。

　　過了一年，生一个查埔囝仔，抱轉去予外公號名，員外看著是查埔的，閣生做誠古錐，嘛足歡喜的。員外抱過手，囝仔一直哭，按怎騙都騙袂恬，落尾抱去大廳，弄門圈仔予伊看，煞恬去，閣會笑，員外誠歡喜講：「我知影囉！就號做門圈。」

這號代誌：這種事。敢若親像咧做夢咧：好像在作夢。綴：音tue[3]，跟隨。手碗擎起來：捲起袖子。褲跤lik[8]起來：褲管捲起。鬥相共：幫忙。款：整理就緒。按呢：這樣。掠：抓。明仔載：明天。那走閣那停：邊跑邊停。干焦會使：只可以。紅膏赤蠘：光澤紅潤，蠘音tshih[8]。的款：的樣子。落尾：最後。煞恬去：恬tiam[7]，卻安靜下來。知影：知道。門圈：古時候大廳的門環。

李門圈(三)

　　聽著個囝的名號做李門圈，李田螺心內著驚，敢講佮彼个李門圈全款？轉到厝，個某抱囝仔，伊擔一擔大米籮，趕緊做伙去山洞，共彼堆烏金攏搬轉來。唐山有一个珠寶商，聽講伊有烏金，欲來買，提一塊點火，規間厝內光葩葩，敢若日時，火著煞變做一丸金仔，珠寶商誠歡喜，講這是上金，攏總五千兩銀買去。

　　員外欲做六十大壽，二个囝婿攏穿甲誠俏，捾禮欲來祝壽，李田螺嘛是穿彼軀衫，擔一擔白銀，用芋仔葉崁起來，頂面园田螺，逐个看伊擔田螺欲來祝壽，攏咧偷笑。二个囝婿講：「今仔日，阮攢鮑魚、魚翅、燕窩、高麗參欲來共岳父大人祝壽。」李田螺嘛講：「我擔一擔田螺來共岳父大人祝壽。」二个囝婿講：「一包魚翅，你田螺著擔咧十外擔。一罐高麗參，你田螺就車咧一牛車。」李田螺講：「我想講田螺攏揀較大粒的，來祝壽巧誠意，一年外來，我足拍拚賣田螺，嘛已經有儉淡薄仔錢矣，岳父

大人若較愛魚翅、高麗參,後擺我才買來。」

二个囝婿面色眞歹看,大的講:「我看,我零星的田一塊仔予你較緊。」第二的講:「是矣,靠你賣田螺,欲賣甲當時才有通買田?」李田螺講:「我賣田螺趁的攏儉起來,嘛有想欲買田。」兩个囝婿講:我的賣你。「欲賣若濟?」李田螺問。個想講:「賣田螺哪有偌濟通買田?阮二个的田,攏總賣你五百兩銀就好。」李田螺假影眞緊張,若講有定著,請岳父大人做公證人,兩个囝婿講:「一手交錢一手交貨,袂使欠數。」李田螺對田螺籮仔內,反出來一千兩白銀,伊講:「這五百兩買田,另外五百兩,欲共岳父大人祝壽。」兩个囝婿面攏失色,想講伊哪有遐爾濟錢,一時李田螺煞變做大地主。

~~~~~~~~~~~~~~~~

全款:一樣。光䀋䀋:很亮。敢若日時:宛如白晝。火著煞:燃燒過後。㧒:提。彼軀衫:那一套衣服。囥:放置。儉淡薄仔:有一點儲蓄。後擺:下次。較緊:較快。當時:何時。偌濟:多少。通:可以。假影:假裝。若講有定著:一言為定無反悔。未使欠數:不得賒欠,數音siau³。

郡守

古早郡守兼判官,縣裡紛爭攏是伊咧審判,縣府換來一个新郡守,代誌烏白判,逐个誠氣閣毋敢講。所以就四界貼「大字報」抗議,表示不滿,郡守問伊的助手,是按怎最近四界攏貼單,講郡內全全戇大呆?我限恁三工去掠三个戇大呆來。

兩个人就去四界揣,看到一个人騎『驢子』,一包物件囥咧頭殼頂,兩人就問伊,是按怎你彼包物件囥咧頭殼頂?彼个人講『驢子』載我,我夯這包物件,按呢『驢子』較袂載遐爾重。這个是戇大呆,兩人就共伊掠轉去。

到第三工看著一个人，攑竹篙欲過城門，攑直，城門傷低袂當過，攑坦橫，城門傷狹嘛袂當過，比來比去舞一晡攏袂當過。彼二人看著，問伊攑竹篙欲創啥物？伊講：「阮某叫我刌一枝竹篙通披衫，城門遮爾低閣遮爾狹，攑袂當過。」兩人講：「這个是戇大呆，共掠轉去。」

三工攏總才掠二个，無法度，這二个先掠轉去交差。郡守就問這二个戇大呆是按怎？個二人就共詳細情形講予伊聽，郡守講：「彼枝竹篙，若共刜做三節就攑會過去。」彼二个人講：「阮知矣！第三个戇大呆，等候到新郡守來的時，才掠予你。」

揣：找尋。囥：放置。頭殼頂：頭上。夯：以肩舉物。較袂載遐爾重：才不會載過重。攑竹篙：拿竹竿。攑直：拿直立。攑坦橫：拿橫的。舞一晡：勞碌了半天。創啥物：做什麼用。刌：音錯，用刀斧砍。遮爾低：這麼低。攑袂當過：拿不過去。刜：音phut，用刀砍。

鳥鼠仔請人客

有一个市內的朋友欲來，田庄鳥鼠仔傱出傱入，規工無閒頤頤，伊攢甲誠腥臊，欲來案內都市來的貴客，有糖仔餅、番薯、番麥、塗豆、弓蕉、王梨、菝仔、柑仔……擺甲規桌頂。

市內的鳥鼠仔來到位看著誠歡喜，嘛呵咾誠腥臊，毋過伊講，阮市內較無食這寡物件。無，恁攏食啥物？田庄鳥鼠仔真好奇問伊，伊講阮蹛市內攏嘛食甘貝、魚翅、海參、燕窩、鮑魚、龍蝦、參仔雞、豬跤滷、花枝羹、當歸羊肉、麻油腰子……，規桌頂滿滿隨在你食，食飽閣炁你去看101大樓，予你看甲帽仔落去嘛看袂著厝頂，歡迎你來阮市內迌迌，我一定好好仔招待你。

市內鳥鼠仔咧食的物件，我連聽都毋捌聽過，田庄鳥鼠仔決定欲去市內看覓咧，閣有山珍海味，實在真迷人。揀一工好天

坐高鐵，一目𥍉仔就來到台北，伊的朋友來車頭接伊，出車頭看去攏是大樓，田庄鳥鼠仔看著一間上懸的大樓大聲喝：「這就是101大樓喔！」「毋是啦，彼是新光大樓，像這款大樓市內誠濟。」伊的朋友按呢講。「啥物啊，101比這閣較懸喔！」個兩个坐捷運來到東區，落車頭前就是101大樓，實在有影夭壽懸，厝頂是尖的佇雲頂，欲哪有法度距去頂懸？伊的朋友講欲焄伊去坐電梯，伊問講啥物是電梯？伊的朋友共講電梯就是免距就會到位，有彼號代誌？伊真懷疑。

兩个欲起去頂懸，過車路的時陣，公車、貨車、遊覽車、自用車猶閣有機車從來從去驚死人，伊的朋友共揣過路，起去到樓頂，哇！看過去攏是大樓，市內就是按呢喔！時間差不多愛食飯矣，兩个落去到八樓餐廳，桌頂酒菜擺甲誠豐沛，有龍蝦、冷盤、豬跤、滷卵……等等，伊的朋友講這就是欲請你的，請家己來免客氣，伊看著驚一越，遮爾濟哪食會完，市內的朋友實在真慷慨，雄雄聽著擗一聲，越頭看著服務生攑一枝箠仔拍落去，閣罵：「這隻死鳥鼠仔，人客猶袂食你就欲來偷吃！」閣兇迌迌對我這桌走過來，我看毋是勢趕緊跳走，慢一跤步老命就休去矣。

阮兩个走去覕咧水溝仔埕，看阮朋友一个面仔青恂恂，跤手肉㧱㧱掣，我欲趕緊轉去，我甘願踮庄跤食番薯嘛無愛來市內食魚翅，這馬才知影，市內鼠愛面子，無毛雞假大格，無錢假大範，險險仔予害死。

田庄鳥鼠仔：鄉下老鼠。**從出從入**：忙進忙出。**無閒瞅瞅**：很忙碌。**攢甲誠腥臊**：準備得很豐盛。**案內**：招待。**規桌頂**：滿桌上。**呵咾**：稱讚。**這寡物件**：這些東西。**恁**：你們。**攏**：都。**阮**：我們。**踮**：住。**迌迌**：玩。**腰子**：腰花。**焄**：引領、帶。**毋捌**：不曾。**看覓咧**：看一看。**揣**：找。**一目𥍉仔**：一下子。**車頭**：車站。**上懸**：最高。**喝**：喊。**誠濟**：很多。**按呢講**：這樣說。**啥物**：什麼。**閣較懸**：更高。**有影夭**

壽懸：眞的很高。佇雲頂：高聳入雲。有法度跮去頂懸：哪有辦法爬上去。有彼號代誌：有那種事。共挽：將他拉過。家己：自己。驚一越：嚇一跳。遮爾濟：這麼多。雄雄：突然。越頭：轉頭。箠仔：鞭子。人客猶袂食：客人尚未吃。兇逿逿：兇惡。看毋是勢：情況不對勁。覕咧水溝仔垼：躲在水溝邊。面仔青恂恂：臉色鐵青。跤手肉呸呸掣：四肢發抖。轉去：回去。這馬才知影：現在才知道。假大範：裝闊。險險仔予害死：差點被害死。

跳河

古早庄跤攏是大家庭，娶新婦嘛攏踮做伙，大家攏會苦毒新婦，大家新婦袂合，定定冤家。

有一个新婦，逐擺若冤家就欲去跳河，逐个攏眞煩惱，就綴後壁追去，新婦那走那越頭，看著足濟人咧追，就愈走愈緊，去到河邊，手摸咧草仔就跳落去，兩肢跤佇水裡踢來踢去，厝的人誠緊張，就趕緊共救起來。

按呢連紲幾仔擺，個大官想講：這个查某見擺冤家就欲去跳河，逐擺手攏對草仔摸牢牢，敢若毋是眞正欲自殺的款。有一擺閣咧冤家矣，個大官就叫人先去河邊，用鐮lik^{8}仔，對伊定定咧摸彼模草仔根，共割予賰一屑仔，人覕佇草仔邊。彼个查某就全款欲走去自殺，去到位對草仔摸咧就跳落去，哇！草仔佮人煞攏溜落去，彼時陣伊驚一下，大聲喝：「救人喔！救人喔！」個厝的人佇岸頂講：「你敢是欲自殺，哪咧喝救人」？後擺伊攏毋敢講欲閣去跳河囉。

踮：住。大家：音 ta^1-ke^1，婆婆。苦毒：虐待。定定冤家：常常吵架。綴：音 tue^3，跟隨。那走那越頭：邊跑邊回頭。摸咧：抓住。大官：音 ta^1-kuann^1，公公。見擺：每次。　牢牢：緊緊抓住。的款：的樣子。鐮lik^{8}仔：鐮刀。彼模：那叢。賰一屑仔：剩下一點點。覕：躲。全

款：一樣。後擺：以後。

三、大人笑詼故事

湯匙仔

歇睏日仔，我手規厝內人出去食飯，叫誠濟菜。逐个食甲眞歡喜，湯匙仔無張持煞予跋落去，叫服務生提一枝來，服務生對橐袋仔提一枝出來。我呵咾這个服務生做代誌的效率有夠好。服務生講：「阮經理講根據統計，差不多有3%的人客湯匙仔會跋落去，所以阮身軀隨時有紮湯匙仔。」

經理要求服務生愛講究效率，實在誠用心，予人眞佩服，這頓飯食了實在眞爽快。結數了後欲出來，看著這个服務生，褲的拉鍊哪會縛一條索仔，誠好奇就問服務生，服務生：「阮經理講若欲放尿，搝索仔就好，按呢手就袂沐著，節省洗手的時間。按呢嘛有理，毋過欲放尿的時陣，欲按怎提出來？放了欲按怎囥入去？」服務生講：「別人我是毋知啦，若我，我是攏用湯匙仔。」

~~~~~~~~~~~~~~~~~~~~~~~~~~~~~~~~~~~~~~~

歇睏日：假日。規厝內：全家。誠濟菜：很多菜。無張持：不小心，持音池。橐袋：衣服上的口袋，橐音lak。呵咾：稱讚。紮：音tsah，攜帶。搝：音giu²，拉。沐著：沾到，沐音bak。囥：放置。

三塊磚仔

有一个少年的，騎機車載個女朋友去山裡迌迌，無看新聞，毋知影氣象局發布大雨特報。到日頭欲暗仔，大雨落袂停，煞無法度通轉去，佇山邊看著一間草厝，個共阿婆拜託，咧落大雨，阮兩個袂當轉去，阿婆，你敢有房間借阮蹛一暗好毋？阿婆講：「好是好啦，毋過眠床干焦一頂爾爾。」好矣，少年的誠歡喜，

共阿婆說謝。個女朋友講：「阮阿母有講，查某囡仔袂使佮查埔的睏全一頂眠床。」這嘛是無法度的代誌，少年的講：「按呢啦，眠床中央用三塊磚隔開就好。」就按呢個兩人做伙睏到天光，攏無發生啥物代誌。

天光雨嘛停矣，兩人坐機車欲轉去，到半路查某囡仔的帽仔，予風飛去民家的牆仔內，伊大聲喝：哎唷！少年的驚一下趕緊停車。問伊是按怎？伊講帽仔予風飛去人的牆仔內，少年的就講我去抾，查某囡仔講免啦！免啦！少年的感覺誠奇怪，問伊是按怎哪免抾，查某囡仔講：「你連三塊磚仔都跙袂過矣，閣想欲跙牆仔！」

~~~~~~~~~~~~~~~~~~~~~~~~~~~~~~

迌迌：遊玩。日頭欲暗仔：傍晚。無法度通轉去：無法回家。眠床干焦一頂爾爾：只一張床而已。袂使：不可。查某囡仔：女孩子。查埔：男人。這嘛是無法度的代誌：這也是不得已的事。跙牆：爬牆。

跤踏車事故

日本時代有一個阿伯騎跤踏車挵著查某人，兩人踮遐諍規晡，嘛毋知是啥人較毋著，有一个日本大人倚來，問講是按怎？這兩个攏袂曉日語，有一个過路人看著，伊講會曉翻譯。大人就問講：「kheh ga a ru ka？」意思是講有傷無？日語傷佮毛全音，攏是讀作「kheh」翻譯：「妳有毛無？」彼个查某人想講騎車事故佮有毛無毛有啥關係？毋過，大人一直問，無法度伊就應講：「幾枝仔啦。」通譯就用日語翻作「su-koo-sih」，大人講欲看覓咧，查某人歹勢予人看，大人一直催，催欲看覓咧，通譯講欲看就予伊看一下仔覓咧，彼个查某人姑不而將就反出來予伊看，大人對通譯的喙頓共敁落去講「u-sooh」，通譯對查某人的喙頓共敁落去講：「伊講妳彼烏趖趖。」

踮遐諍規晡：在那裡爭論半天。**大人**：音tai⁷-jin⁵，日本警察。**倚來**：走過來。**按怎**：怎樣。**攏袂曉**：都不懂。kheh ga a ru ka？：誤譯爲有毛嗎？su-koo-sih：日語一點點之意。**看覓咧**：看一看。**姑不而將**：不得已。**反**：音ping²，掏出來。**喀頓共飲**：以手掌搕臉頰。u-sooh：胡說。**烏趖趖**：黑漆漆。

書香門第

新婦入門兩三年猶無動靜，兩个老的就懷疑這個新婦若像豚母的款，娶來兩三年矣攏無聽講按怎，所以個大官就欲去試探看到底是按怎。伊就寫一首詩貼佇全家人咧用的洗面台頂懸。

日出東方一點紅，朝朝洗面見芙蓉，遲遲未見結生果，枉費吾兒費盡功。

新婦看著知影大官的意思，嘛回寫一首詩：

田是好水田，旱了好幾年，季季不下種，難有好時年。

大官才知影代誌是按呢，就去問個後生，個後生歹勢講就回寫一首詩：

記得少時入竹筒，忽見筒中有蜈蚣，如今洞邊欉草生，必有蟒蛇在其中。

老的才知影原來是伊害的，想起後生少年時，用一枝竹管仔咧拍手銃，做序大人毋敢直接阻擋，但是想攏無辦法，有一工掠一尾細尾蜈蚣园佇咧竹管仔內，個後生欲閣攑來拍手銃的時陣，看著一尾蜈蚣對竹管仔內趖出來，掣一趒，從此以後毋敢閣再拍手銃矣。老的想講伊的辦法成功，無疑悟彼个暗影定定留佇咧個後生的心內。

新婦：媳婦。**豚母**：女性不孕。**頂懸**：上面。**大官**：音ta-kuann，公公。**代誌是按呢**：事情的緣由。**後生**：兒子。**歹勢**：不好意思。拍手

銃：打手槍。序大人：長輩。园佇咧：放在。趖：蟲爬行。掣一趒：
嚇一跳。無疑悟：沒料到。定定：常常。

焦先生（華語）

一个焦先生去予醫生看，醫生問病人：「你佗位艱苦？『是
不是生殖器痛』？」病人：『俺那話兒疼。俺生著氣也疼，不生
著氣也疼。』醫生：『是不是睪丸痛？』病人：『搞完也疼沒搞
完也疼，一邊搞就一邊疼。』醫生：『發炎了，食藥就好，但是
一個月不要性交。』病人：『俺的爺爺姓焦，俺老爹也姓焦，怎
麼可以叫俺一個月不要姓焦，俺天天都要姓焦。』醫生：『要天
天性交，你就完蛋了。』病人：『俺就是完蛋也要天天姓焦。』

好笑的日本歷史故事

古早日本誠濟戰爭，男丁愈來愈少，人口急速下降，為著提
高生育率，天皇下令，查埔人會使佇任何時間、任何所在佮任何
查某人相好，所以查某人為著「做代誌方便」，出門就圍一條床
巾，揹一個枕頭，久來就變成了「和服」。

生的囡仔嘛毋知啥是阿爹，就以相好的所在號姓；所以才有
松下、井上、渡邊、山口、田中、小泉……等等的姓。如果生進
前只佮一个查埔人『炒過飯』，就加一個「純」字，如小泉純一
郎。如果二个以上就加「倍」字，如安倍晉三。日本兵真好色，
叫皇（黃）軍，戰敗了後袂當閣再色，所以叫自衛隊。

袂當：不能。

狗打架

狗仔咧「狗相帶」兩隻連做伙，一个查某人恖囡仔經過，
囡仔問：媽媽，狗仔咧創啥貨那會連做伙，媽媽應講『狗在打

架』，一个少年的聽著講彼哪是咧『打架』，『打架』哪是按呢，「狗相帶」毋敢講，騙囡仔講『打架』，彼个媽媽大聲罵，無你的代誌，你免愛管閒事。少年的講妳那遐爾歹，妳遐爾歹的意思是毋是欲佮我『打架』，囡仔聽著一直挽媽媽，『媽媽你不要和他打架，打架會連在一起』。

相帶：交配。做伙：一起。查某人：女人。㧒囡仔：帶小孩。創啥貨：幹啥。遐爾歹：那麼兇。是毋是欲佮我：是不是想跟我。挽：拉扯。

㧒baby去予醫生看

一个查某人㧒嬰仔去予醫生看，伊講阮這个囡仔毋知哪無胃口，食袂肥定定按呢四枝五骨，醫生看看咧講營養不良，哪會生肉？醫生叫查某人共衫褪落來，內衫總褪起來，查某人毋肯講是按怎愛褪內衫？醫生欲檢查，護士就叫伊緊褪起來，醫生對伊兩粒奶仔一直捏，捏誠久，才講：「僥倖啊，妳根本都無奶水，莫怪囡仔會瘦卑巴。」查某人講：「你講彼廢話，我是個阿姨！」

查某人：婦人。㧒嬰仔：帶嬰兒。囡仔：小孩。四枝五骨：身瘦如材。衫褪：脫衣。僥倖啊：天啊。莫怪：難怪。瘦卑巴：瘦巴巴。

停經領三千

有一年洘旱，無水通種作，有的愛休耕，有的愛轉種較耐旱的經濟作物，農會開農民大會，討論的結果決定動用補助預備金，宣布停耕的領三千，轉種經濟作物需要農藥噴霧器的領五千。

有一个阿婆看人咧開會入來看，拄好聽著咧宣布會使領補助金的人去櫃台登記，阿婆嘛去登記，講伊欲登記兩項，伊會使領

八千，櫃台辦事員問伊是按怎欲登記兩項，伊講：「我停經已經停二十外年矣嘛毋捌領半仙錢，我嘛定定睏袂去，所以我停經會使領三千，睏袂去會使領五千。」

━━━━━━━━━━━━━━

洘旱：乾旱。**通種作**：可播。**拄好**：剛好。**毋捌**：不曾。**半仙錢**：半文錢。**睏袂去**：睡不著。

無夠長

教友結婚攏佇教堂舉行，有一對新人欲結婚揣無教堂，傱出傱入，足急的，一直念「無教堂欲按怎結婚，無教堂欲按怎結婚」個老母聽著就講：無教堂看欲踮厝裡抑是飯店，清彩將就一下攏嘛會用得，個老爸對外面轉來，聽著個囝咧唸「無教堂看欲按怎結婚」，感覺足奇怪就問講「是按怎無夠長袂使結婚」，愛偌長才算有夠長？個母仔罵個老的：「你是咧老番顛囉，啥物咧無夠長。」

━━━━━━━━━━━━━━

揣：找。**傱出傱入**：慌亂奔忙。**踮厝**：在家裡。**清彩**：隨便。**愛偌長**：要多長。

附錄(一) 教育部台語詞彙綜合練習

ah-pà【壓霸】霸道、蠻橫不講理。如：土匪眞壓霸。

āinn【偝】背。專指背人。如：偝囡仔。

a-kīm【阿妗】舅媽，稱謂。舅舅的妻子。

àm-kong-tsiáu【暗光鳥】夜貓子。如：伊這隻暗光鳥，定定半暝
　　毋睏。

ām-kui【頷胿】脖子的前面部分。

ām-kún【頷頸】脖子。

am-poo-tsê【蝹蜅蠐】蟬。

ām-sê【頷垂】圍兜。小孩子穿掛在胸前，用來承接口水，防止
　　衣服弄髒。

ám【泔】米湯。如：淋泔。

âng-hê【紅霞】彩霞。

âng-ko-tshiah-tshih【紅膏赤蠘】臉色紅潤，形容身體健康。如：
　　伊食到七十外矣，猶閣是紅膏赤蠘。

ān-siàu【限數】請求延長還帳期限。如：會用得閣予我限數無？

án-tsuánn【按怎】怎樣。如：彼個問題欲按怎解決。

ân【絚】緊。不放鬆。如：縛較絚咧。形容生活困窘，不寬裕。
　　如：手頭絚。

a-tsa【腌臢】骯髒。如：腌臢錢。

áu-hông【嘔紅】吐血。消化道內出血，而嘔出來的現象。

āu-tsan【後齻】泛稱所有的臼齒。智齒。也就是第三大臼齒。

au【漚】把東西放在水中做長時間的浸泡。如：漚雪文。

àu【漚】蔬果腐爛或是不新鮮。多用來形容爛的、卑劣的人事

物。如：漚步。

bā-hio̍h/lā-hio̍h【鵁鵁】老鷹。禽鳥類。捕食魚類、青蛙、蛇類、鳥類等。

ban【屘】排行最後、或年紀最小的人。如：屘叔。

ba̍t-tsiuh-tsiuh【密𩛩𩛩】形容非常緊密，沒有空隙。如：窗仔門關甲密𩛩𩛩。

báu--sí--ah【卯死矣】賺死了。如：這聲你真正卯死矣。

bā【峇】契合、投緣。如：阮兩个個性誠峇。密合。如：門關無峇。

bē-tshun-tshia【袂伸捙】通常指經過言詞勸說之後，仍無法改變對方的態度或想法。如：佮伊講話，見講嘛講袂伸捙。

bé-tsî【馬薺】荸薺。地下莖呈球形，皮黑而厚，肉白，可供食用。

bih-á【篾仔】竹篾。薄竹片，可以用來編製竹簍、竹籃等器具。

bih-sio-tshuē【覕相揣】捉迷藏。一種遊戲。

bîn-bāng【眠夢】作夢。如：有的人暗時真厚眠夢。

bîn-siok【民宿】

bī【沬】沉沒、沒入水中。如：藏水沬。

bòng-sian【懵仙】稱呼做事漫不經心的人。

buán-liân【輓聯】哀悼死者的對聯。

bué-pang-tshia【尾幫車】末班車。如：尾幫車是十二點，愛較緊咧。

bué-tâng-kut【尾胴骨】薦骨。位於脊柱下端。如：買排骨炕湯就愛選尾胴骨。

ē-hâi【下頦】又唸作ē-huâi下巴。如：下頦尖尖。

ē-ham【下頷】下巴、下顎。

é-káu【啞口】啞巴。指生物失去其機能。如：這粒蚶仔袂開

喙，是瘖口的。

ē-kok【下顎】又唸作ē-khok、ē-gok下巴。一般稱「下巴」爲「下頦」（ē-hâi），「下顎」多在面相當中使用。如：男天平，女下顎。

ē-poo【下晡】下午。如：下晡我欲揹伊去迌迌。

gāi-giòh【礙虐】又唸作ngāi-giòh彆扭、不順，令人覺得不舒服。如：伊今仔日的穿插，我看著眞礙虐。

gām【儑】責罵人因無知做出不適宜的蠢事。如：你哪會遐儑，毋知影人咧受氣。

gàn-kǹg【淦鋼】把金屬加熱至通紅，再浸入水中急速冷卻，以增加硬度。如：鐵仔愛淦鋼過才會有。

gê【倪】姓倪。

gê【伢】討厭、嫌惡。如：看著這款人就伢。

giah【撠】挑。如：這逝愛撠開重絟。

giàn-thâu【癮頭】形容傻楞楞的樣子。如：我頭拄仔去剃頭，這馬看起來癮頭癮頭。傻瓜。如：伊眞正是一个大癮頭，我暗示伊遐久猶閣無感覺。

giâu-gî【憢疑】猜疑。對人或事猜忌疑慮。如：你毋通憢疑我對你的感情。

gîm-tsînn【砛簷】指舊式房屋屋簷下的台階處。

gíng-hu【研烌】磨成粉。如：共塗豆研烌餟潤餅。

gíng-puah【研鉢】乳鉢、擂鉢。用來將固體研成細粉的鉢型用具。

gîn【睨】眼睛瞪著看，以此發洩怒氣或不滿，如：你莫共我睨。

gū【遇】俗唸作bū逢、不期而會。如：遇著。

guā-kháu【外口】外面、外邊。如：伊坐佇外口。

gû-káng【牛牼】公牛。如：這个牛牢內底有幾隻牛牼。

gû-pi【牛蜱】昆蟲名，夏季常出現於水邊。會吸食牛、馬血
　　液。

hàh【箬】竹莖外、筍殼外或是植物莖稈外的硬葉。如：剝箬

hàinn-tshian-tshiu【幌韆鞦】盪鞦韆。如：囡仔人愛幌韆鞦。

hainn【哼】呻吟。如：伊喙齒疼，哼規暝攏無睏。抱怨。如：
　　莫閣哼矣啦！

hàinn【幌】搖擺、晃動。如：幌頭仔、幌索仔、幌韆鞦。

hái-tiòng、hái-tiùnn【海漲】海嘯。漲潮。在潮汐中，海面水位
　　上升。

hai【大奅】龐大的樣子。如：腹肚遮大奅。

hak/thiok【蓄】購置較大、金額較高的財產。如：蓄田園、蓄嫁
　　粧。文音。

hàm-phù【譀浮】形容浮腫、水腫的樣子。如：伊的面看起來
　　譀浮譀浮。

hâm-sau【含梢】物品因乾枯、老化而龜裂。如：這跤醃缸已經
　　含梢矣。

hàm【譀】誇張不實的。如：你按呢傷譀啦！

hân-bān【頇顢】形容人愚笨、遲鈍、沒有才能。如：彼个人做
　　代誌真頇顢。

hàng-ling/hàng-ni【胖奶】嬰兒肥。如：這个嬰仔飼甲誠胖奶，
　　看起來足古錐。

hàng【胮】腫起。多因發炎關係。如：疕仔胮起來矣。

hānn【迒】跨過、越過。如：迒過戶橂。

hân【繏】輕輕地束縛住。如：索仔小繏咧就好。虛掩。如：門
　　小繏咧，莫關絚。

hâ-pau【荷包】錢包。

hâ【縖】圍上。如：縖褲帶。

he-ku【痚呴】氣喘病、哮喘病。

hiam【薟】辣的。指味道。如：番薑眞薟，食著會凍舌。

hiannh【拈】以手拿物，多指取衣服或布類。如：拈衫。購買，只用在買布或衣服。如：拈一匹布。

hiàn【羶】臊、腥。動物的體臭味。如：伊無愛洗身軀，定定嘛有一个羶。

hiat【抭】丟棄、亂扔。如：物件烏白抭。

hiau-hīng-tsînn【僥倖錢】不義之財。如：僥倖錢，失德了；冤枉錢，跋輸筊。

hiau-pai【嘵俳】又唸作hia-pai，囂張。形容人的行爲舉止放肆傲慢。如：嘵俳無落魄的久。

hi̍k-lîng【核能】又唸作hu̍t-lîng，核反應所釋放出來的能量。如：核能反應。

hî-lân-tshè-á【魚鱗癬仔】一種皮膚病。患者皮膚因病毒感染而產生病變，長出一顆顆贅疣，狀如魚鱗。

hîng-gik【橫逆】凶橫。殘忍暴虐。如：伊有夠橫逆，刣人放火的代誌攏敢做。

hìnn-sak【㧒捒】扔、丟棄。

hîn-tshia【眩車】暈車。如：伊便若坐車，就會眩車。

hó-gia̍h【好額】富裕、富有。如：伊眞好額。

hó-ka-tsài【好佳哉】幸虧、還好。如：好佳哉有你佇咧，無我就慘矣。

ho̍k-sāi【服侍】照料、伺候。如：伊誠有孝，服侍爸母蓋用心。供奉神明。

hok-siā【輻射】

hô-mí-khóo【何乜苦】何苦。如：伊都無愛你，你何乜苦一直等伊？

hōo-mua【雨幔】雨衣。如：你若欲出去著愛會記得紮雨幔，落雨才袂去沃著。

hôo-sîn【胡蠅】蒼蠅。夏天是繁殖季節，喜歡群集在腐臭的物
體上。

hōo-tīng【戶橂】門檻。門下所設的橫木。如：囡仔人毋通坐戶
橂。

hú【拊】拊魚拊。提拊仔拊予伊清氣。

huâinn-ke̍h/huînn-ke̍h【橫扴】違背、忤逆。如：橫扴爸母。

huâinn【莖】芋莖。

huān-sè【凡勢】也許、可能。如：天遐爾仔烏，等咧凡勢會落
雨。

huan-thâu【翻頭】回頭再來。如：這改的風颱走了後閣翻頭。

hué-lōo【賄賂】。行賄。

hu【烌】物質燃燒後的灰燼、粉末。如：草烌、火烌

hu【撫】輕輕的摸。如：我共你撫撫咧！

iah-khang【搤空】掘、挖。以工具挖出小洞。揭發他人的短
處。如：莫相搤空。

iàn-khì【厭氣】丟臉、漏氣、悔恨。如：穩贏的球輸輸去，實在
真厭氣。

iân-sui【芫荽】香菜、胡荽。草本植物。如：我毋敢食芫荽。

ik-tshiah-sng【溢刺酸】指人體中胃酸逆流的現象。如：胃無好
會溢刺酸。

îm-luān【淫亂】違背禮法的男女關係。

im-thim【陰鴆】陰沉。形容人的性格深沈，不易表露心事。
如：阿明誠陰鴆，我定定攏毋知伊咧想啥。

ing-ia【坱埃】灰塵、塵埃。隨風翻飛的塵土。如：彼領衫去沐
著坱埃。

ìng-puî【壅肥】施肥。替植物灑放肥料。如：遮的荣愛壅肥壅壅
咧。

ing-tshài【蕹菜】空心菜。葉菜類。

înn-á-tshè【圓仔粞】糯米糰。糯米漿脫水之後的塊狀物，是製作湯圓的原料。

ìnn-ònn【啥噁】說話鼻音很重、含糊不清。如：伊講話啥噁，我攏聽無。

înn-tînn【纓纏】糾纏不清。如：你莫閣佮伊纓纏落去，較緊分予清楚才著。

iû tsiàh kué【油炸粿】油條。

iû-leh-leh【油朥朥】油膩膩。形容含油量過多的樣子。如：灶跤的塗跤油朥朥。

jîm【撏】掏。如：撏錢。

jī-nn̂g【膩瓤】脂肪層。豬等牲畜皮下的脂肪層。瓜果類裡層混種子部分之通稱。

jiòk/liòk【搙】用手搓揉。如：這張紙哪會予你搙甲變按呢？

jip-liām/lip-liām【入殮】將亡者的遺體放入棺木中。

jit--sî【日時】白天。如：寒－－人，日時有較短。

jiû/liû【揉】用溼的布巾拭物品。如：桌頂揉揉咧。

juê/lê【挼】揉、搓。如：挼面巾。手指頭用力壓揉。如：你毋通共狗蟻仔挼死！

jû-tsháng-tsháng【挐氅氅】形容非常雜亂，毫無條理。如：規間厝舞甲挐氅氅。

ka-lún-sún【交懍恂】身體因受驚或寒冷而發抖。如：伊驚甲規身軀起交懍恂。

kám-á-tiàm【簐仔店】雜貨店。如：阮細漢的時上愛去簐仔店買糖仔。

kam-guān【甘願】願意、甘心、無遺憾。如：這擺比賽伊輸甲足毋甘願。

kam-tshng【疳瘡】潰瘍。病名。下疳、梅毒。病名。

kāng-pē-koh-bú【仝爸各母】同父異母。如：個兩个是仝爸各母

的兄弟。

kāng-thiāu:【仝祧】仝宗。例:林議員佮我仝祧的。

kap【敆】接合,釘補。如:伊共兩本簿仔敆做伙。

kap-tsoh【敆作】製作家具的。如:敆作師傅。

ka-sàu【咳嗽】喉部或氣管的黏膜受痰或氣體的刺激,把氣體用
  力排出。

ka-tsáu【虼蚤】跳蚤。多寄生在哺乳動物或禽鳥身上,吸吮血液
  爲生。

ka-tsì-á【加薦仔】一種用藺草(鹹水草)編成的提袋,今也用
  來泛指小提包。

ka-tsuảh【虼蚻】蟑螂。昆蟲名。如:灶跤全虼蚻。

kauh【餃】夾進、捲入。如:予海湧餃去。潤餅餃。餃肥。嬰仔
  尻川餃著。

kauh【軋】輾。車子的輪子壓過。如:伊駛車去軋著人。

kà【澆】含水分多的、被水分稀釋的。如:糜煮了傷澆。

kèh【扴】阻礙。如:你莫佇遐扴跤扴手。相違背。如:我佮伊
  定定相扴。

ke-tâi【雞蛤】雞蝨。長在雞等家禽身上的小蟲。如:雞仔生雞
  蛤眞普遍。

kê【膎】以鹽醃製的魚蝦、肉類。如:蝦膎。

khah【籗】捕魚或採茶時背在身上裝魚或茶葉的竹簍子,通常口
  小腹大。籗仔。

khám-thâu-khám-bīn【歁頭歁面】傻面。

khám【歁】呆傻、愚笨而有些莽撞。如:伊有夠歁。

khang-khiah【空隙】空隙。

khang-phāng【空縫】空隙、孔穴。指把柄、漏洞或錯誤。如:
  愛掠人的空縫。

khap【匼】向下覆蓋著。如:倒匼。

kha-sau【跤梢】笨拙、愚劣。如：你哪會遮爾跤梢連這曷袂
　　曉。品質低劣。如：買遮的跤梢貨

kha-thâu-u【跤頭趺】膝蓋。如：跤頭趺會痛。

kha-tshng【尻川】屁股。如：伊早起跋倒，去頓著尻川。

kha-tsiah-phiann【尻脊骿】又唸作ka-tsiah-phiann，背部。

khat【科】杓子、水瓢。如：科仔。舀。如：你科一碗湯予我。

khàu-tshan【哭呻】訴苦，講出不平。如：伊受著枉屈，才四界
　　咧哭呻。

khau【剾】刮。如：剾苳瓜。颱風。如：毋通出去剾風。伊真勢
　　共人剾。

khau【扣】計算毛線或麵線的計量單位。如：一扣膨紗。

khau【薅】從土中拔除花草類的植物。如：薅草。

khè/khuè【齧】啃、齧咬。如：狗仔齧骨頭。

khian-á【圈仔】掛在物體上的環扣。如：門圈仔。一種麵粉製
　　的食品無餡。

khiang-á【劻仔】小偷。

khian【掔】投擲、扔。如：掔石頭。

khiap-sì【疾勢】醜陋，容貌難看。如：我從來毋捌看過遮爾仔
　　疾勢的查某。

khiat【戛】輕輕地敲擊。如：戛番仔火。

khiau-ku【曲痀】駝背。指先天性遺傳或後天的姿勢不正確所造
　　成背部彎拱的現象。如：伊生做曲痀曲痀。

khí-ioh-tshi/tshu【起藥蛆】起藥布疹。如：沙龍巴斯貼久嘛會起
　　藥蛆。

khîng-hun【窮分】計算、比較，唯恐自己吃虧。如：囡仔人毋
　　通傷勢窮分。

khing【鏗】刀背。如：刀鏗。

khînn-ke【拑家】善於操持家務。如：伊真勢拑家。

khioh【抾】拾取、撿取。如：抾著錢。

khí-thok【齒戳】牙籤。如：用齒戳仔戳喉齒。

khí-tshìn-mooh【起清瘼】蕁麻疹。一種皮膚病，病人皮膚會出
　　現像蚊子叮一般的浮腫，非常的癢。

khiú【摎】又唸作giú拉扯。如：摎來摎去。

khî【痕】疤痕、傷疤、胎記。如：伊的面有一痕。

khok-hîng【酷刑】殘忍、心狠手辣。如：彼个人真酷刑。

khok-thâu【擴頭】指前額或後腦杓凸出。如：聽講擴頭的囡仔
　　較巧。

khok【觳】盛裝米或液體的小量杯。如：水觳仔

khok【硞】敲。如：對伊的頭殼硞落去。碰撞。如：跤硞一瘤。

khòng-tshn̂g【曠床】通舖。整個連在一起的舖位。

khó【洘】液體濃、稠。如：糜煮了傷洘。引申為稠密、擁擠
　　的。如：洘秫秫。

khun【髡】用刀子刮去表皮上的東西或刮去薄薄的表皮。如：
　　髡喉鬚、髡番薯。

khut【毳】孤毳。

khû【跍】蹲。如：你莫跍佇路邊，按呢真歹看。

kian【肹】指飛禽鳥類的砂囊，等同於胃的功能。如：雞肹。

kián【繭】蠶吐絲所結成的橢圓球形物。「白音」娘仔繭niû-á-
　　kíng（蠶繭）。

ki-hāi/ki-kài【機械】俗唸作ki-hâi泛指各種機器、器械。如：農
　　業攏機械化矣。

kik-ngóo-jîn/lîn【激五仁】製造笑料、裝出詼諧的樣子。如：伊
　　誠勢激五仁，激甲逐家笑哈哈。

kì-lē-á/kù-luē-á【鋸鑢仔】銼刀，可用來磨銅、鐵、竹、木等物
　　品的工具。

kíng-tì【景緻】風景。如：阿里山暗頭仔景緻有夠媠。

kíng【筧】引導水用的竹管，通常是竹管劈成兩半，打通各個關節，連接成一條水橋。如：水筧。

kíng【襇】衣服或裙子的摺紋。如：百襇裙、扶襇

kīng【楗】撐住。如：你去提杉仔柴來共門小楗一下。

kin-le/kun-le【筋絡】

kiu【勼】畏縮而退卻不前。如：勼跤勼手

kiù【糾】緊縮、收縮。如：糾筋、糾帶

kong-gū【公寓】俗唸作kong-ú，可以提供多戶人家居住的寓所。

kóo-ì【古意】老實。如：伊誠古意。

kòo-tsip【固執】形容堅持己見，不肯變通。如：阿仁誠固執，人講攏毋聽。

kō【滰】沾。如：麻糍滰塗豆麩。沾染。如：衫去滰著豆油。

kô【笱】筌，用竹條編的簍子或籃子。如：魚笱。

kuáinn【桿】管狀的杆子。如：銃桿

kuann tí【官邸】王公、官員的宅第。

kuānn【綰】肚兜。如：肚綰。

kuann【乾】風乾脫水後形成的乾燥食品。如：肉乾、豆乾。

kuānn【捾】提、拿。如：捾菜籃仔

kuàn-sì【慣勢】習慣。如：慣勢就好。

kuà-tik【掛軸】橢仔。

kuè【髻】盤結在頭頂上或挽在腦後的頭髮。如：頭鬃髻。雞髻。

kueh【橛】用來計算橫截後物品的段數。如：一橛甘蔗

kui-khì【規氣】乾脆。如：作業做一暝寫寫咧較規氣。

kuī【膭】脹大凸起的肚子，指家畜類懷有身孕。如：豬母帶膭。如：稻仔做膭。

kui【胿】嗉囊，泛指哺乳動物身上的頸部食道。如：哽胿kénn

kui、頷脽。

kù-tāu【句讀】指文章休止和停頓的地方，書面上用圈和點來標記。

ku【跔】彎身蹲下。如：跔佇遐。將就待著、窩著。如：暫時佇遮囥跔。

lah-sap【垃圾】骯髒。汙穢，不乾淨。如：垃圾衫愛另外囥。

lak【戮】用工具將東西穿孔。如：戮一空。

lak【橐】橐袋仔。

lâ-lí【鯪鯉】穿山甲。哺乳類動物。全身被有角質的鱗甲，吃螞蟻等昆蟲。

lám-nuā【荏懶】形容人懶惰成性，骯髒邋遢又不梳洗整理。如：伊有夠荏懶的，規禮拜攏無洗身軀。

lām-sám【濫糝】隨便、胡亂來。如：你定定按呢濫糝開，莫怪會喝無錢。

lân kam-tsià【剩甘蔗】削除、刮除甘蔗外皮的乾葉及根鬚。

lân-san【零星】零數、零碎、零錢。如：你敢有零星通好找我？

lan【趼】繭。皮膚因爲過度摩擦而產生的厚皮。如：手結趼。

lâ-sâm【垃儳】骯髒。如：垃儳物。

làu-ham【落篏】竹子或甘蔗的節與節之間的距離較長。

lâu-la̍p【老衲】老僧自稱。

le̍h【剺】用刀子淺淺地劃開。如：予刀仔割一剺。lì撕。如：剺紙。

liám【膁】膁肚。鼻膁。

lian【蔫】枯萎、乾枯。如：花蔫去。

liap-á【粒仔】膿包、痘子。如：伊面生一粒粒仔。

liap【攝】打摺、摺疊。如：裙攝襇。

liâu--lo̍h-khì【蹽落去】參與事情或涉入其中。如：代誌眞嚴重，伊嘛是蹽落去。

lîng-tī【凌治】欺負、作弄。如：你莫閣共伊凌治矣。

lîng-tî【凌遲】極殘酷的手段去虐待、凌虐別人。如：按呢共伊凌遲，對你有啥物好處。一種古代的酷刑。

lìng【躘】又唸作liòng，躍起。如：伊會當躘眞懸。用腳踢開。如：躘被。

līng【冗】鬆掉。如：索仔冗去矣，愛重縛。

lió【瞭】眼睛快速掃過，瞄一下的意思。如：我瞭過爾爾，無看清楚。

liú-lák【扭搦】處理、掌管。負面的用法較爲常用。如：伊彼個人誠歹扭搦，你家己愛有心理準備。

loh-āu--nî【落後年】大後年。後年之後的第一年。如：個按算落後年欲結婚。

lȯh-tù:【落注】賭注。如：落注。

lȯk-khȯk-bé【硞硞馬】指一個四處奔走、非常忙碌的人。指馬匹跑個不停。

lȯk-tshuì【漉喙】漱口。如：無紮齒抿仔，上少嘛著漉喙，無，眞袂慣勢。

lōo【擽】因爲不牢固而動搖。如：喙齒擽擽捙。

luán-jiȯk/luán-liȯk【軟弱】體質虛弱沒力氣。個性柔弱畏怯。

lué-tsì【餒志】氣餒。

lut【甪】脫落。如：索仔愛拍死結才袂甪去。用力摩擦、搓揉以使物體表面的東西脫落。如：甪銼。

mauh-tshuì【卯喙】沒有牙齒而使嘴唇往裡面凹陷。如：伊予人拍一下變卯喙矣。

mâu-tún【矛盾】比喻言語行爲自相牴觸。

mî-nuā【綿爛】專注認眞，堅持到底。如：伊讀冊誠綿爛。

mī-thi【麵麶】麵筋。

mī-tsià【麵炙】一種麵製的食品。類似腸子般長條形，可以分切

成塊狀。

mî-tsioh-phuē/mî-tsioh-phē【棉襀被】棉被。被褥的總稱。

mńg-tang【晚冬】晚冬。

mooh【揗】緊抱、緊帖。如：兩個人揗做伙。

muâ-tsî【麻糍】麻糬。一種傳統的米食。

nâ-âu【嚨喉】喉嚨。如：我今仔日嚨喉疼規工。

neh/nih【躡】提起腳跟而腳尖著地。如：躡跤尾來看。又音
　　liam，踮起腳尖，輕輕地走。如：躡跤行（踮跤行）。

ngiau-ti【擽呧】又唸作iau-ti，用手指搔癢。如：伊上驚人共伊
　　擽呧。

ngiáu【撓】用棒子等器物做挑起、挖取的動作。如：撓沙筋、
　　撓耳空。

ng-kók-ke【掩咯雞】捉迷藏。如：咱逐家做伙來掩咯雞。

ngôo-khî、môo-khî、gôo-khî【蜈蜞】水蛭，喜歡吸食人畜的血
　　液。

ngóo-liú-ki【五柳居】糖醋魚。菜餚名稱，一種台灣閩南菜系的
　　糖醋魚烹調法。

ńg【挽】用手腕抱東西。如：我緊欲挽棉被來曝日。

ńg【䘼】袖子。如：長䘼。

nih【瞷】眨，眼睛一開一合。後用來引申時間很短。如：瞷
　　目、一目瞷仔。

nî-tsînn【簾簷】屋簷。中國舊式建築中，屋頂兩面延伸出來的
　　部分。如：伊徛佇簾簷跤覕雨。

ni【拈】用手指輕輕地取物。如：偷拈。liam拈。拈田嬰。

nng-tsng【鑢鑽】鑽營、善於變通。如：伊真勢鑢鑽，隨揣著頭
　　路。鑢磅空。

nuà【躽】倒在地上或床上翻滾。如：毋通踮塗跤躽躽。

nuá【撋】以手用力推揉、搓揉。如：撋衫、撋粿粞。

nuā【瀾】唾液、口水。如：流瀾。

ò-giô【薁蕘】又唸作oh-giô愛玉子、愛玉。

oh【僫】困難、不容易。如：豬跤眞僫煏。慢。如：坐車較緊，
　　行路較僫。

ông-lȯk-á【王祿仔】行走江湖，以賣藥、賣藝爲生的人。

oo-bīn-lā-pue【烏面抐桮】黑面琵鷺。

oo-lái-hueh/huih【烏淬血】因爲血液循環不好、流通不佳而造成
　　發黑的血液。

oo-se【烏西】賄賂、行賄。源自日語。如：伊定定共人烏西。

pāi-huāi【敗壞】

pȧk-tshân【贌田】租田。租用田地耕作。如：贌田來作。

pâng【縫】以針線使布料相接合。如：你的破衫我來替你縫。

pán-liâu【板嘹】音樂的節拍。

pān-sè【範勢】情況、態勢。事務的實際狀況。如：看這个範
　　勢，無走袂使矣！

pè【弊】弊案

pȯh-tiō【白癜】又唸作pȯh-tiò，白癜風、白斑。病名。

phah-ka（kha）-tshiùnn【拍咳啾】打噴嚏。如：伊鼻空過敏，
　　毋才一直拍咳啾。

phah-ka-lȧuh【拍交落】物品遺失、不見了。如：我的錢袋仔拍
　　交落矣。

phah-tshik-sue【拍觸衰】觸霉頭。如：你莫佇遐共我拍觸衰。

phâng【捀】用手端著。如：捀茶

phànn-siàu【冇數】呆賬、爛賬。如：伊有一筆冇數，到今猶收
　　袂轉來。

phānn【奅】交異性朋友。如：奅查某。時髦。如：伊穿甲眞
　　奅。

phiann【抨】又唸作piann，隨便丟、扔，置之不理。如：物件

四界抨。

phia-tiānn【拋碇】拋錨。如：拋碇了後，咱就會當落船矣。

phngh【嗙】抨擊、斥責、大聲罵人。如：莫按呢無代無誌就共人嗙。

phȯk【噗】手掌的拍打聲。如：噗仔聲phȯk-á siann（掌聲）。心跳聲。

phuà-keh-tshuì【破格喙】烏鴉嘴。指人嘴巴常說不吉利的話，而招來霉運。

phú【殕】衣物、食品等生霉，如：上殕。灰暗不明的。如：殕殕、殕仔光

phū【浡】液體冒出來、湧出來、溢出來。如：水浡出來矣！浡蠓仔水。

phú【殕】霉，衣物、食品等受潮生黴菌。如：上殕。灰暗不明的。如：殕仔光。

pi【觱】哨子。

piak【煏】裂開、斷裂、迸裂。如：竹管予火燒甲煏開。

piànn-tsuí【摒水】倒水。門口毋通摒水。

pian-tsíp【編輯】將分散的資料收集在一起。

pih-tsah【擎紮】衣冠楚楚。形容服飾衣著整齊鮮麗。如：伊的穿插真擎紮。

pih-tshiú-ńg【擎手袂】因為天氣熱，或為求做事方便而把袖子捲起來。

pik-tshiam-si【逼籤詩】解靈籤。將抽中的籤詩，依當事人當時的情境予以解釋。

pín-á-kut【箅仔骨】肋骨。人或高等動物胸腔兩側弓形的扁骨。

ping-ik/iȧh【兵役】

pín-tsiam【鉼針】別針。

pit-lô-á【伯勞仔】伯勞鳥。禽鳥類。九月以後從北方飛來的另

一種是棕伯勞。

pit【必】東西產生裂痕。如：茶甌必開。如：火氣傷大，喙唇會必。

pȯh-li-si【薄縭絲】形容東西厚度很薄或是分量很少。如：彼塊肉片劃甲薄縭絲。

pōng【碰】偶然遇到、相逢。如：我佇路仔碰著伊。相撞擊。如：兩台車相碰。

pôo【醭】以醬油醃製而能長期保存的食物。如：豆醭、酒醭。

pôo【裒】衣裙的褶邊。如：拗裒。

póo【脯】乾製或醃製而成的脫水食品。如：菜脯。

pôo【抪】臉或手腳的形狀、模型。如：手抪。

puȧh-kiáu【跋筊】賭博。如：人講跋筊蓋毋好，是按怎你就是改袂起來？

puȧh-pue【跋桮】擲筊。如：伊足迷信的，萬項代誌攏愛跋桮決定。

pué【掰】擋開。如：伊共我拍，我用手共伊掰開。

pùn-kháu【糞口】肛門的戲稱。

pun-phenn/phinn【分伻】平均分配。如：逐家照分伻，後擺較無閒仔話。

pùn-sò【糞埽】垃圾。如：糞埽堆。

sâi【饞】嘴饞的樣子。如：足饞的，咱來食四秀仔好無？

sám【糝】撒、摻入一些粉狀物。如：糝一寡糖。

sáng-sè【聳勢】高傲神氣、作威作福的樣子。如：看伊彼款聳勢的形，足想欲共伊𣻸落去。

sann-á-ki/sann-á-ku【衫仔裾】衣服的下襬。

sannh【𰾃】大口吃、快速吸入。如：蟮蟲仔𰾃胡蠅。

sa【捎】動作粗魯，隨便就拿。「捎」這個動作，在閩南語裡常有隨便、粗魯的意味。如：共物件捎來啦！

sėh【踅】來回走動、繞行、盤旋或是散步。如：我已經踅三點
　　鐘矣。

siam【䀹】瞄、偷看。如：你去房間䀹看覓，看伊敢有咧讀冊。

siánn-mih【啥物】什麼。如：啥物代誌喝甲遮爾大聲。

siânn【唌】引誘。如：毋通提糖仔共囡仔唌。

siān-thâng-á、siān-âng-á、siān-lâng-á、siān-tâng-á、sîn-âng-á
　　【蟮蟲仔】壁虎。

siān【瘖】身體上疲倦、疲憊的樣子。如：人眞瘖。

siap【洩】滲透。如：天篷洩水。

siáu【痟】瘋狂、神經錯亂。如：彼个人痟矣。動物發情。沉
　　迷。如：痟股票。

sia【賒】買賣貨物時用記帳的方式延期付款。如：歹勢！共你
　　賒一罐豆油。

sih-nah【爍爁】又唸作sih-nà、sinnh-nà閃電。如：雷公爍爁直
　　直來。

sik-ín【索引】

sì-lâm-suî【四淋垂】涕淚縱橫的樣子。如：伊哭甲目屎四淋
　　垂。

sìm【威】上下晃動、上下彈動。指柔軟有彈性。如：吊橋行著
　　會威。

sing-lé【牲醴】宰殺牲畜當祭品。如：七月時仔，愛攢一寡牲醴
　　來拜好兄弟仔。

sin-khu【身軀】身體。如：伊規身軀全汗。

sīnn【豉】把生鮮的食物醃漬成醃漬品。如：豉鹹菜。空喙抹著
　　藥水會豉。

sìn-táu【信篤】相信。如：我才無咧共你信篤。

sio-lō【燒烙】溫暖、暖和。如：今仔日較燒烙。

sio-tsim【相唚】親嘴、接吻。如：個兩个佇街仔路相唚，予老

師看著。

sio-tsing【相舂】打架，與對方以拳頭互毆。相撞。如：伊駛車
　　佇台北佮人相舂。

siûnn【涎】黏液。如：喙齒涎。黏滑的。如：塗跤涎

sǹg【繏】被繩索類勒住、束緊、套緊。如：領帶傷絚，繏甲我
　　強欲袂喘氣。

sông【倯】土裡土氣、傻裡傻氣、俗氣。如：你傷過倯矣，會予
　　人笑死喔！

sūn-suà【順紲】順便。如：你若欲出去，順紲買一包米。

sùt【窣】很快。窣一下就無看見人。

tah-kau-á【搭鉤仔】用來鉤取布袋便於背上肩的器具。

tai-á【秮仔】小米。穀類。

tái【滓】指沉澱而附著在器物上的汙垢。如：茶滓。

tàm/tìm【頕】低垂。指物的某一頭向下。如：伊頕頭毋知咧想
　　啥物？

tām-sám【啖糝】解饞、淺嚐，為消遣用。如：這先予你啖糝一
　　下。零食、零嘴。如：買一寡啖糝來食。

tam【啖】嚐味道。如：你啖看按呢敢有夠鹹？

tang-o【茼蒿】茼蒿。莖葉皆可食用，一燙即熟，常用來搭配火
　　鍋或煮湯圓。

tàng【揀】用指甲掐入皮膚，產生劇痛。如：你莫用指甲共人
　　揀。

tánn-tsah【打扎】攙扶。如：嫁娶的時陣，會有一位好命的婦人
　　人打扎新娘。

tàn【擲】丟、投出東西。如：擲石頭。

tân【霆】鳴響。如：霆雷tân-luî（打雷）、水螺咧霆。

tauh【篤】詞尾。有篤。瘩篤篤。

tāu-kuann-tsìnn【豆乾糋】油炸過的豆腐乾。

tau【挌】扣住、留住。如：錢愛共伊挌起來，無，伊會亂開。
挌留。油炸食物之前，將食物沾粉或沾麵糊的動作。如：挌
粉。

teh【硩】壓。如：風咧吹，紙一直飛，你嘛提一个物件小硩
咧。

tènn/tìnn【瞪】使力、用力。如：瞪力。用力睜大眼睛。如：目
睭瞪大蕊。

te【炱】某些用澱粉或麵粉加餡料做成的塊狀食品，可放到油裡
炸。如：蚵炱。

té【貯】裝、盛。（文：thú）如：貯物件té mih-kiānn、貯湯té
thng。

thái-ko【癩𰣻】骯髒。如：這个所在足癩𰣻的。痲瘋病。病名。

thàng【迵】通達、透。如：伊的人就是一條腸仔迵尻川，無啥
物心機。

that【窒】洞或縫隙堵起來。如：用酒窒仔共這罐酒窒起來。

thâu-khak-hiah-á【頭殼額仔】額頭。眉毛上方，頭髮下方的部
分。

tháu【敨】打開、解開。如：敨索仔、敨氣tháu-khuì（出悶
氣）。

the【䖙】身體半躺臥，小憩。如：你若無爽快，就緊去䖙一
下。

thiám-thâu【忝頭】非常疲累。如：逐日都作穡作甲真忝頭。情
況很嚴重。如：伊予個老爸拍甲真忝頭。

thiāu-á【痮仔】青春痘、面皰。如：爛痮仔。

thiau-lāng【挑俍】建築物的空間寬敞，光線明亮。如：這間厝
廳起了誠挑俍。

thih【喋】愛說話、多言。如：大舌興喋。

thìng-hāu【聽候】等候，等到某個時候。如：裘仔，聽候較寒的

時陣才提出來穿。

thíng-sīng【寵倖】溺愛、過分寵愛。如：恁查某囝攏是予你寵
　　倖歹的！

thīnn-sann【紩衫】縫紉、縫合。如：我家己紩衫。

thīn【伨】支持、推舉。如：我伨你。取其平均。如：姑表相
　　伨。

thîn【斟】斟、倒、注等。將液體傾注於容器中。如：你水斟傷
　　濺矣！

thióng-bu̍t【寵物】

thiò【糶】賣出穀物。如：糶米。

thí【裼】張開、展開。如：落雨矣，緊共雨傘裼開。

thī【雉】雉雞。

thn̂g-hiō-sū【傳後嗣】俗唸作thn̂g-hiō-sû，傳宗接代。

thǹg-pak-theh【褪腹裼】打赤膊。光著上身。如：伊褪腹裼坐佇
　　遐歇涼。

thǹg-sann【褪衫】褪衣、脫衣。脫掉上衣。如：褪衫檢查。

thn̄g【燙】食物涼了之後再次加熱。如：菜已經燙好矣。

thn̄g【碭】陶瓷的色料。如：淋碭。

thong-tshó【蓪草】木本植物。葉形七裂，前端再各分成兩叉，
　　葉片大，花序也大，僅次於芭蕉。

thōng【繏】計算重疊堆積物的單位。如：一繏磚仔、一繏碗、
　　一繏紙。

thóng【捅】超過、多出來。如：伊三十捅歲。啄。如：雞仔捅
　　米。

thôo-kat【塗墼】土塊、土磚。將泥土加水再拌入切碎的稻草，
　　放入模具中用力壓實，即成土塊，不需窯燒。

thuah【挩】拖、拉。如：共屜仔挩開。

thuh-tshàu【黜臭】揭人家的瘡疤、短處。如：伊誠愛共人黜

臭。

thuh【黜】鏟。如：黜塗沙。用尖銳的東西戳刺。如：我的衫予
　　人黜一空眞大空。

thūn【坉】在空洞中塞東西塡平。如：坉平。投入、投進。如：
　　坉錢。

thûn【黗】黑煙的細微顆粒，用於表示累積的煙垢。如：烏煙
　　黗。

thún【跈】亂踩、踐踏。如：花坩予狗仔跈歹矣。

thut-tshuê【脫箠】出差錯、出狀況。如：這擺的會議眞重要，
　　莫閣脫箠矣。

tiàh:【糴】買進米糧。如：糴米。

tiak，tiák【擉】彈指。如：擉算盤、擉耳仔。tiák hīnn-á，彈
　　射。如：袂當用樹奶共人擉。

tiàm【踮】在……。如：我踮遮等你。

tiām【恬】安靜。恬靜。

tiān-hué /tiān-hé【電火】電燈。如：你若離開房間，電火著愛關
　　掉。

tiánn-tshè【鼎摖】鍋刷。用竹篾剖成細條，做成刷洗鍋子的刷
　　子。

tiáp【揲】鞭打處罰、修理。如：伊轉去一定會予個老爸揲甲眞
　　忝。

tiat:【哲】智慧。如：聖哲、哲學。

tiàu-kiànn【召鏡】望遠鏡。

tìm【揕】用手估量物體的輕重。如：麻煩你揕一下看偌重。

tìm【扰】投、擲、丟。如：扰石頭。

ting-kiû【徵求】

tíng-kong-kut【頂肱骨】肱骨。上肢最大的長骨，上端和肩部相
　　連，下端和尺骨和橈骨相連。

tīng【有】硬的、堅實的。如：這粒菝仔傷有，我咬袂落。

tīnn【滇】充滿、填滿。如：茶愛斟予滇。

tióh-ka-tsák【著咳嗽】嗆到。如：你食物件的時陣莫講話，無，會著咳嗽。

tioh【擢】輕輕拉動。如：索仔擢一下。

tiong-tàu【中晝】中午、午時。如：十二點欲食中晝！

tiô【趒】彈跳、跳動。如：氣甲趒起來。

tiunn-tuah【張掇】使性子。故意做和心意相反的事。如：你毋通遏勢張掇。

tī【滯】停滯。如：滯銷。

tn̄g【搪】剛好遇見、碰巧遇到。如：我搪著伊。

tok-ku【啄龜】打瞌睡、打盹。

tōo-kuai-á【肚胿仔】蝌蚪。青蛙或蟾蜍的水生幼體。

tóo-kuānn【肚縚】肚兜。為古代婦女或是未成年的人所穿的貼身小衣。

tōo-kún-á【杜蚓仔】又唸作tōo-ún-á，蚯蚓。環節動物。

tōo-tsè【度晬】嬰兒過週歲生日。嬰兒出生滿一年。如：做度晬。

tsak-tsō【齪嘈】打擾。如：阮規家伙仔不時都來共你齪嘈，實在真歹勢。

tsām-á【鏨仔】鏨子。一種用來鏨切或雕刻的工具。如：用鏨仔雕刻一尊佛像。

tsām-tsat【站節】分寸。如：伊講話真有站節。

tsam【沾】稍微碰觸或沾上。如：胡蠅咧沾彼盤菜。

tsàm【蹔】踹、跺，用力踢或踏。如：伊共家己的囝蹔甲跤骨斷去。

tsâng【灇】沖、淋。如：灇水、灇身軀。

tsáng【總】一把抓起來。引申為總攬，統合處理所有事情。

如：共頭毛摠規摠，束起來。成束、成綑的東西。如：茱頭摠、捎無摠。

tsâng【欉】指花、樹等植株的主體。如：樹欉、花欉、菁仔欉。

tsang【捒】逮到、捉到。通常用在抓到別人的把柄。如：伊做歹代誌去予我捒著。將東西捆起來、束起來。如：規个捒起來才袂亂。

tsan【罾】漁網。用罾網捕魚、蝦。如：罾魚仔。

tsàu-kha【灶跤】廚房、又引喻為常去的地方。如：伊佇灶跤煮食。

tsau-that【蹧躂】又唸作tsiau-that，輕侮對待。如：一个古意人予你按呢蹧躂。

tsham【摻】加入、混合。如：我的紅茶無愛摻糖。tshàm混合。如：摻色。

tshàng-tshiu【聳鬚】引申為囂張、逞威風。如：你免聳鬚，連鞭警察就來矣。

tshàng-tsuí-bī【藏水沬】潛水。如：伊定定去藏水沬。

tshàp-tshàp-tih【漐漐滴】滴個不停、滴滴答答。如：汗漐漐滴。

tshat-á【礤仔】掛軸、掛像。如：觀音媽礤仔

tshàu-iāng【臭煬】神氣、臭屁。如：阿三仔誠臭煬，講家己外勢拄外勢。

tshenn/tshinn【腥】植物的臭味。如：臭腥。又音tshènn/tshìnn。

tshenn-kî/tshinn-kî【青耆】黃耆。草本植物。有利尿、補氣等作用。

tshenn-tshau/tshinn-tshau【腥臊】又唸作tshe-tshau，指菜色豐盛。如：下暗哪會煮甲遮爾仔腥臊？

tshē-siàu【坐數】認賬。代為支付。如：伊欠人錢，煞叫個老母

去坐數。

tshiah-iah【刺疫】刺癢。如：我拄仔對田裡轉來，規身軀足刺疫的！各種不舒服、不愉快的感覺。如：我看著伊就刺疫。

tshiah-ki【錪箕】裝粟的器具，形狀像「畚箕」，但沒有握耳。

tshia-iānn【奢颺】大派頭、大排場。因為擺排場或派頭，過於奢華而引人注目，有負面意味。如：做生日遮爾奢颺，眞討債。

tshiak-tshiak-tiô【嚓嚓趒】雀躍。如：伊知影考牢矣了，就暢甲嚓嚓趒！

tshiam-tann【攕擔】兩端皆爲尖頭的扁擔，可直接插在稻草束或柴束中挑起來。

tshiám【攕】以尖物插入或刺入。如：攕煙腸。

tshiàng-siann【唱聲】以言語大聲威嚇、撂狠話，表示警告與不滿，並帶有挑釁意味。如：你家己做歹閣敢來唱聲，我無咧驚你。

tshiànn【倩】聘僱、僱用。如：加倩兩个人來鬥跤手。倩鬼拆藥單。

tshia-pòo-pinn【車布邊】把衣服的邊緣多餘處向內折疊後，再用針車縫起來。

tshia-pùn-táu【捙畚斗】翻跟斗、翻筋斗。如：虎面前捙畚斗。

tshiâu【撨】1.調整、挪移。如：撨椅桌。2.矯正。將扭傷移正。如：撨骨。3.商討、稍微改變原來意見、想法或數目。如：撨價數。

tshia【捙】打翻、推倒。如：水捙倒去矣。翻轉。如：捙畚斗。

tshih tiān-lîng【揤電鈴】又唸作jih tiān-lîng按電鈴。

tshih【頤】形容頭低垂下來的樣子。如：頭𠡏頤頤。

tshì-kui【刺鯢】六斑刺河豚。魚類。

tshím【寢】纔。剛才，不久之前。如：伊寢來爾爾。

tshing-khì【清氣】乾淨、清潔。如：阮房間不時攏眞清氣。

tshinn-tshioh【鮮沢】新鮮有光澤。如：魚港賣的魚較鮮沢。又形容人打扮入時。

tshìn-tshái【清彩】隨便、馬馬虎虎。如：咱做代誌無通清彩。

tshin-tshiūnn【親像】好像、好比。如：人生親像走馬燈。

tshin-tsiânn【親情】親戚。如：咱是親情，煞爲著金錢拍歹感情。親事、婚事。

tshiò-hai-hai【笑哈哈】哈哈笑。如：逐家咧開講，講甲笑哈哈。

tshio【鵰】形容雄性動物發情的樣子。如：彼隻狗仔咧鵰矣。

tshio【俏】顏色鮮艷亮麗、花俏。

tshit【拭】擦拭。如：我欲去拭桌仔。

tshiūnn-tshinn（tshenn）-thî【上青苔】長青苔。如：石頭浸久嘛會上青苔。

tshńg【吮】用嘴巴吸取、剔除。如：吮魚頭。

tshoh【謷】用粗鄙的話罵人。如：謷姦撟。

tsho【臊】具有腥味的。如：貓仔上佮意臭臊的。葷食。如：我食菜無食臊。

tshuah【掣】用瞬間的力量拉扯。如：掣喙鬚。發抖。如：寒甲咇咇（phih）掣。

tshuah【疶】無法控制地排泄屎尿。如：疶屎。

tshuann【扦】刺。通常用在被細尖物刺入皮膚。如：我毋知予啥物扦著，砧砧足艱苦的。

tshuā【泄】不自覺地排尿。如：泄尿。

tshuì-ē-táu【喙下斗】下巴、下顎。如：伊開門的時去拚著喙下斗。

tshū【跙】滑。如：跙一倒。溜。如：跙流籠。

tsiàh-guā-kháu【食外口】在外面吃飯。如：定定食外口，愛注意衛生咧。

tsiánn【汫】味道淡、不鹹。如：試鹹汫。

tsìnn-hong【摺風】逆風。如：這向摺風眞歹行。

tsínn-kiunn【芷薑】嫩薑。

tsìnn【糋】炸。如：糋鯪魚。

tsinn【櫼】塞、擠。如：櫼入去。

tsip【呷】又唸作sip小口地吸吮飲品。如：呷一喙就好，莫啉傷濟。

tsiú-kuá、tsiúnn-kuánn【守寡】婦人於丈夫死後不再改嫁。如：伊就守寡到今。

tsiunn-tsî【螿蜍】蟾蜍、癩蛤蟆。形狀像青蛙，背部有疣，具有劇毒。

tsīg、tsīnn、tsī【舐】舔。用舌頭表面舔取東西。如：狗仔共碗舐甲足清氣的。以舌尖小面積沾食，此義多唸作tsng。如：彼塊餅予胡蠅舐過，毋通食矣！

tsok-pè【作弊】用不正當的方法取得不法的利益。一般多指考試的不法行爲。

tsông【傱】慌亂奔忙。如：你咧傱啥物？爲某種目的四處奔走。如：傱錢。

tso-sim【慒心】煩心。如：囡仔若感冒破病，做老母的人總是會慒心。

tsò-tsiò【做醮】建醮。僧道設壇祈神求福的過程。

tso-tso【慒慒】胃氣不順，消化不良而覺得刺割。如：胃慒慒。心慒慒。

tsuah/tsuh【泏】水或液體等因爲搖動而滿溢出來。如：水泏出來矣。滲。水或液體由小孔洞中一滴一滴地流出來。如：疔仔的膿泏出來矣。

tsuānn【濺】水或液體噴灑出來。如：濺蠓仔水。

tsuā【逝】趟、回。計算路程、路途的單位。如：一逝路。

tsuh【泏】滲。水或液體由小孔洞中一滴一滴地流出來。如：疔仔的膿泏出來矣。

tsū-huē【聚會】

tsuí-phiô【水藻】浮萍。水生植物隨水蕩漾，多分布於稻田、溝渠、池塘中。

tsuî【剒】刀子在圓柱型的東西上，以刀口與平面垂直的方式邊切邊繞圈，漸漸將東西切斷。如：剒甘蔗（環切甘蔗）、剒雞頭。

tsûn-nî【前年】去年的前一年。如：前年考無著，舊年才考入來。

tsùt【秫】糯米。

tsū【苴】墊東西在某地或某物上。如：塗跤先苴報紙才開始油漆。

tuè-tsîng-tuè-āu【綴前綴後】指為了跟蹤、保護、追求等原因而跟前跟後。如：顧囝仔當然是愛綴前綴後，袂使放伊四界走。

tuè【綴】跟隨。如：綴路。

tuh-ka-tsuē【盹瞌睡】打瞌睡、打盹。

tuh-ku【盹龜】打瞌睡、打盹。如：逐遍若叫你讀冊，你就想欲盹龜。

tủh【揬】戳、刺。如：提刀仔共布袋揬破。

tuì-khim-á【對襟仔】一種舊式衣服的款式。兩襟相對，而且胸前有一排鈕扣。

tuī-tsîn【墜繩】用來取直的工具。砌牆時將繩上綁重物垂墜，便可取直。

tú-tsiah【拄才】剛剛、剛才。如：伊拄才睏精神

tú【拄】相遇、遇見。剛才。如：伊拄走。以物頂住。如：用柺
　　仔拄咧行。

uàn-tsheh【怨慼】怨恨、埋怨。如：伊怨慼眞歹命，無通好好仔
　　讀冊。

uat-thok【閱讀】

uat【越】轉、回頭、掉頭。如：越頭、越轉身、越來越去，

uat【斡】轉彎、改變方向。如：頭前斡正爿就到矣。九彎十八
　　斡。

ue/e-á-tshài【萵仔菜】萵苣。葉菜類。葉子互生，全株沒有柄。

uè-suè/è-sè【穢涗】汙穢。如：莫穢涗別人。髒亂、噁心。如：
　　穢涗兼鎮地。

uî-tsiok【遺囑】遺言uî-giân、遺書uî-su死者所遺留下來的文
　　字。

ún-ku【隱痀】駝背。背部因爲脊椎等病變而變形彎拱。

í-tsū【椅苴】椅墊。

附錄(二)　台羅、漢語、通用與客語拼音對照表

注音符號	台羅拼音	漢語拼音	台語通用拼音	客語拼音
ㄅ	p	b	b	b
ㄆ	ph	p	p	p
ㄇ	m	m	m	m
	b		bh	
ㄈ		f		f
ㄉ	t	d	d	d
ㄊ	th	t	t	t
ㄋ	n	n	n	n
ㄌ	l	l	l	l
ㄍ	k	g	g	g
ㄎ	kh	k	k	k
	ng		ng	ng
	g		gh	
ㄏ	h	h	h	h
ㄐ	（tsi）	j	（zi）	zi
ㄑ	（tshi）	q	（ci）	ci
ㄒ	（si）	x	（si）	si
ㄗ	ts	z	z	z

ㄘ	tsh	c	c	c
ㄙ	s	s	s	s
	j		r	
ㄓ		zh		zh
ㄔ		ch		ch
ㄕ		sh		sh
ㄖ		r		rh
ㄧ	i	yi，-i	i	i
ㄨ	u	wu，-u	u	u
ㄩ		yu，-ü，u		
ㄚ	a	a	a	a
ㄛ	oo	o	o	o
ㄜ	o	e	or	er
ㄝ	e	ê	e	e
ㄦ		er		
				ii，v

參考書目

丁邦新・1980《台灣語言源流》。台北：學生書局，二版。

王力・1982《漢語音韻》。北京：中華書局，三版。

王理嘉、林燾・2005《語音學教程》。北京：北京大學出版社，第一版第八刷。

方孝岳・2005《廣韻韻圖》。北京：中華書局，五月二版。

亦玄・1997《台語溯源》。台北：時報文化出版事業有限公司。

江寶釵、周碧香、蕭藤村、董育儒・2001《閩南語文學》。高雄：麗文文化，初版。吳守禮・1954《台灣省通志稿人民志語言篇》全一冊。台北市：省文獻委員會。

李壬癸・1992《中國境內語言暨語言學》，第一輯，中央研究院歷史語言研究所。

李勤岸・2007《台灣羅馬字拼音圖解》。台南：開朗雜誌事業有限公司，初版。

邱燮友・1996《唐詩三百首》。台北：三民書局，修訂九版。

周長楫・1996《閩南話的形成發展及其在台灣的傳播》。台北：台笠出版社初版。

林燾、耿振生・2006《聲韻學》。台北：三民書局，初版五刷。

林正三・2002《閩南語聲韻學》。台北：文史哲出版社，初版。

林金城・2004《平溪相褒歌》。台北：昊天嶺文史工作室。

林連通・1993《泉州市方言志》。北京：中國社會科學文獻出

版社，第一版二刷。

林慶勳‧2004《台灣閩南語概論》。台北：國立編譯館，初版
　　三刷。

竺家寧‧1988《古音之旅》。台北：台灣學生書局，再版。

姚榮松‧2006〈從詞彙體系看台灣閩南語的語言層次〉台灣師
　　範大學台文所《台灣語言通論》。

姚榮松‧2006〈廈門話文白異獨中鼻化韻母的探討〉台灣師範
　　大學台文所《台灣語言通論》。

姚榮松‧2006〈閩南語傳統呼音法在鄉土語言教學上的運用〉
　　台灣師範大學台文所《台灣語言通論》。

段玉裁‧1966《說文解字注》。台北：藝文印書館，十一版。

洪惟仁‧1887《台灣河佬語聲調研究》。台北：自立晚報。

洪惟仁‧1999《台灣方言之旅》。台北：前衛出版社，第二版
　　二刷。

唐作藩‧2002《音韻學教程》。北京：北京大學出版社，第三
　　版六刷。

唐作藩‧2005《漢語音韻學常識》。上海：上海教育出版社，
　　第四版二刷。

張振興‧1997《台灣閩南方言記略》。台北：文史哲出版社，
　　第一版三刷。

張屛生‧2000A《台灣閩南話部分次方言的語音和詞彙差異》。
　　屛東：國立屛東師院。初版一刷。

張屛生‧1993-2000《張屛生自選集》自印本。

張屛生‧2007《台灣地區漢語方言的語音和詞彙》一-四冊，台
　　南：開朗雜誌，再版。

張裕宏‧2002《白話字基本論》。台北：文鶴出版公司，初版
　　二刷。

許極燉‧2000《台灣話通論》。台北：南天書局，初版一刷。

許極燉‧2003《台語學講座》。台北：開拓書局，初版。

連橫‧2001《台灣語典》‧姚榮松導讀台北：世峰出版社，第一版一刷。

陳彭年‧1968《廣韻》。台北：藝文印書館，校正再版。

陳新雄‧2002《等韻述要》。台北：藝文印書館，初版十二刷。

陳新雄‧2007《聲韻學》（全二冊）。台北：文史哲出版社，九月修訂再版。

壺麓主人‧1998《烏字十五音》。台中：瑞成書局，第一版一刷。

黃宣範‧1988〈台灣話構詞論〉《現代台灣話研究論文集》。台北：文鶴出版公司。

黃謙‧1971《增補彙音妙悟》。台中：瑞成書局，（翻抄本）。

楊秀芳‧1993〈論文白異讀〉《王叔岷先生八十授慶論文集》（抽印本）。

楊秀芳‧2000《台灣閩南語語法稿》。台北：大安出版社，第一版第四刷。

董同龢‧1959《四個閩南方言》，《史語所集刊》第三十本下冊，頁729-1042。

董同龢‧1964《語言學大綱》。台北：中華叢書編輯委員會，初版。

董同龢‧1966《中國語音史》。台北：中華文化出版社，五版。

董同龢‧2002《漢語音韻學》。台北：文史哲出版社，十六版。

董忠司・2001《台灣閩南語概要》。台北：文建會上、下冊，
　　第一版。

董忠司・2001c《台灣語語音入門》。台北：遠流出版社。

董忠司・2002《台灣閩南語辭典》。台北：五南圖書出版，初
　　版三刷。

廣文編譯所・2005《國音中古音對照表》。台北：廣文書局，
　　五版。

盧淑美・1997《台灣閩南語音韻研究》。台北：文史哲出版
　　社，初版。

盧廣誠・2001《台灣閩南語詞彙研究》。台北：南天書局，初
　　版二刷。

盧廣誠・2003《台灣閩南語概要》。台北：南天書局，初版一
　　刷。

謝一民・1971《蘄春黃氏古音說》。台北：大通書局，增訂一
　　版。

謝秀嵐・嘉慶23年《彙集雅俗通十五音》。漳州顏錦華堂。

謝國平・2005《語言學概要》。台北：三民書局，二版六刷。

鍾榮富・2002《台語的語音基礎》。台北：文鶴出版公司，初
　　版。

鍾榮富・2005《語言學概論》。台北：文鶴出版公司，初版二
　　刷。

戴寶村、王峙萍・2004《從台灣俗諺語看台灣歷史》。台北：
　　玉山社，初版一刷。

羅常培、王均・2004《普通語音學綱要》。北京：商務印書
　　館，修訂版。

網站資料：教育部・《台灣閩南語常用詞辭典》http://twbig.dict.
　　edu.tw/tw/index.htm

國家圖書館出版品預行編目資料

雅俗台語面面觀／洪振春編著. --二版. --
台北市：五南圖書出版股份有限公司，
2018.06
面；　公分
ISBN 978-957-11-9680-0（平裝）

1.臺語　2.讀本

803.38　　　　　　　　　107004832

4Q11

雅俗台語面面觀

作　　　者 ─	洪振春
企劃主編 ─	蘇美嬌
責任編輯 ─	邱紫綾
封面設計 ─	謝瑩君
出 版 者 ─	五南圖書出版股份有限公司
發 行 人 ─	楊榮川
總 經 理 ─	楊士清
總 編 輯 ─	楊秀麗

地　　　址：106台北市大安區和平東路二段339號4樓
電　　　話：(02)2705-5066　　傳　　真：(02)2706-6100
網　　　址：https://www.wunan.com.tw
電子郵件：wunan@wunan.com.tw
劃撥帳號：01068953
戶　　　名：五南圖書出版股份有限公司

法律顧問　林勝安律師

出版日期　2015年9月初版一刷
　　　　　2018年6月二版一刷
　　　　　2024年9月二版二刷

定　　　價　新臺幣280元

經典永恆・名著常在

五十週年的獻禮 —— 經典名著文庫

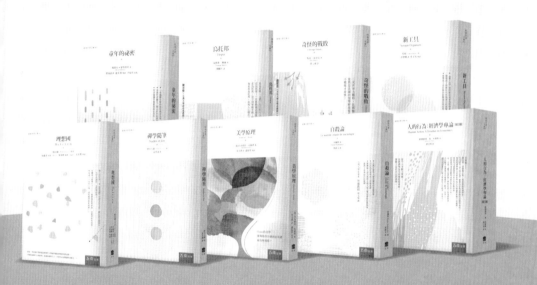

五南，五十年了，半個世紀，人生旅程的一大半，走過來了。
思索著，邁向百年的未來歷程，能為知識界、文化學術界作些什麼？
在速食文化的生態下，有什麼值得讓人雋永品味的？

歷代經典・當今名著，經過時間的洗禮，千錘百鍊，流傳至今，光芒耀人；
不僅使我們能領悟前人的智慧，同時也增深加廣我們思考的深度與視野。
我們決心投入巨資，有計畫的系統梳選，成立「經典名著文庫」，
希望收入古今中外思想性的、充滿睿智與獨見的經典、名著。
這是一項理想性的、永續性的巨大出版工程。
不在意讀者的眾寡，只考慮它的學術價值，力求完整展現先哲思想的軌跡；
為知識界開啟一片智慧之窗，營造一座百花綻放的世界文明公園，
任君遨遊、取菁吸蜜、嘉惠學子！